빛이
숨을쉴 때

빛이
숨을 쉴 때

화가 홍일화 장편소설

initio

차 례

1부 숲의 아이, 가야

1장　섬 …… 8
2장　가시덤불 …… 13
3장　갈등 …… 18
4장　숲에서 태어난 아이 …… 22
5장　싸우는 식물 …… 31
6장　마을로 간 가야 …… 36
7장　숨골 …… 68

2부 에스텔과 함께

1장　만남 …… 86
2장　둘만의 여행 …… 104
3장　검질숲 …… 107
4장　호근머들숲 …… 113
5장　엉또아끈숲 …… 119
6장　각성 …… 124
7장　균열 …… 140
8장　요정의 화산 …… 146
9장　네 개의 섬 …… 160

3부 신

1장 마신의 전쟁 – 마고와 여덟 자녀 …… 178
2장 육지 …… 184
3장 어매산 …… 189
4장 거울산 …… 196
5장 바다 숲 …… 205
6장 가미긴 …… 209
7장 마르바스 …… 214
8장 발레포르 …… 220
9장 바사고 …… 225
10장 아가레스 …… 237
11장 왕관의 신, 바알 하몬 …… 245
12장 준비된 신들 …… 250
13장 심판 …… 256
14장 여덟 번째 신, 그리고 가야 …… 259

작가의 말 …… 264
작품리스트 …… 268

1부

숲의 아이 가야

1장

섬

섬이 있었다.

섬은 울창한 숲들로 뒤덮여 푸른 빛이 났다. 종가시나무와 폭나무, 센달나무, 푸조나무, 아왜나무 등 숲속에 사이좋게 자리 잡고 있는 나무들은 크기도 다르고 굵기도 달랐지만 가지마다 푸른 잎을 잔뜩 매달고 있었다. 그 그늘 아래 크고 작은 풀들이 자라고 있었고 여러 동물도 보금자리를 마련했다.

이런 평화로운 광경이 저절로 만들어진 것은 아니었다. 화산 활동으로 솟아 오른 섬이어서 돌투성이인 바닥은 흙도 별로 없이 울퉁불퉁하고 거칠었다. 돌들은 구멍이 숭숭 뚫려있고 이리저리 깨진 채 날카롭게 튀어나와 있었다. 나무는 이런 돌 틈 사이로 뿌리를 내리려고 온 힘을 다 써야 했다. 하천은 발달하지 않았고 빗물도 고이지 못한 채 돌 틈 사이를 지나 지하로 흘러내렸다. 나무는 살아남기 위해 깊숙이 내려진 뿌리로 돌을 꽉 움켜쥐어야 했다. 그러지 않으면 제대로 서 있을 수조차 없었던 것이다. 이렇게 뿌리에 온 힘이 몰리다 보니 뿌리는 점점 두꺼워졌고 숲의 바닥은 뿌리로 가득 메워졌다. 그 위로 풀들이 자라고 동물들이 뛰어놀 수 있었다.

섬에는 또 바람이 많았다.

바람은 섬으로 여러 종류의 씨앗을 날라 왔지만 섬 바닥에 흙이 부족하다 보니 제대로 싹을 틔울 수조차 없었다. 운이 좋아 나뭇가지 위에 자리를 잡거나 쓰러져 죽은 고목 위에 살포시 내려앉은 씨앗들만 얇고 나약한 뿌리를 힘겹게 내릴 수 있었다. 백서향이나 방울난초, 바람꽃처럼 살아남은 풀들은 나무에 의지해 나무와 함께 살아갈 수 있었다. 나무도 풀들을 반겼다. 바람에 실려와 나뭇가지에 터를 내린 작은 풀들은 다른 세상의 소식을 전해주고 나무들을 위로하며 나무의 친구가 될 수 있었다. 풍족하지는 않았지만 그렇게 함께 살아가는 평화로운 나날이 수만 년 이어졌다.

어느 날 사람들이 섬에 들어왔다.

육지에서 멀리 떨어져 있는 섬에 관심도 두지 않았다가, 전란과 기근이 이어지자 섬으로 하나둘 이주해 오기 시작한 것이다. 사람들은 숲에서 나무를 베어 움막을 짓고 땔감으로도 썼다. 사람들이 늘어 마을이 생기고 도시가 생기면서 나무들은 급격히 사라져 갔다. 나무에 붙어살던 식물들까지 삶의 터전을 빼앗긴 채 나무와 함께 죽어갔고, 숲속 동물들도 줄어들었다. 숲이 훤하게 드러나고 쓸만한 나무들이 줄어들자 그제야 사람들은 뭔가 잘못되고 있다는 걸 알게 됐다. 나무가 다 베어지고 숲이 없어지면 자신들도 살기 어려워진다는 걸 깨달은 것이다. 그래서 나무를 완전히 없애지 않고 계속 성장할 수 있는 수준에서 적당한 길이로 잘라 사용하는 방법을 생각해 냈다. 나무는 딱 죽지 않을 만큼만 남겨진 상태에서 잘리고, 또 자라는 과정을 반복하며 목숨을 유지해 갔다.

종가시나무 "사람들이 나타나기만 하면 겁이 나. 간신히 키워온 줄기가 싹둑 잘려 나가니까. 그렇게 되면 또 한참을 헐벗은 채 지내야 하고…."

센달나무 "그러니 굳이 높고 굵게 자랄 이유가 없어. 자라면 또 잘려 나갈 텐데 뭐. 언제까지 이렇게 살아야 할지 답답하기만 해."

폭나무 "두렵고 답답하지만 어쩌겠어? 우리가 맞서 싸울 수도 없고."

구실잣밤나무 "섬에 사람이 늘어날수록 상황이 더 심각해져. 그나마 아직은 적당히 잘라가면서 목숨은 유지할 수 있게 하는데, 그게 언제까지 계속될지도 모르고."

푸조나무 "도로를 만든다며 숲 일부를 없애 버리는 곳도 있다더라고. 우리 세미소숲에도 언제 그런 일이 생길지 모르는 일이야."

아왜나무 "맞아, 얼마 전에 밖에서 뭔가 측량하는 사람들이 왔다 갔다 하기도 했어."

푸념이 이어지자, 세미소숲의 역사이자 지혜의 나무인 팽나무가 대지의 신께 기도를 드렸다.

팽나무 "신이시여, 돌투성이 땅에 힘들게 뿌리를 내려 모두가 함께 사는 공간을 이뤄왔는데, 이제 이 숲이 언제 사라질지도 모르게 되었습니다. 나무들이 없으면 이 섬은 꽃도, 풀도 없고 동물들도 없는 울퉁불퉁한 돌섬이 돼버릴 겁니다. 대지의 신께서 숲을 지켜주시기 바랍니다."

대지에는 숲과 섬의 이야기가 기록되어 간다.

큰바람이 불면서 그동안 섬에서 볼 수 없었던 새로운 씨앗들을 가져와 상처가 많은 나무들 위에 뿌려주었다. 씨앗들은 빠른 속도로 성장하며 나무에 꼭 붙어 오른쪽으로, 왼쪽으로 다양한 방향으로 서로서로 엇갈려 감아 올라갔다. 나무를 타고 올라가다 길을 잃어 떨어지면 가까운 다른 나무를 찾아 다시 올라갔다. 그렇게 나무에 엉겨 붙어 자라며 어느새 나무의 형태를 띠게 된 덩굴들이 서로 얽히고설키며 몸속의 가시들을 밖으로 꺼내었다. 가시딸기와 으름덩굴, 산유자나무가 서로 모여 숲의 새로운 구성원이 되었다. 인간의 접근을 막을 수 있는 방어막이 생긴 것이다.

때죽나무 "가시! 제법 효과가 좋아 보이는걸. 계속해서 가시를 더 만들어 내야겠네."

나무들은 바람에 더 많은 씨앗을 부탁했고, 바람은 더 단단하고 날카로운 가시를 가진 덩굴 씨앗들을 가져다주었다. 숲 입구에 가시덩굴이 울창해지자 사람들의 발길이 줄어들기 시작했다. 숲이 안전해진 것처럼 보였다. 뿔뿔이 흩어져 숨어있던 동박새와 팔색조, 알락할미새 같은 작은 새들뿐 아니라 황조롱이와 참매, 솔부엉이처럼 제법 덩치가 있지만 가시덩굴을 드나들 수 있는 새들도 뒤따라 숲으로 왔다. 유혈목이나 비바리뱀, 무당개구리가 숲의 바닥을 훑고 다니고, 노루와 오소리, 족제비가 뛰어다녔다. 그리고 새들이 들어오면서 대흥란과 차걸이란, 으름난초 같은 희귀식물의 씨앗들도 함께 덩굴 속으로 옮겨 주었다. 덩굴 속에서 식물과 동물들은 활기차고 기분 좋은 나날을 보내며 사람에 대한 두려움과 공포를 덜어낼 수 있었다.

하지만 사람들이 숲을 포기한 건 아니었다.

2장

가시덤불

숲 입구에 가시들이 지나치게 많아진 게 오히려 화근이었다.

눈에 띈다는 건, 그만큼 더 관심을 두게 만드는 일이었다. 게다가 사람들 눈에 거슬린다는 점이 문제였다. 사람들은 숲 주변의 덩굴이 숲 출입을 방해하고 있을 뿐 아니라 보기에도 흉하다고 생각한 것이다. 톱과 도끼를 이용해 덩굴을 자르고 뜯어내기 시작했다. 연약한 식물과 동물들의 보금자리였던 숲이 또 위기를 맞았다.

덩굴이 제거되자 사람들이 다시 숲으로 몰려들었다.

그동안 하늘로 곧게 쭉 뻗어갔던 나무들은 사람들에게 훌륭한 목재였다. 숲은 또다시 파헤쳐지고 망가졌다. 숲에 접근을 못 했던 기간에 대해 보복이라도 하려는 듯 나무들을 베어냈다. 나무들이 줄어들자 숲속 새들과 동물들은 다른 삶의 터전을 찾아 또 이동해야 했다. 나무들 역시 할 수만 있다면 사람들이 오지 않는 다른 곳으로 함께 가고 싶었다.

탱자나무 "나는 가시가 커서 오히려 사람들 눈에 더 잘 띄게 됐어. 감추지 않고 과시하는 바람에 쉽게 잘려 나간 거지. 내 가시가 제일 단단하기는 하지만 사람이 사용하는 도끼에는 당해낼 재간이 없네."

구지뽕나무 "사람들은 직선으로 쭉쭉 뻗은 큰 나무만 좋아하니까 난 이제부터 곡선으로 구부러져서 자라야겠어. 그리고 또 안 잘려 나가려면 얇아져야 할 것 같아."

때죽나무 "그래, 그거 좋은 생각이다! 얇고 구불구불하게 자라자!"

그러자 사람들 발에 밟히고 짓이겨지면서도 살아남은 작은 풀들이 입을 열었다.

좀쇠고사리 "우리는 작고 부드러워서 밟혀도 무사히 살아남을 수 있었어. 우리처럼 덤불을 부드럽게 만드는 건 어떨까?"

개족도리풀 "단단하게 만드는 데 드는 힘을 부드러우면서 질기게 만드는 데 쓰는 거지. 손으로 당겨도 늘어날 수 있게. 그리고 하나만 있으면 버틸 힘이 부족하니까 뒤에서 잡아주고, 또 옆에서 받쳐주고, 계속 얽히고설켜서 절대 풀어지지 않고 뜯어지지 않게 똘똘 뭉치는 거야."

새끼노루귀 "그거 좋은 생각인걸. 얇고 부드럽지만 아주 튼튼한 벽이 되는 거."

별깨냉이 "또 눈에 쉽게 보이는 큰 가시가 아니라, 눈에 잘 보이지 않는 작은 가시들로 가지를 촘촘하게 덮는 거야. 그러면 사람들은 그냥 풀들이 모여 있다고 생각하고 뜯어 내려다가 손과 팔에 가시가 박힐 수도 있고."

참개별꽃 "그러면 아프고 따갑다고 소리치면서 도망치겠지."

바보여뀌 "생각만 해도 신나는데."

온 숲의 나무들이 새로운 작전을 퍼뜨리기 시작했다.

나무들은 땅속에 내려져 있는 뿌리들로 서로 연결되어 있다. 그 뿌리를 통해 덤불 작전에 대한 정보를 공유했다. 그리고 다시 한번 바람의 도움을 요청했다. 바람은 기꺼이 유연하면서도 얇고, 질기고, 눈에 잘 띄지 않는 덩굴식물 씨앗들을 품고 와 뿌려 주었다. 가시박과 돼지풀, 꺼끄랭이풀은 엄청나게 빠른 속도로 성장했고, 나무들에 기대어 사방으로 뻗어갔다. 그중 으뜸은 가시박이었다. 가을이 되면 흰 가시로 뒤덮인 별사탕 모양의 열매가 한 그루당 이만 오천 개 이상 달렸다. 이 별사탕은 정말 좋은 무기였다.

숲을 지키기 위한 덤불 작전은 일단 성공적이었다.

사람들은 숲 주변의 가시덤불을 파헤치고, 자르고, 불태우기를 반복했지만, 숲 안쪽 나무들까지 온통 감싼 덤불을 이겨낼 수는 없었다. 나무를 베어도 붙어있는 덤불 때문에 제대로 활용하기가 쉽지 않았다. 사람들은 덤불과의 싸움에 점점 지쳐갔고, 포기하기 시작했다. 숲속 나무와 식물들은 가시덤불에 고맙다며 이렇게 함께 숲을 지켜 나가자고 다짐했다.

하지만 공존에는 늘 대가가 필요했다.

덩굴은 혼자서는 살아갈 수 없는 존재였다. 살아가기 위해서는 자신보다 단단한 무언가에 기대야만 했고 촉수에 닿는 나무라면 무조건 감아 올라탔다. 여러 종류의 덩굴이 한꺼번에 뒤섞여 올라가기도 했는데, 그러다 보니 가시덩굴 옷을 입지 않은 나무가 없을 지경이었다. 덩굴들은 땅에 떨어지지 않기 위해 가까이 있는 또 다른 덩굴 위로 올라타며 새로운 나무를 찾아갔다. 사람들의 접근이 줄어든 숲에 덩굴끼리의 치열한 생존 경쟁이 벌어지게 됐다. 더 이상 감아 올라갈 나무가 없는 상황이 되자 조금이라도 두터운 덩굴이 나무의 역할을 대신해야 하기도 했다. 덩굴에 덩굴이 더해져 계속 꼬여만 갔다. 덩굴이 온 숲을 덮어버리자 나무와 풀들이 햇빛을 보기 힘들어졌다. 빛은 위로 타고 올라가는 가시덤불 차지였다.

사람들의 공격을 막아내야 할 땐 동지였지만, 이제 덤불이 나무들을 질식시키고 있는 상황이 된 것이다. 전투가 끝났으니 그만 놓아달라고 해도 촘촘한 그물망처럼 되어 버린 덤불은 자신의 생명을 포기할 수 없었다. 그들 또한 살아남기 위한 경쟁이 심해졌기 때문에 일단 터를 잡은 나무에서 버텨야 했다. 나무들은 잘려 죽는 게 나은지 아니면 숨 막혀 죽는 게 나은지, 말도 안 되는 고민에 휩싸이게 됐다. 도움을 청할 곳도 없었다. 대지에 자신들 편이 되어 달라고 할 수도, 바람에 다른 씨앗을 가져다 달라고 할 수도 없는 노릇이었다. 스스로 해결책을 만들어내야만 했다. 나무는 덤불이 알아차리지 못하게 조용히 뿌리와 뿌리로 대책을 논의하기 시작했다.

"이 덤불들을 없애버릴 방법이 없을까?"

3장

갈등

덤불 작전 때와는 달랐다.

나무들의 비밀회의는 금방 탄로가 나버렸다. 나무끼리만 대화를 하기 위해 따로 뿌리를 고르고 차단한다는 건 불가능했다. 나무뿌리 옆에 덩굴 뿌리가 붙어있기 때문이다. 숲에서는 모든 것이 연결돼 있었다. 비밀이란 없었다.

가시덤불은 불쾌했다.

<u>노박덩굴</u> "우리가 새처럼 날개가 있니! 노루처럼 빨리 달릴 수가 있니! 발 빠른 토끼처럼 숨을 수가 있니! 할 수 있는 거라곤 나무들이 가지고 있는 가지나 잎을 포기하고 대신 뾰족하게 가시로 만들어서 살아남는 것뿐이었어. 가시를 만드는 건 또 얼마나 힘들게? 피부를 뜯어내 딱딱하게 굳히고 뜯긴 피부에서 새로운 피부가 자라날 때까지 쓰라린 고통을 참아내야 한다고. 그런데 이런 가시가 한두 개가 아니고 수천, 수만 개야. 온몸을 가시로 만든다고."

<u>섬대래</u> "우리도 귀염받고 싶고 사랑받고 싶어. 누군들 안 그러겠어! 근데 어떻게 해? 살아야 하는데. 우선 살고 봐야 할 거 아니야. 그리고 또

예쁘고 잘 생기면 뭐 해? 예쁘면 예쁘다고 꺾여서 장식으로 쓰이다 말라 죽고, 곧게 뻗어 튼튼하게 잘생기면 베어져서 집 짓는 데 쓰이거나 가구로 만들어질 뿐이잖아. 어떻게 된 게, 잘생기고 예쁘면 먼저 죽어 버려. 그러니 우리도 살기 위해 이런 선택을 한 거 아니겠어?"

<small>별깨명굴</small> "가시는 상처이자 아픔이야, 생존을 위한 마지막 선택이고. 우리 자신도 가시 때문에 아파."

침묵이 흘렀다.

<small>성대래</small> "너희는 보기 좋다고 사람들에게 관심이라도 받지! 우리는 미움 받고 천대받고 보이는 순간 제거당하면서 지금까지 계속 버텨 온 거야. 왜 태어났는지조차 모르겠어. 하지만 태어난 이상 살아야 하잖아. 생존을 위해 가시를 만들어서 사람들이 접근하지 못하게 하는 거라고."

<small>청미래명굴</small> "우리가 있었으니 그나마 사람들의 접근을 막을 수 있었던 거 아냐?"

<small>노박명굴</small> "우리 심정 이해할 수 있겠니? 숲의 방어막이 돼 달라고 할 때는 언제고, 이제 좀 살 만해지니까 사라지라고? 정말 말도 안 돼."

정적이 감돌았다.

<small>밤일엽</small> "그러고 보니 우리의 불편함과 어려움만 먼저 생각한 것 같네. 미안해. 우리끼리 싸워서 될 일은 아니니 좀 더 현명한 방법을 생각해 보자. 가시덤불은 계속해서 그 세력이 커질 테고 나무들은 덤불에 가려져 숨쉬기 힘들어진 건 사실이야. 뭔가 새로운 탈출구가 필요해. 숲

을 벗어나 보는 건 어떨까? 이 숲은 어차피 한정된 공간이라 갈등을 피할 수 없을 거야."

개가시나무 "좋은 생각이네. 사람들이 숲으로 오는 걸 막기만 할 게 아니라 사람들의 공간으로 우리가 가는 거지. 너희들이 우리보다 훨씬 빠르고 유연하게 움직일 수 있으니까 먼저 사람들 마을로 나가 봐 줄 수 있겠니? 우리는 우리 속도로 따라가서 버팀목이 될 수 있도록 해볼게. 그리고 사람들의 공간에서는 덩굴 자체로만 있지 말고 꽃을 한 번 피워봐. 그러면 사람들이 덩굴을 제거하려고만 하지 않을지도 몰라."

숲속에 갇혀있던 가시덩굴에게도 흥미로운 제안이었다.

가시덩굴은 바람의 도움으로 서서히 숲을 벗어나 인간의 공간으로 이동하기 시작했다. 흙길을 지나 아스팔트와 시멘트 틈 사이로 조금씩, 조금씩 그 수를 늘려가며 견고하게 영역을 차지해 갔다. 가시덩굴이 집 근처까지 오자 사람들은 전지가위를 들고나와 마구 잘라댔다. 하지만 이미 땅속에는 많은 덩굴들이 뿌리를 내리고 있었다. 덩굴은 기하급수적으로 줄기를 뻗으며 담벼락을 타고 올라갔다.

그리고 꽃을 피워냈다.

사람들의 기준이 예쁘고 아름다운 겉모습에만 치우쳐 있다는 걸 노리고 계절에 상관없이 온몸으로 짜내듯 꽃을 피워냈다. 빨갛고 새콤달콤한 열매까지 보란 듯이 선물해 주었다. 그러자 가시덩굴을 향한 사람들의 시선이 바뀌기 시작했다. 사람들은 꽃을 보고 열매를 얻기 위해 덩굴로 몰려들었다. 이제 나무들만 뒤따라와 받쳐준다면 식물의 영역이 숲을 벗어나 인간의 공간으로 확대될 것이었다.

하지만 지나친 기대는 실망의 시작이었다.

어린아이들이 열매를 따기 위해 덩굴 쪽으로 향하다 가시에 찔리는 일이 자주 생기자, 그 잠깐의 희망은 순식간에 날아가 버렸다. 가시는 다시 제거 대상이 되었다. 그런데 이번에는 예전과 달랐다. 숲 주변이 아니라 자신들의 영역에서 가시를 발견한 사람들은 가시덩굴 제거에 대해 체계적으로 연구하기 시작했다. 덩굴을 없애는 것과 함께 덩굴의 생장을 관리하는 방법까지 생각해 냈다. 적절한 울타리를 만들어 그 안에서만 덩굴이 자라도록 해서 자신들이 구경하기 편하도록 배치하는 것이다. 가시덩굴은 그 이상 위로 올라갈 수도, 밖으로 뻗어나갈 수도 없었다. 사람들의 생각과 도구는 계속 진화했지만, 자연은 그 속도를 따라갈 수 없었다. 장비와 약품을 이용한 인간의 길들이기에 마을로 진출했던 가시덩굴의 야생성은 서서히 사라져갔다.

그리고 어느 순간, 숲에 남아 있는 나무들과 인간의 공간으로 이동했던 가시덩굴의 연결이 끊어졌다. 나무들은 불안했다. 숲속 가시덤불과의 갈등은 완전히 해결되지 않은 채 언제 다시 사람들로부터 공격을 당하게 될지 모르는 상황이 된 것이다. 딱히 이렇다 할 방법 없이 그저 간절한 기도만 되풀이할 뿐이었다.

4장

숲에서 태어난 아이

숲에 어둠이 내려앉았다.

그동안 숲에서 볼 수 없었던 새롭고 신기한 모양의 작은 가시풀들이 땅에서 솟아오르기 시작했다. 애써 힘을 내 꿈틀거리는 가녀린 가시 줄기들은 영롱한 빛을 내며 길게 뻗어 올랐다. 마치 투명한 실핏줄처럼 얇고 가냘파 금방이라도 끊어질 것만 같았다. 그렇게 여기저기서 올라온 줄기들이 한 방향으로 모여들었다.

맑은 줄기들 속에서 신비로운 분홍빛이 스며 나왔다.

줄기들이 서로 얽힐수록 빛은 밝아져 갔다. 커다란 분홍빛은 점차 밝고 하얀빛으로 변해가며 어둠을 밀어내는 빛 덩어리로 주변을 더 환하게 밝혔다. 대지가 숲에 선사하는 새 생명의 시작을 알리는 순간이었다.

형태가 없는 빛 그 자체였다.

그 빛의 크기가 줄어들면서 가시덤불 한가운데로 모이다가, 둥글고 작은 투명 반죽 같은 형태로 아무런 미동도 없이 있었다. 그러고는 작은 깨알 같은 빛들로 흩어져 사방에서 반짝이고 꿈틀거렸다. 빛나는 점들이 몇 개로 뭉쳐졌다 흩어지기를 반복하다가 나뭇가지 형태가 되기도 하고 덩굴 가시 모양으로 바뀌기도 했다. 굵고 가는 빛들이 반복적으로 새어 나왔다가 사라지곤 하면서 숲속에 존재하는 다양한 식물들의 모습으로 번갈아 가며 변해갔다. 빛의 반짝임이 서서히 줄어들었고 투명하게 빛나는 점들이 하나로 뭉쳐졌다. 나무와 사람의 형상이 뒤섞인 모습이었다. 가냘프고 연약해 보이는 인간 여자아이의 모습에 가까웠다. 그 투명한 아이의 형상에서 분홍 점들이 다시 반짝이기 시작했다. 하나둘씩 그 수가 늘어나면서 투명하던 형상은 빛나는 분홍 점으로 가득 채워졌다. 숲에서 빛의 아이가 태어나는 순간이었다.

분홍빛이 수줍게 깜빡이며 숨을 쉬는 듯했다.

아이의 머리 부분에서 분홍빛들이 톡톡 튀어나오더니 작은 투명 가시가 됐다가 실처럼 길어졌다. 들쑥날쑥하던 길이가 적당하게 정리되면서 머리카락이 됐다. 그러고는 눈과 코, 입, 귀의 위치에서 꿈틀꿈틀하며 얼굴이 만들어졌고, 굵은 가시 모양의 뾰족한 돌기들은 동그랗게 움직이며 손가락과 발가락으로 변했다. 이제 나무의 모습은 사라지고 사람과 제법 흡사해졌다.

분홍빛 아이가 숲의 모든 빛을 흡수하면서 고요한 정적이 흘렀다.

나무들은 어리둥절했다. 갑작스러운 아이의 탄생이 놀라울 뿐이었다. 간절한 기원에 대한 대지의 응답이라고 하기에도, 재앙을 예고하는 하늘의 심판이라고 하기에도 아이는 너무나 연약한 모습이었다. 작고 앙상해 금방이라도 무너져 내릴 것 같았다.

팽나무 "우리의 기도에 대한 대지의 응답인가? 그런데 이 아이를 어떻게 하라는 거지?"

적막의 시간이 흐르고 빛이 피어났다.

아이의 투명한 몸속에서 분홍 점들이 물처럼 흐르며 생명의 순환을 느끼게 했다. 새와 곤충, 동물들이 아이에게 몰려들었다. 아이를 에워싸고는 주둥이를, 부리를, 촉수들을 아이 몸에 붙였다. 그러자 아이가 꿈틀거리기 시작했다. 몸에 붙어 있던 넝쿨들이 하나둘 땅속으로 사라지고 아이는 땅에서 발을 떼기 시작했다. 몸을 세우는 것조차 힘겹고 위태로워 보였지만 이내 땅을 딛고 일어섰다. 조금씩 움직일 때마다 형태가 변형되었고 돌기 같은 것들이 울쑥불쑥 튀어나왔다 들어가기를 반복했다. 점차 움직임은 안정을 찾아갔다.

모든 것이 빨랐다. 아이의 성장은 인간의 속도와 달랐다.

움직임이 자연스러워지자, 아이는 주변에 모여들었던 새들과 동물들을 하나하나 자세히 들여다보았다. 몸을 부르르 떨더니 몸속의 분홍 점들이 빠른 속도로 이동해서 자신을 정성스럽게 핥던 노루의 모습으로 바뀌었다. 그리고는 제자리에서 경중경중 뛰다가 아이의 모습으로 되돌아왔다. 이번에는 머리 위를 날고 있던 황조롱이로 변해 힘찬 날갯짓을 보이다 다시 아이의 모습으로 바꾸고 온몸을 떨며 기지개를 켰다.

나무들은 여전히 의아할 수밖에 없었다.

밤일엽 "땅에서 나온 아이인데 몸을 자유자재로 변화시키는 능력도 있네. 대단한걸. 어떻게 이런 능력을 타고났지? 혹시 우리 숲을 위해 뭔가 해줄 수 있지 않을까?"

<small>노박덩굴</small> "아직 아이라서 키우고 가르치고 해야 할 텐데, 그런 건 어떻게 해야 하나?"

<small>개가시나무</small> "숲에서 벌어진 일들에 대한 우리의 기도를 들어준 거 같기는 하네."

<small>팽나무</small> "아이는 이제 막 태어났을 뿐이고, 아직 제대로 성장도 안 했어. 일단 좀 더 지켜보고 판단해도 늦지 않을 거야."

팽나무는 속으로 생각했다

'가시 모양으로 땅에서 올라와 찬란의 빛을 내뿜고 있으니, 대지의 아이인 것은 분명한 것 같아. 그런데 대지는 왜 이 '가시 소녀'를 보냈을까? 우리가 이 아이를 키워야 하는 건가? 먹는 건 뭘 먹는지, 어떤 교육을 해야 하는지 아무것도 알 수 없으니 답답하네. 언제 커서 숲의 문제를 해결해 줄 수 있을지도 모르겠고 말이야.'

그때 가시 소녀가 팽나무를 바라봤다.

몸의 색을 팽나무와 같은 흙 회색으로 바꾸고 나무의 형태로 몸을 변형시키기 시작했다. 어린 가지에 잔털을 빽빽하게 만들었다가, 울퉁불퉁 굵게 만들고는 뾰족한 잎의 수를 어긋나게 늘려가며 연노란 꽃을 피웠고, 또 콩알만 한 초록 열매를 만들었다가 금방 붉은빛이 강한 노랑으로 색을 바꿨다. 가시 소녀는 마치 팽나무에 대한 모든 것을 알고 있다는 듯 팽나무의 성장 과정을 자신의 몸 형태 변화를 통해 보여주었다.

팽나무 "나에 대해 잘 알고 있구나. 네가 누군지 어떻게 여기 오게 된 건지 얘기해줄 수 있겠니?"

가시 소녀는 팽나무로 변한 모습에서 가지 모양을 길게 늘여 팽나무를 향해 뻗어 나갔다. 길게 늘어난 가지 모양의 촉수가 팽나무의 껍질에 닿았다. 그리고 그 촉수에서 무수한 점의 빛이 피어나더니 팽나무를 에워쌌다. 수많은 작은 빛에 둘러싸인 팽나무는 가만히 가시 소녀를 받아들였다. 그렇게 한참의 시간이 지나 작은 빛들은 사라지고 길게 뻗은 가시 소녀의 가지는 다시 아이의 몸으로 돌아왔다.

가시 소녀가 나무들 사이를 걷기 시작했다.

걸음마 하는 듯한 아기의 모습은 어느덧 사라지고 꽤 익숙한 걸음걸이로 숲을 거닐었다. 침묵 속에 지켜보던 나무들이 팽나무를 향해 시선을 돌려봤지만, 팽나무는 아무 말도 하지 않은 채 소녀를 응시할 뿐이었다. 소녀는 숲에서 가장 높게 자란 삼나무를 향해 걸음을 옮겼다. 나무에 다다르자, 오른손을 붙였다. 손은 점액질로 변하며 나무껍질의 굴곡에 맞춰 넝쿨 모양으로 그 형태를 바꾸었다. 손바닥과 나무 사이에 공간이 하나도 없게 완전히 밀착시켰다. 손 넝쿨의 형태로 나무를 위아래로 만져본 후 몸을 나무에 가져가 꼭 안았다가 왼손을 뻗어 나무를 타고 올라갔다. 가로로 튼튼하게 뻗어 나온 가지 위까지 올라가서는 숲의 모습을 내려보았다. 숲의 우거진 능선을 따라 시선을 옮기다가 숲 옆에 자리한 사람들의 마을을 발견했다. 숲과 마을을 번갈아 바라보다 나무줄기의 꼭대기인 우듬지를 향해 올라갔다.

우듬지에 올라선 소녀는 두 발을 넝쿨 형태로 변형시킨 뒤 길게 뻗어 나무를 꽉 잡고 일어나 하늘을 바라보며 몸을 부르르 떨었다. 투명한 몸에서 물결이 일렁이더니 작은 파도가 일었다. 잠시 후 새매와 참매를 선두로 동박새, 휘파람새, 오목눈이, 직박구리, 어치, 큰오색딱따구리, 수리부엉이, 꿩, 멧비둘기들이 모여들어 소녀의 주위를 원 모양으로 감싸고 날갯짓을 멈춘 채 떠 있었다. 그러다 숲 위의 하늘에 일렬로 하늘길을 만들었다. 그리고 푸른빛 깃털을 가진 직박구리 한 마리가 소녀의 뒤로 날아가 새들의 하늘길을 향해 소녀를 밀었다. 소녀는 나무를 꽉 움켜쥐고 있던 넝쿨 모양의 발을 풀어 조심스럽게 한 발짝 떼었다. 균형을 잃지 않았고 흔들림도 없었다. 남은 한 발도 조심스레 새들의 머리 위에 얹었다.

새들의 하늘길은 소녀의 몸을 지탱할 수 있을 만큼 단단했다. 소녀는 날갯짓을 멈춘 채 떠 있는 새들 위로 조심스레 한 걸음, 한 걸음 내디디며 하늘을 걸어 나갔다. 소녀가 자연스럽게 걷기 시작하자 새들은 소녀의 발밑을 떠나 흩어졌다. 소녀는 눈을 질끈 감았다. 그런데 이상하게 추락의 속도감은 전혀 느껴지지 않았다. 몸에 그 어떤 미동도 없었다. 소녀가 허공에 떠 있었던 것이다. 발 아래로 숲이 보였고 마을이 보였다. 소녀는 한참을 숲 위로, 마을 위로 걸어 다녔다.

다시 숲으로 내려가려고 삼나무의 우듬지 근처로 돌아왔다. 나무줄기 위에 올라서려다 발이 미끄러지면서 그대로 바닥으로 떨어졌다. 다행히 무수히 많은 나뭇가지가 소녀의 몸을 받쳐서 충격을 덜어주었다.

바닥에 떨어진 소녀의 몸에는 삼나무 껍질과 열매, 그리고 가시처럼 길고 뾰족한 잎들이 덕지덕지 붙어있었다. 나무껍질과 이파리가 소녀의 첫 번째 옷이 되었다. 녹색 삼나무와 편백의 얇은 잎을 비롯해 구상나무와 비자나무, 천남성의 잎과 열매, 그리고 동백꽃까지 다양한 색상과 형태로 조화를 이뤘다.

나뭇잎 옷을 입은 가시 소녀는 돌바닥을 자세히 살펴보았다.

바닥에는 크고 작은 구멍들이 있었는데 소녀가 들어갈 만한 크기도 있었다. 큰 구멍을 보자 신기한 듯 소녀는 구멍 쪽으로 뛰어갔다. 그리고 몸을 숙여 안으로 들어가려 하였다.

팽나무 "안 돼, 위험해! 들어가면 바다로 흘러내려 갈 수 있어. 거기는 숨골이라는 데야. 지하 동굴과 지상 공기의 순환 통로이고 물이 흘러 내려가는 곳이야. 비가 많이 와도 이 통로가 있어서 홍수가 나는 일이 없지. 어둡고 바닥이 평탄하지 않아서 잘못 들어가면 다시 위로 올라올 수 없게 될 수도 있어. 너에게 어떤 능력이 있는지 모르겠지만, 숨골에 들어가려면 좀 더 준비가 필요할 거야."

화산재로 이뤄진 돌들 위에 형성된 숲 바닥에는 작은 굴처럼 생긴 숨골이 곳곳에 있었다. 나무들이 돌 틈 사이로 뿌리를 내려 물을 빨아들일 수 있었던 것도 다 이 숨골 덕분이다. 푸른 숲의 근원이다. 숨골은 숲의 온도와 습도를 유지해 주면서 작은 동식물과 곤충들을 위한 안식처가 돼 주기도 했다. 바닥이 뾰족하고 날카로운 돌들이어서 동물과 곤충들이 땅파기 놀이를 할 수는 없지만, 대신 사람들의 접근을 막아주었다.

팽나무 "그리고 나중에 너에게 '어떤 힘'이 생기게 된다면 이 숨골만큼은 꼭 지켜주길 바랄게. 우리 숲은 돌 위에 자리 잡았지만 숨골 덕분에 존재할 수 있고 숨골이 만들어준 지하수를 마시며 견뎌낼 수 있는 거야. 숨골이 없어지면 우리 숲도 사라지게 되는 거지."

소녀는 숨골 앞에 멈춰 서서 팽나무를 바라보았다. 그리고 숨골의 돌들을 뿌리로 꼭 쥐어 잡고 있는 돌가시나무와 다른 나무들을 하나씩 돌아보았다. 나무들은 소녀에게 그동안 숲에서 벌어진 일들을 들려주었다. 소녀는 그 이야기를 들으며 그들의 바람 역시 알 수 있게 됐다. 소녀는 모든 면에서 빠른 속도로 성장해 갔다.

5장

싸우는 식물

숲의 위기는 진행형이었다.

인간의 공간으로 나갔던 가시덩굴들은 이제 사람들에 길든 채 숲과의 연결이 끊겼고, 인간들은 언제든 다시 숲으로 쳐들어올 기세였다. 더군다나 집을 짓고 건물을 올린다면서 바닥을 파내려 가는 바람에 마을 근처 숨골들은 부서지고 막히기도 했다.

아왜나무 "무너져 내린 숨골들도 있고 이대로라면 숲 전체가 위험해질 텐데, 가시덩굴을 다시 인간들 공간으로 보내야 하나? 무슨 방법이 없을까?"

좁은잎천선과나무 "사람들은 이미 가시덩굴에 어떻게 대처해야 하는지 알아버렸잖아."

무환자나무 "독이 있는 식물들이 가보는 건 어떨까?"

새비나무 "그래! 인간이 우리를 해치지 못하게 우리도 우리가 가진 무기를 이용하는 거야."

곰의말채나무 "독성 식물들뿐 아니라 우리 모두가 각자 잘하는 걸 무기로 삼아 한꺼번에 맞서는 게 좋을 것 같아."

종가시나무 "바로 그거네. 모두가 역할을 나눠서 누군가는 인간의 시선을 돌리게 하고 누군가는 인간이 접근하지 못하도록 방패가 돼주는 거. 그러는 동안 다른 친구들이 마을 곳곳에 퍼져나가는 거야. 쉽게 우리를 없애지 못하도록. 숲이 예전 모습을 되찾을 때까지."

팽나무 "좋아, 그럼 각자 뭘 할 수 있을지 얘기해 볼까?"

사랑초 "나는 예쁜 하트모양의 잎과 다양한 색의 꽃으로 인간들을 유혹해 볼게. 그러는 동안 번식력 강한 작은 괭이밥이 내 아래에 씨와 뿌리를 가득 퍼트리는 거지."

후추동 "구절초와 쑥부쟁이, 원평소국, 개여뀌, 큰꿩의비름, 사리풀이 무리 지어 꽃을 피우면 사람들 시선을 쉽게 빼앗을 수 있을 거야."

조록나무 "라벤더나 로즈메리, 바질, 애플민트와 타임은 향기를 이용해. 사람들이 너희 향기를 좋아하니까 사람들 집 정원까지 들어갈 수 있을 걸."

아왜나무 "깻잎과 파, 부추, 방아잎도! 향과 맛을 이용하면 정원과 안마당까지 번져도 뽑아내진 않을 거야. 잎을 따먹을 수야 있겠지만 겁먹지 말고! 그 틈에 씨를 막 퍼트리면 되니까."

돌가시나무 "서양메꽃, 너는 땅속에 뿌리를 잔뜩 퍼트려. 아주 깊고 촘촘하고 넓게. 일단 네가 한번 뿌리를 내리고 나면 쉽게 뽑아내긴 어렵잖아."

개가시나무 "그건 칡도 일가견이 있지. 너희도 땅속 깊이깊이 뿌리를 퍼트려줘."

밤일엽 "나팔꽃은 벽을 타고 올라가서 다른 식물들이 타고 올라갈 수 있도록 해주면 되겠다."

때죽나무 "도깨비바늘이나 쇠무릎, 가막사리, 도꼬마리는 달라붙기 선수니까 사람들 옷이나 동물 털에 붙어서 마을과 섬 곳곳으로 이동해 씨를 퍼트리고."

참나무 "산조풀과 양미역취, 억새풀, 메귀리, 대만나리는 사람들 발길이 적은 넓은 들판에 자리를 잡아. 환삼덩굴과 가시박은 사람들이 미처 보지 못한 곳에 뿌리를 내리고."

종가시나무 "세포아풀, 뚝새풀, 강피, 소리쟁이, 괭이밥은 사람들이 가꾸는 잔디에 섞여 들어가면 될 거야."

백서향 "민들레와 강아지풀, 돼지풀, 닭의장풀, 큰개불알풀, 개망초, 별꽃, 서양등골나물, 개여뀌, 감국, 코스모스, 광대나물과 제비꽃은 길가부터 아스팔트 틈새까지 뿌리를 내릴 수 있는 곳이면 어디든 퍼져 나가 줘."

남오미자 "한 가지는 꼭 기억해! 최대한 많은 꽃을 피워서 인간을 유혹해야 해. 인간은 꽃을 자기들을 위한 장식품이라고 생각하니까!"

산유자나무 "우린 번식을 위해 꽃을 피우는데 그걸 단순한 장식품으로 생각한다니 어이없는 일이긴 하지만 말이야."

구실잣밤나무 "아무튼 예쁘고 화려한 꽃은 아주 중요해. 사람들을 방심하게 하니까."

노박덩굴 "우린 그 틈을 타서 이중 삼중 튼튼한 방어벽을 만드는 거야. 아무리 뜯고 잘라도 끊임없이 버틸 수 있도록."

팽나무 "우리가 인간보다 느린 건 사실이지만, 대신 훨씬 끈기가 있어. 오랜 시간이 걸려도 쉬거나 포기하지 않지. 이 계획은 성공할 거야."

때죽나무 "그래. 우리에겐 좋은 친구들도 있잖아. 우리가 자리를 잡고 나면 곤충과 새, 동물 친구들이 도와줄 거야. 곤충 친구들은 인간보다 빠르고 작아서 어디든 잘 숨어들잖아. 그 수가 많으면 많을수록 인간은 겁먹고 도망가더라고. 숲과 공존할 수밖에 없다는 걸 깨닫게 될 때까지 해보자고."

팽나무 "우리는 땅과 하늘, 바람과 비의 도움을 받을 수도 있어. 사람들이 숲의 가치를 알 수 있을 때까지 우리는 우리의 최선을 다하는 거야!"

6장

마을로 간 가야

나무들은 가시 소녀를 '가야'라고 불렀다.

팽나무가 지어준 이름인데, 대지의 신 '가이아'를 부르기 편하게 줄인 것이다. 숲에 적응한 가야는 이제 당당한 숲의 구성원이었다. 나무들과 가시덩굴들의 대화에 귀 기울이다 끼어들었다.

가야 "내가 할 수 있는 일도 있지 않을까? 나도 돕고 싶어."

팽나무 "그렇지 않아도 가야 생각을 하고 있었어. 이제는 뭔가 역할을 할 수 있을 때가 되지 않았나 싶어. 인간의 모습으로 여기 온 만큼, 가야가 직접 사람들의 마을로 가면 좋을 것 같아. 꽃씨들이 여러 방법으로 퍼져 나가듯, 로즈메리와 라벤더가 향을 이용해 인간의 정원에 씨를 퍼뜨리듯, 가야는 사람의 모습을 한 꽃씨가 되는 거야. 어쩌면 가야의 역할이 가장 중요할지도 몰라."

가야 "인간들이 사는 마을로 가서 뭘 하면 되는 거야?"

종가시나무 "가야는 인간이 잊어버린 걸 다시 기억할 수 있도록 도와주면 좋겠어."

가야 "인간이 잊어버린 것?"

종가시나무 "인간들은 자신이 모든 것을 다 안다고 생각하지만 정작 제일 중요한 걸 잊어버렸어. 자신들이 어디서 누구와 함께 살아가고 있는지 말이야. 자기들이 세상의 중심이라고 착각하고 있어. 세상 모든 것들이 자신들을 위해 존재한다고 생각하는 거지. 자신들도 대자연의 일부일 뿐이라는 걸 잊은 채로."

가야 "그런데 그 기억을 어떻게 되살리지?"

때죽나무 "우리에 대해 알려주는 것부터 시작하는 건 어떨까? 사람들이 쉽게 보지 못하는 식물의 아름다움과 특별함에 대해서 가야가 알려주는 거지. 사람들이 우리를 이해하고 받아들일 수 있도록 말이야."

무환자나무 "그런데 가야가 어떻게 마을로 들어가지? 그냥 가면 사람들이 받아주나?"

아왜나무 "가야라면 할 수 있을 거야. 가야는 아이의 모습으로 숲에서 기다리면 돼. 아직 숲을 좋아하고 찾아오는 사람들이 있잖아. 특히 아이 갖기를 원하는 착한 부부가 있어. 늘 팽나무 앞에 와서 기도하고 그러더라고. 그 부부가 자주 오는 길 근처 숲에서 놀고 있으면 가야를 마을로 데리고 가지 않을까? 숲속 식물들에도 다정다감한 사람들이니, 인간 아이에게는 말할 필요도 없겠지."

예덕나무 "그래, 가야는 모든 동물과 식물의 언어를 할 수 있잖아. 가야라면 우리에 대해 제대로 알려줄 수 있을 거야."

이나무 "맞아, 가야는 지혜로운 데다 사자처럼 용감하고 코끼리처럼 튼튼하니까!"

팽나무 "하지만 가야가 너무 특별해 보이면 사람들과 어울리기 어려울지도 몰라. 사람들 사이에 자연스럽게 들어가 섞이려면 인간의 보살핌이 필요한 작은 어린아이처럼 보이는 게 좋겠어. 그래야 더 많은 관심과 정성을 들이고 사랑을 쏟을 테니까."

개가시나무 "그렇지, 원래 동물도 어린 새끼에겐 약한 법이니까."

종가시나무 "우연히 숲에서 자라게 되면서 식물에 대해서는 모르는 게 없는 식물 천재 아이! 어때? 그러면 나무와 식물에 대해 자연스럽게 말할 수 있잖아."

곰의말채나무 "식물 천재, 멋진데!"

동백나무 "가야는 마을에서 사람들의 사랑을 받으며 사람들이 말하고 생각하고 행동하는 방법을 배우는 거야. 그리고 그들이 이해하기 쉬운 방식으로 우리의 소중함에 대해 알려주는 거지. 우리가 가진 각각의 아름다움과 중요성, 우리들의 특별함을 말이야. 그렇게 하나둘씩 알아가다 보면 떠올리게 될지도 몰라, 대자연의 품에서 우리와 함께했던 시간을."

노박덩굴 "그런데 인간들이 이 섬을 떠나야 예전의 평화를 되찾을 수 있는 거 아닐까?"

팽나무 "그렇지는 않아. 가장 좋은 건 아무도 이 섬을 떠나지 않는 거야. 모두가 함께 조화롭게 살 수 있도록 하는 게 중요해. 자연에서 살아가는 모든 동식물은 한 가족이니까. 인간도 마찬가지고. 우리는 함께 나누며 살아가는 커다란 가족이야. 인간들이 자신만 생각하지 않고 모두

가 함께 살고 있다는 것을 깨달을 수만 있다면, 자연 속에서 모두가 함께 살 수 있다면, 우리는 영원을 꿈꾸는 가족이 될 수 있을지도 몰라. 서로를 보살피며 함께 하는 가족 말이야."

종가시나무 "가야의 역할이 정말 중요하겠네. 사람들이 우리의 시선으로 세상을 볼 수 있도록 가야가 새로운 눈이 되어줘. 그들이 우리의 방식으로 듣고 이해할 수 있도록 가야의 귀를 빌려줘."

가야 "응. 잘 해볼게."

산유자나무 "가야, 보고 싶을 거야. 아, 몸에 색 입히는 거 잊지 마, 사람색!"

이따금 세미소숲을 찾던 부부가 있었다.

오랜 기간 아이를 갖기 위해 노력했던 부부는 숲을 찾아 거닐며 늘 같은 소망을 얘기했다. 숲의 역사라고 할 수 있는 가장 큰 팽나무 앞에서 부부는 손을 꼭 잡고 자신들이 원하는 아이의 모습에 대해 기도했다.

"긍정적인 아이였으면 좋겠습니다. 희망을 전해주는 아이였으면 좋겠습니다. 진실한 아이였으면 좋겠습니다. 어려움이 와도 현명하게 대처할 수 있는 아이였으면 좋겠습니다."

소원이 이뤄진 걸까?

부부는 어느 날 숲에서 나뭇잎에 뒤덮인 채 돌아다니는 어린아이를 만났다. 헐벗고 뼈만 드러난 앙상한 모습이었다. 부부는 버려진 아이라고 짐작하며 마음 아파했다. 남편은 웃옷을 벗어 아이에게 덮어주고 허리를 굽혀 물었다.

남편 "길을 잃었니?"

가야는 아무 대답도 안 하고 부부의 얼굴만 바라봤다.

아내 "일단 집에 데려가서 밥부터 먹이는 게 어때요?"

부부는 가야를 세미소숲 옆 마을에 있는 자신들의 집으로 데려갔다. 나무들의 얘기대로 부부는 착하고 다정했다. 집에 도착하자 부부는 우선 가야를 담요로 감싸주고 아이가 좋아할 만한 여러 음식을 가져왔다.

아내 "뭘 좋아하는지 몰라 이것저것 가지고 와 봤어. 편히 먹고, 필요한 게 있으면 얘기하렴."

가야 "물이요."

부부는 아이가 말을 한다는 것에 기뻐했다.

아내 "그래, 그래, 물."

아내가 컵에 물을 담아 가야 앞에 놓았다. 가야가 손을 컵에 담갔다. 그러자 물이 점점 줄어들었다. 실종 아이 확인을 위해 경찰서에 전화하려던 남편은 깜짝 놀라 전화기를 내려놓고 아이에게로 다가갔다. 놀란 부부는 그저 바라보기만 했다. 컵의 물은 어느새 다 사라지고 가야가 부부에게 다시 말했다.

가야 "물이요."

부부는 서둘러 물을 더 주었고 가야는 계속해서 손가락으로 물을 빨아들이는 신기한 모습을 보였다. 그러다 아내가 놀란 모습으로 아이에게 말했다.

아내 "잠깐, 잠깐만! 물 더 많이 줄게."

그러고는 욕조가 있는 2층으로 올라가 욕조에 물을 채우기 시작했다. 남편도 아내의 의도를 금방 알아채고 가야를 데리고 2층으로 올라갔다. 그리고 가야에게 물이 가득한 욕조를 보여주었다. 가야가 욕조 안으로 들어가자, 몸에 붙어 있던 나뭇잎들이 몸에서 떨어지며 가야의 몸 주위를 에워쌌다. 나뭇잎이 가야를 떠받치는 것처럼 보였다. 가야의 몸이 물처럼 투명해졌다. 부부는 너무 놀라 아무 말도 할 수 없었다. 남편이 아내의 어깨를 만지며 조용히 말했다.

남편 "아이가 조용히 혼자 있게 두고 내려갑시다."

아내 "그래, 편히 욕조에 있다가 내려오고 싶을 때 내려오렴. 우리는 아래층에서 기다리고 있을게."

부부는 함께 1층으로 내려갔다.

아내 "당신은 나가서 좀 넉넉한 크기로 아이 옷 좀 사다 줘요. 난 위로 올라가서 아이랑 얘기를 좀 더 해볼게요."

아내가 2층으로 올라가 조심스레 말을 걸었다.

아내 "옆에 가도 괜찮니?"

아이는 웃으며 고개를 끄덕였다.

아내 "이름이 있어?"

가야 "네. 가야예요."

아내 "가야, 부모님은 어디에 계셔?"

가야 "숲이요. 아! 맞다. 산유자나무가 몸에 색을 입히라고 했는데."

가야는 말하다 말고 아내의 얼굴을 쳐다보았다.

아내 "몸에 색을 입히다니 그게 무슨 말이니?"

가야 "사실은, 사람처럼 보여야 한다고 얘기를 들었는데 깜빡했어요. 부모님은 따로 없어요. 숲이 제 가족이에요."

아내 "아줌마는 이해하기가 어려운데 좀 설명해 줄 수 있겠니?"

가야 "음, 저는 땅에서 태어났어요. 흙이기도 하고 풀이기도 하고 나무이기도 하고 그래요. 그리고 숲에 있는 모든 식물, 동물들이 제 가족이에요."

투명하게 변한 가야의 몸을 보면 보통 아이가 아니란 걸 짐작 할 수는 있었다.

아내 "그래, 그럼 이제부터 가야라고 부를게."

가야 "네. 엄마"

아내는 놀라 움찔하며 되물었다.

아내 "뭐? 엄마라고?"

가야 "네. 엄마."

아내 "가야야, 나를 왜 엄마라고 부르는지 물어봐도 될까?"

가야 "네. 숲의 나무들이 저한테 한 부부가 올 거라고 했어요. 그리고 부부를 따라서 그 집으로 가라고요. 제 엄마, 아빠가 될 거니까 잘 따르라면서요."

아내는 도통 무슨 말인지 이해할 수가 없었다. 크게 심호흡을 하고 다시 말을 이어갔다.

아내 "나무들이 왜 우리를 엄마, 아빠라고 부르라고 했는지 설명해 줄 수 있어?"

가야 "네. 아이를 간절히 원하는 부부가 있다고 했어요. 자연을 좋아하는 분들이니 저도 좋아해 줄 거라고요."

아내 "그래, 우리가 기도하던 그 팽나무가 소원을 들어줬다는 얘기구나."

가야 "네. 그런 거 같아요."

아내 "그럼, 너는 어떻게 생각하니?"

가야 "저도 엄마, 아빠가 좋아요. 여기서 함께 살고 싶어요."

대화를 하는 동안 가야의 몸이 사람의 살색으로 바뀌었다.

아내 "가야는 숲에서만 살아왔니?"

가야 "네. 숲에서만 있었어요."

아내 "사람들 말은 어떻게 할 줄 알아?"

가야 "나무들이 알려줬어요. 나무들은 다 알아요."

아내 "나무들은 어떻게 다 알고 있을까?"

가야 "계속 지켜봐 왔잖아요. 바람에 듣고, 바람 타고 온 씨앗들이 다른 곳 얘기도 해주고요."

아내 "그래. 쉽지는 않겠지만, 이해하도록 해봐야겠구나."

아내는 떨리는 마음을 가다듬고 다시 말했다.

아내 "아까 얘기했던 거 다시 한번 물어볼게. 정말 우리랑 같이 살고 싶은 거니?"

가야   "네. 엄마"

아내의 눈에서 눈물이 흘러내렸다. 그때 남편이 아이의 옷을 사서 집으로 돌아왔다.

아내   "가야, 잠깐만 있어봐. 옷 가져올게."

아내는 당혹스러움과 기쁨이 교차하는 가운데 다리에 힘이 빠져 간신히 계단을 내려왔다.

아내   "여보. 아이 이름이 가야래요. 그리고 우리랑 같이 살려고 왔대요."

남편   "그게 무슨 소리야?"

아내   "잠깐만요, 옷 입혀서 같이 내려올게요."

아내는 가야의 옷을 챙겨 2층으로 올라갔다. 욕조의 물이 많이 줄어있었다.

아내   "가야. 이제 욕조에서 나와도 괜찮겠니?"

가야   "네."

가야가 일어서자, 주변에 붙어 있던 나뭇잎들은 흩어져 낙엽으로 변했다. 완전히 살색으로 바뀐 가야의 몸은 털어낼 물기조차 없이 말끔했다. 아내는 수건을 내려놓은 채 남편이 사 온 옷을 입혀주었다.

아내   "다 됐다. 오늘은 일단 이렇게 입고, 조만간 제대로 쇼핑을 한번 해야겠네. 그런데 이 나뭇잎들은 어떻게 할까?"

가야   "숲에 돌려주세요."

아내   "그래. 알았어. 우선 1층으로 가서 아빠랑 함께 얘기하자."

아내가 새 옷을 입은 가야의 손을 꼭 잡고 1층으로 내려왔다. 가야랑 나눈 얘기를 들려주자, 남편의 눈에도 눈물이 고였다.

남편 "그게 정말이야? 나도 가야라고 불러도 되니?"

가야 "네. 아빠"

남편은 아빠라는 말에 눈물이 왈칵 쏟아져 나왔다. 그리고 아내의 손을 꼭 잡았다.

남편 "하늘이, 아니 숲이 우리의 소원을 들어준 거구나. 이제 뭐부터 해야 하지?"

너무 기쁜 나머지 마음이 분주해졌다.

남편 "가야. 우리 말고 다른 사람들은 만나봤니? 사람들 사는 곳에 대해 아는 게 있어?"

가야 "사람들을 만나보지는 못했지만 저는 뭐든지 금방 배워요."

남편 "숲과 이곳은 아주 다를 거야. 사람들은 특이한 걸 안 좋아해. 좀 어려울 수도 있겠지만 사람처럼 행동할 수 있겠니?"

가야 "그럼요, 아빠"

남편 "가야는 그동안 뭐 먹고 살았어?"

가야 "물이요."

남편 "다른 거 먹어본 건 없고?"

가야 "없어요."

남편 "그럼 사람들처럼 먹을 수는 있겠어? 여러 가지 다? 고기도?"

가야 "고기는 동물을 재료로 한 거라서 먹을 수 없고요, 식물도 열매

정도밖에 못 먹을 것 같아요."

남편 "그래, 그렇겠지. 사람들도 채식주의자가 많으니까, 아주 이상하진 않을 거야. 아까 손으로 물 마시는 거 같았는데 입으로도 마실 수 있어?"

가야 "네. 먹는 위치만 바꿔 주면 될 거예요. 어렵지 않아요."

남편 "또 뭐가 있을까?"

아내가 남편의 팔에 손을 얹고 차분하게 말했다.

아내 "오늘은 여기까지만 해요. 가야도 피곤할 거예요. 이제 함께 살 텐데, 시간을 갖고 천천히 알아가도 되잖아요."

남편 "그러게, 내가 너무 흥분했나 봐. 하하. 가야, 집을 좀 보여 줄게. 가야 방도 알려주고. 원래는 아기가 생기면 사용하려고 준비해 둔 방이 있는데 이렇게 큰 아이의 방이 될 줄은 몰랐네. 일단 오늘은 이대로 쉬고 내일 새로 꾸미자."

가야가 방에 혼자 남았다.

시멘트와 벽돌로 만들어진 공간이 낯설었다. 가야의 손이 투명해지며 짙은 점들이 드러났다. 방바닥에 손가락을 대자 반짝이는 작은 빛점들이 쏟아져 나왔다. 빛나는 점들이 점점 초록빛을 띠며 새싹들로 변해갔다. 방바닥은 어느덧 이끼로 가득 메워졌다. 가야가 바닥에 누워 손가락으로 콕콕 누르는 곳마다 새싹이 자라기 시작했다. 담쟁이덩굴들이 방벽을 타고 올라가기 시작했고 덩굴마다 형형색색의 꽃들을 피웠다. 가야가 잠시 움직임을 멈추고 눈을 감았다. 그러자 가야의 몸은 점점 더 투명해졌다. 가야는 숲속으로 돌아온 듯 기분이 좋아져서 이끼 바닥을 이리저리 뒹굴며 소리 내어 웃었다. 익숙하지 않은 아이 웃음소리에 부부가 무슨 일인지 궁금해 가야의 방문을 두드렸다. 가야는 급히 몸을 살색으로 바꾸고 방문을 열었다.

방에선 마치 비가 그친 뒤의 숲처럼 신선한 풀 내음이 풍겨 나왔다. 너무나도 아름다운 숲의 방이었다.

엄마 "와! 가야가 이렇게 한 거야?"

가야 "네."

엄마 "어떻게 했어? 이렇게 짧은 시간에?"

가야 "저는 늘 식물의 씨를 몸에 지니고 있어서, 원하는 곳에 뿌리를 내리고 빨리 자라게 할 수 있어요. 그런데 물이 많이 필요해요. 물을 제가 직접 만들지는 못해요."

엄마 "아, 그래서 계속 물을 달라고 한 거였구나. 그러면 그 물은 어디에 보관해?"

가야 "제 몸은 씨앗 바구니이기도 하고 물주머니이기도 해요. 원하는 대로 물을 보관할 수 있어요. 아직은 제 몸 크기까지만요. 그런데 방을 이렇게 해도 괜찮을까요?"

엄마 "그럼. 네 방이니까 편한 대로 해도 되는데, 시간이 지나고 가야가 사람들과 친해져서 집에 손님도 찾아오고 그러면 어떻게 하지?"

가야 "사람들이 찾아오게 되면 그때 방을 다시 꾸며도 되지 않을까요?"

아빠 "그래 그렇게 하도록 하자. 더 필요한 게 있니? 그런데 손이 이상하네. 괜찮아?"

가야 "네?" 가야가 자기 손을 보고 깜짝 놀라며 손 색깔을 살색으로 바꾸었다. "몸의 색을 바꿨다고 생각했는데 손은 그대로였네요. 아직 색 바꾸기에 익숙하지 않아서요."

아빠 "원래는 투명하니?"

가야 "네. 색은 제가 만들어요. 꽃처럼이요. 색 만드는 데는 힘을 많이 써야 해요. 하지만 곧 익숙해질 테니 걱정 마세요."

엄마 "적응될 때까지 가야 편한 대로 해. 이제 오늘은 좀 쉬는 게 낫겠다. 안녕."

가야 "네 엄마, 아빠도 안녕히 주무세요."

부부는 조용히 1층으로 내려왔다.

아빠 "가야를 감당할 수 있을까? 우리가 키울 수 있는 아이인지 좀 불안하긴 해."

엄마 "나도 걱정되기는 마찬가지예요. 그런데 가야가 엄마라고 부르는 순간 모든 두려움이 다 사라졌어요. 손발이 떨리고 온몸에 힘이 빠져서 서 있을 수조차 없더라고요. 그동안 아기를 갖기 위해 고생했던 거, 그 과정에서 우리가 힘들게 버텨왔던 기억들이 다 떠오르는데…. 알잖아요, 내가 엄마라는 소리를 얼마나 듣고 싶어 했는지. 당신도 듣고 싶어 했잖아요, 아빠라는 소리."

남편은 아내를 꼭 안아 주었다.

엄마 "가야가 그랬어요. 숲이 우리 기도를 들어준 거라고. 우리는 어차피 아기를 가질 수도 없었고, 입양하려는 과정에서도 아픈 상처만 남았어요. 우리, 해 봐요. 나는 해 보고 싶어요. 우리가 숲으로부터 선택받은 거일 수도 있어요. 사람이 숲을 파괴했지, 숲이 사람에게 나쁜 일을 한 적은 없잖아요. 숲이 우리를 선택한 만큼 뭔가 이유가 있지 않겠어요? 만약 어려운 일이 생기면 그때 가서 생각해 보는 거고요."

아빠 "그래, 알았어. 해 봅시다. 그런데 가야 방 주변의 이끼는 어떻게 할까? 이게 시작일 텐데…."

엄마 "그런 문제들이 또 생기겠지만, 하나하나 풀어 가야죠. 더 심해지면 다른 방도 있잖아요. 그러는 동안 가야 스스로 해결책을 생각해 낼 수도 있고요."

아빠 "그래, 알았어. 무슨 방법이 있겠지."

숲속 식물들이 뿌리와 뿌리로 대화를 나누듯 가야도 식물의 뿌리를 이용해 땅으로 연결된 다른 식물들과 소통을 하고 있었다. 그리고 가야에게는 식물의 성장 시간을 빠르게, 때로는 느리게 조절하는 능력도 있었다. 가야는 좋은 부모를 만난 기념으로 마을 사람들에게 선물을 주고 싶었다. 가야 방에서 자라는 새깃유홍초에 손을 댄 후 마을에 있는 모든 식물이 꽃을 피울 수 있도록 했다. 능소화와 스위트피, 박주가리 같은 덩굴식물들부터, 미타리, 알리섬, 까마중, 옥잠화까지 계절이나 시간에 상관없이 모두 동시에 꽃을 피워냈다.

다음 날 아침, 마을에 꽃 잔치가 열렸다.

사람들은 아름답게 피어난 꽃들에 흥분을 감추지 못했다. 어떻게 된 일인지 영문을 알 수는 없었지만 마치 천국의 모습 같다며 마냥 신기해했다. 너도나도 아는 꽃 이름을 자랑이라도 하듯 꺼내 놓기 시작했다. 그동안 잡초라고 쳐다보지도 않던 식물에까지 관심을 가지면서 궁금해했다. 숲을 좋아해 자주 찾았던 가야의 부모는 식물에 대해 누구보다 잘 알고 있어서 옆집 사람도 건너편 집 사람도 이집 저집에서 꽃과 풀에 관해 물어왔다.

아빠는 모든 식물에는 이름이 있고, 예쁜 꽃을 피운다며 기쁜 마음으로 하나하나 이름을 알려주고 꽃 피는 시기와 주의할 점에 대해 설명해줬다. 아빠가 얘기하는 사이 옆집 아주머니는 엄마의 팔짱을 끼고 골목길에 핀 꽃 좀 보라며 이리저리 데리고 다녔다. 마당을 꾸미지 않아 지저분하다며 늘 문을 닫아걸었던 사람도 마치 자신이 계속 가꿔온 것처럼 자랑했다. 꽃은, 지저분하거나 흉하다고 생각했던 모든 것들을 아름답게 현혹하는 마력이 있었다. 마을에는 도시 생활에 지쳐 이사 온 나이 많은 사람들도 있었다. 그들은 창밖으로만 동네를 내다볼 뿐 집 밖으로 나와 얘기하거나 이웃들을 초대하는 일이 별로 없었다. 하지만 오늘만큼은 달랐다. 부부가 처음 만나는 이웃도 많았다. 모든 의심을 버리고 어린아이들이 놀이터에서 놀 듯 서로 어울려 꽃 얘기에 마냥 신이 났다. 어느 집에 살고, 무슨 일을 했었고 같은 건 중요하지 않았다. 가야는 이 광경을, 창문을 통해 내다봤다. 엄마와 눈이 마주치자, 엄마는 가야에게 밖으로 나와 보라고 손짓했다. 하지만 아직은 모든 게 낯설기만 한 가야는 살짝 웃으며 고개를 저었다.

날이 어두워지고 저녁 시간이 되자 부부는 집으로 돌아왔다. 엄마는 마을이 이제야 사람 사는 거 같다며 좋아했다. 아빠도 갑자기 핀 꽃들에 대한 궁금증은 잊은 채 저녁 내내 사람들의 해맑음과 순수함에 대해서만 얘기했다. 이 할아버지는 심술궂은 표정에 인사도 안 해서 이상하다고 생각했는데 알고 보니 정이 많으신 분이고, 저 할머니는 커튼 뒤에 숨어 힐끗힐끗 몰래 쳐다보는 모습만 봤는데 엄청난 수다쟁이였다며 웃었다.

하지만 단 하루만의 꽃 잔치였다.

온 동네에 꽃을 피울 수 있었던 건 가야의 선물이기 때문이었다. 그런데 어린 가야의 에너지 소모가 너무 커서 지속하기 어려울 수밖에 없었다. 한꺼번에 나타났던 꽃들이 한순간에 사라진 것이다. 사람들은 꿈에서 깬 듯했다. 혹시나 했지만 다음 날도, 그다음 날도 꽃은 피지 않았다. 거리의 활기가 사라졌다. 친하게 얘기를 나눴던 이웃 사람이 이상한 사람은 아니었는지, 다시 대문을 꽁꽁 잠근 채 창밖 감시 체제로 돌아갔다. 식물에 대한 관심도 지속되지 못했다. 급속히 식은 분위기에 가야는 시무룩해졌다. 온몸의 모든 힘을 쏟아 마을 사람들을 위해 만든 선물이었는데 너무 빨리 잊혀가는 것에 기운이 빠졌다. 그나마 다행인 건 그동안 마을 땅속에 씨앗을 숨겨놓고 있던 식물들이 갑자기 자라나고 덩굴이 집과 벽을 감싸 올라온 것에 대해 누구도 별다른 의문을 품지는 않았다는 것이다.

물론 꽃 잔치의 흔적이 아예 사라진 것은 아니었다.

꽃은 마을 사람들에게 그동안 느껴 보지 못한 설렘의 경험을 주었고 차가웠던 마음이 따뜻해질 수 있다는 걸 알게 해주었다. 가야의 부모가 식물에 대해 얘기할 때 재미없고 지루하다며 무시하는 일은 이제 없어졌다. 어쨌든 식물에 대한 관심은 조금이나마 더 생겨서 다행이었다. 가야의 집에서도 마찬가지였다. 가야가 식물에 대한 얘기를 할 때면 부부는 마냥 신기하게 쳐다보며 경청했다. 세 사람의 식물 이야기, 숲 이야기는 끝이 없었다. 하루 동안의 꽃 잔치에 대해 가야는 자기가 만들어낸 일이라고 얘기하지 않았고, 부부도 눈치채지 못했다. 가야의 능력이 그 정도일 거라고는 생각하지 못했다.

가야는 새 환경과 몸 색깔 바꾸기에 빠르게 적응해 갔다. 부부는 가야에게 집 밖으로 나가 사람들과 만나는 것에 대해 조심스럽게 말을 꺼냈다.

엄마 "엄마, 아빠가 식물에 관해 얘기하는 것보다 가야가 직접 식물 이름을 알려주고 가야만 알고 있는 식물 이야기를 해주면 동네 사람들이 가야를 좋아하게 될 거야."

아빠 "그래, 마을 사람들이 식물과 친해지도록 하는 것이니 좋은 일 아닐까?"

가야는 잠깐 생각을 한 뒤 대답했다.

가야 "네. 그래요. 저도 이제 준비가 된 것 같아요. 내일부터 엄마, 아빠랑 같이 나갈게요."

엄마 "다행이다. 그동안 엄마, 아빠가 가야를 입양했다고 사람들에게 얘기하기는 했어. 그런데 적응 시간이 필요해서 당분간 소개하지 못하고 있다고."

아빠 "모두 너를 만나고 싶어 한단다. 너도 좋아할 거야."

엄마 "내일이 너무 기대되네."

다음날 가야는 처음으로 동네 구경을 나갔다.

만나는 동네 사람마다,

마을사람1 "네가 가야구나. 너무 예쁘게 생겼다."

마을사람2 "드디어 만나게 됐네. 그렇게 꼭꼭 숨겨놓고 집에도 못 오게 하더니."

마을사람3 "그런데 왜 이렇게 말랐어? 잘 먹어야 해. 그래야 쑥쑥 잘 크지."

다들 한마디씩 했지만 가야는 웃기만 할 뿐이었다.

엄마 "죄송해요. 아이가 아직 낯을 많이 가리네요. 나중에 좀 더 적응되면 집으로 초대할게요. 우선 동네 구경부터 시켜주려고요. 밖에 처음 나와 보는 거예요."

엄마는 동네 사람들의 과잉 반응에 당황해 가야를 데리고 사람들 무리에게서 벗어났다.

엄마 "가야, 미안해. 많이 놀랐지? 엄마도 이 정도일 줄은 몰랐어."

아빠 "집으로 다시 돌아갈까?"

가야는 고개를 저으며 걷자고 몸짓했다. 사람들이 사는 동네를 보는 게 신기하기만 했던 가야는 이 집 저 집 쳐다보며 함께 걸었다.

그런데 갑자기 가야의 팔에서 희미한 빛이 새어 나왔다.

여러 개의 점이 나타났다 사라지기를 반복하면서 바늘로 찌르는 듯한 통증이 느껴졌다. 가야가 멈칫했다.

엄마 "가야, 무슨 일이야? 괜찮아? 어디 아파?"

가야 "잘 모르겠어요. 괜찮아진 것 같아요. 계속 걸어요. 동네 구경이 재미있어요."

통증이 다시 시작됐다.

가야는 뭔가를 느낀 듯 고개를 휙 돌려 건너편 집을 쳐다보았다. 정원에서 한 노인이 두 팔로 풀을 이리저리 흔들며 뿌리째 잡아 뽑아서 구석으로 던지고 있었다. 정원 한쪽 편에는 꽤 많은 풀이 뽑힌 채 쌓여 있었다. 가야는 아픈 팔을 꼭 잡고 노인의 모습을 빤히 쳐다보았다.

아빠 "가야, 괜찮아? 왜?"

엄마 "할아버지가 풀을 뽑아서 그래? 그래서 아픈 거야?"

가야 "네. 그런 거 같아요. 오른팔이 바늘로 찌르는 것처럼 따끔따끔해요. 저도 왜 그런지 확실하지가 않아서 잠시 기다려 보려고요."

아빠 "그래, 일단 지켜보자."

노인이 다른 풀을 뽑자 역시나 오른팔이 또 아파지기 시작했다.

가야 "맞는 거 같아요. 식물이 뽑힐 때마다 아파요."

엄마 "그럼 어떻게 하지? 할아버지한테 풀을 뽑지 말라고 할까?"

아빠 "어떻게 그렇게 말해? 우리 집도 아니고 할아버지 집 풀 뽑는 걸

뭐라 할 수는 없잖아. 우선 집으로 돌아가자."

노인의 집에서 멀어지면서 통증은 서서히 줄어들었다. 집에 돌아오자 가야는 몸에서 힘이 빠지며 한기가 도는 걸 느꼈다.

아빠 "가야, 미안해. 할아버지한테 아무 말도 못 해서. 아빠 생각에는 가야가 숲에서 태어나고 자라다 보니 식물들과 감각이 연결된 거 같아. 그런데 이 문제를 어떻게 해결해야 할지는 잘 모르겠네. 동네 사람들은 저마다 자기 정원을 가꾸느라 잔디를 깎고, 가지치기를 하고, 잡초를 뽑는데…."

가야 "잡초가 뭐예요?"

아빠 "정원에 자라는 안 예쁜 풀, 원하지 않는 풀을 사람들은 잡초라고 부른단다."

가야는 아빠의 표현에 감정 상한 말투로 말했다.

가야 "안 예쁜 풀이요? 안 예쁘면 다 뽑아서 죽여요?"

아빠 "꼭 그런 건 아냐. 사람들은 자기 정원에 자신이 원하는 식물들을 심어서 그 식물들이 자라는 모습을 보며 휴식을 취하고 위안을 얻거든. 그런데 원하는 식물이 아닌 다른 식물들이 자라면 그 풀들을 제거하곤 해."

조심스레 대답해 보았지만, 가야의 상처받은 마음이 날카로운 어조로 돌아왔다.

가야 "원하지 않는 풀을 제거한다고요? 사람들은 다 그래요? 엄마, 아빠도요?"

아빠 "아니, 우리는 안 그러지. 너도 봤잖니. 정원 식물들을 있는 그대로 두고 있고 가지치기도 안 해."

가야 "도무지 이해가 안 돼요. 원하지 않는 풀을 잡초라고 하고 다 죽여 버리다니요. 모든 식물은 저마다 자기 이름이 있어요. 그리고 저나 엄마, 아빠처럼 다 살아가는 이유가 있고요. 보기 싫다고 죽이는 건 말도 안 돼요."

부부는 가야의 날 선 기분을 달래주고 싶었다.

아빠 "가야, 이런 일에 대해서는 엄마, 아빠가 해 줄 수 있는 게 별로 없구나. 미안해. 사람들은 너무 당연하게 그렇게 살아왔어. 일일이 한 명, 한 명 찾아가서 설명하고 설득하기는 어렵지. 서로 다른 각자만의 공간에서 살고 있고 그 공간에 함부로 들어가서 방해할 수 없는 게 사람들 세계거든."

엄마 "하지만 이런 문제들을 해결하라고 숲이 우리에게 가야를 보낸 거 아닐까?"

아빠 "숲에 가서 오래 산 나무들에 한 번 물어볼까? 나무들은 해결책을 알고 있을지도 모르잖아."

가야 "이런 일로 숲에 돌아갈 수는 없어요. 나무들은 정말 위험할 때 아니면 돌아오지 말라고 했어요. 사람들 세상에서 생활하면서 적응하라고요. 저 스스로 해결해 내야 해요."

가야는 힘겹게 방으로 올라가 이끼 위에 누운 채 꼼짝 않고 눈물만 흘렸다.

다음날 가야가 희망찬 표정으로 내려왔다.

가야 "엄마. 좋은 생각이 있어요."

엄마 "그래? 방법을 찾았어?"

가야 "네, 식물에 대한 사람들의 생각이 바뀌면 될 것 같아요. 잡초가 아니라 원하는 식물이라면 뽑아 버리지 않을 거 아네요?"

엄마 "그건 그렇지. 그런데 어떻게 사람들이 생각을 바꾸게 해?"

가야 "필요 없는 식물을 죽인다는 건, 반대로 예쁘고 마음에 드는 식물이라면 살린다는 거잖아요?"

엄마 "그렇지. 내가 아끼고 좋아하면 돈을 주고라도 사 오지."

가야 "그러니까, 식물의 이름과 살아 있는 이유에 대해 하나하나 설명해서 원하는 풀이라고 느끼도록 하는 거죠."

엄마 "그렇기는 하지만, 설명을 잘한다고 해서 사람들이 그 식물을 원하게 될지는 모르겠어. 또 쓸모 있다고 설명해도 식물을 안 죽이는 건 아냐. 몸에 좋다고 하면 약재로 쓰기도 하거든. 그러고 보니 동물들도 풀을 먹잖아. 그것도 식물을 죽이는 거 아닌가?"

가야 "동물들은 살기 위해 풀을 뜯어 먹는 거지 죽이지는 않아요. 그리고 풀을 먹는 대신 씨앗을 퍼뜨려주는 역할을 해줘요. 뽑아서 죽여버리는 거랑은 달라요."

엄마 "내가 잘못 생각했네. 정말 어려운 일이구나. 당장 모든 걸 바꿀 수야 없겠지만 네 말대로 조금씩 시도해 보는 것도 좋을 것 같아. 사람들에게 식물들 이름도 알려주고 식물은 왜 중요한지도 알려주자. 그러다 보면 차차 달라져 가겠지. 그런데 이 일을 하려면 네가 사람들을 만나서 직접 설명하고 얘기해야 하는데 괜찮겠어? 너 몸 색깔도 계속 바꿔야 하고, 힘들지 않을까?"

가야 "알아요. 쉽진 않겠죠. 하지만 제가 사람들 마을에 온 이유가 그거 같아요. 시간도 꽤 지났고 몸 색깔 바꾸는 것도 이젠 어렵지 않아요. 사람들 옷에도 적응했고요. 그리고 엄마가 도와준다고 하니 힘이 나요. 고마워요. 엄마."

가야가 마을 사람들에게 적극적으로 다가가기 시작했다.

식물들의 이름과 진정한 아름다움을 설명하며 보내는 하루하루가 즐거웠다. 꽃 잔치가 벌어졌던 날 가야 엄마에게 꼭 붙어있던 옆집 아주머니는 이제 가야가 밖으로 나오면 먼저 달려와서 이것저것 물었다.

동네사람1 "가야, 이것도 덩굴인가? 나무나 벽을 타고 오르지는 않으면서 바닥으로만 막 퍼져가는데."

가야 "얘는 이름이 살갈퀴예요. 바닥에 깔리면서 자라니까 땅을 덮는데, 한여름 뜨거운 햇볕으로부터 흙을 보호해 주는 역할을 해요. 달착지근한 맛으로 개미들이 모여들게 해서, 그 개미들이 진딧물을 막아주기도 해요. 봄에는 붉은빛 도는 자주색 꽃도 펴요."

동네사람1 "아, 그렇구나. 별것 아닌 것처럼 보여도 중요한 역할을 하는 풀이었네. 고마워, 식물 천재 아가씨!"

마당에서 풀을 뽑는 것 때문에 가야에게 통증을 느끼게 했던 동네 할아버지도 이제는 정원 관리를 하기 전에 가야의 조언을 먼저 구했다.

동네사람2 "가야, 이 풀에도 꽃이 필까?"

가야 "그럼요, 할아버지. 정식 이름은 개망초인데요, 보통 계란꽃이라고도 불러요. 가운데에 노란색의 통꽃이 있고 그 둘레를 흰색 혀꽃이 바깥으로 펼쳐져서 꼭 계란후라이처럼 생겼거든요. 개망초 꽃은 꿀벌들도 아주 좋아하는 꽃이에요."

동네사람2 "예전 같으면 다 뽑아버렸을 텐데, 고마워, 가야."

이렇게 이웃들뿐 아니라 먼 동네에도 '식물 천재' 가야의 설명을 진지하게 받아들이는 사람들이 늘어갔다. 꿈같이 지나갔던 하루의 꽃 잔치였지만 꽃이 주는 따스함이 사람들 마음속에 남아 식물들과 함께하는 일상을 맞을 수 있게 된 것이다. 가야는 마을 생활에 보람을 느끼며 팽나무에 해줄 얘기가 생긴 것 같아 마음이 뿌듯했다.

가야에게 생기가 돌았다.

하지만 행복한 순간은 오래 가지 못했다.

사람들에게 꽃 설명을 해주기 위해 외출을 준비하던 어느 날, 가야의 몸에서 여러 줄기의 빛이 새어 나오고 몸속의 물줄기들이 요동치기 시작했다. 갖가지 색들이 뒤죽박죽 섞이며 점차 빛을 잃어가고 있었다. 살점이 떨어져 나갈 것 같은 고통에 비명을 지르며 바닥에 쓰러졌다. 부부는 깜짝 놀라 가야의 방으로 갔다.

엄마 "괜찮아?"

아빠 "무슨 일이니?"

가야는 고통을 못 이겨 몸을 움츠린 채 대답도 제대로 못 했다. 당황한 채 어쩔 줄 몰라 하던 엄마는 풀을 뽑던 노인을 생각하며 이 정도 고통이면 숲에 문제가 생긴 거일 수도 있겠다고 짐작했다. 남편에게 숲으로 빨리 가보라고 했다. 가야의 몸에서 탄력이 사라지고 물렁물렁한 채 힘없이 늘어지고 있었다. 엄마는 가야가 처음 집에 왔을 때를 떠올렸다.

엄마 "많이 힘들어? 물이 있으면 좀 낫겠니? 욕조에 물 받아줄까?"

가야는 말없이 고개만 끄덕였다. 엄마는 조심스럽게 가야를 안아 욕조로 옮겨놓고 물을 틀었다. 괴롭게 몸부림치던 가야에게 해 줄 수 있는 건 이것밖에 없었다. 그나마 엄마의 머릿속에 물이 생각난 건 다행이었다. 가야의 앓는 소리가 점점 줄어들었고 요동치던 색들도 차분하게 변해갔다.

그 시각 숲에서는 나무들이 베이고, 뽑히고 있었다.

전기톱 소리와 굴착기, 불도저의 중장비 소리가 요란하게 울려 퍼졌다. 자연휴양림 조성을 계획하고 있던 시청이 아무런 예고도 없이 숲 입구부터 나무들을 제거하기 시작한 것이다. 아빠는 난데없는 공사냐며 항의도 하고, 멈춰 달라고 호소도 해봤지만, 인부들은 작업에 방해된다고 짜증만 낼 뿐이었다. 아빠가 할 수 있는 것은 아무것도 없었다. 우선 빨리 집으로 돌아가 가야의 상태부터 확인해야 했다.

아빠 "가야는 좀 어때?"

엄마 "욕조에 있는데 아까보다는 많이 안정됐어요. 그런데 숲에 무슨 일 있어요?"

아빠 "자연휴양림을 만든다고 숲 초입의 나무들을 모조리 베거나 뽑고 있었어. 반대하는 주민들이 있을까 봐 설명회 같은 것도 안 하고 갑자기 시작한 모양이야. 그래서 가야 몸이 아픈 건가 봐. 그나저나 우리가 할 수 있는 게 아무것도 없는데 어쩌지? 병원에 데려갈 수도 없고."
엄마는 가야에게 숲의 상황을 설명해 주었다.

가야 "숲으로 데려다주세요."

엄마 "숲에? 너 지금 몸도 안 좋잖아. 우선 기운부터 차려야지."

가야 "숲이 더 망가지면 저는 점점 더 아파질 거예요. 빨리 숲으로 데려다주세요."

부부는 서로의 얼굴을 쳐다보았다. 엄마가 말없이 고개를 끄덕였다. 셋은 함께 숲으로 향했다. 숲에 도착한 가야는 두 팔로 엄마, 아빠를 안으며 말했다.

가야 "엄마, 아빠 고마워요. 숲에는 저 혼자 들어갈게요. 일단 집으로 가서 기다려 주세요. 정리되는 대로 돌아갈게요. 너무 걱정하지 마세요."

그러고는 곧바로 나무들 틈으로 사라졌다. 부모는 가야를 숨기듯 품어낸 숲의 입구를 떠나지 못했다.

숲으로 들어간 가야는 곧바로 팽나무에 갔다. 사람들의 갑작스러운 대규모 공격에 어리둥절했던 팽나무는 밖에서 벌어지고 있는 일에 대해 듣고는 결단의 순간이 왔다고 생각했다. 이제까지 사람들이 빠르고 식물은 느렸지만, 더는 안됐다. 사람들보다 빠르고 강력해져야만 했다. 가야의 역할이 필요한 시점이었다. 팽나무는 가야가 사람들 마을에 머무는 동안 많이 성장했다는 걸 느꼈다. 아직 충분한 것 같지는 않았지만, 더 이상 기다릴 수 없는 상황이 돼버린 것이다. 숲에 있는 나무들에 긴급히 알렸다. 숲의 모든 나무가 뿌리로 한꺼번에 땅속 수분을 빨아들인 뒤 가야에게 전달 하기로 했다. 가야의 출발점이자 근원인 대지의 에너지를 통해 가야의 성장을 완성하기 위해서였다. 팽나무를 끌어안고 있던 가야가 투명한 액체로 흘러내렸다. 액체 덩어리가 숲 바닥으로 퍼지면서 땅속으로 서서히 스며들었다. 얼마나 지났을까, 바닥에서 액체가 배어나며 덩어리지기 시작했다. 나무들이 빨아올린 수분을 흡수한 가야가 다시 사람의 형상으로 돌아왔다.

더 이상 예전의 가야가 아니었다.

숲이 빠르고 강해졌다.

땅에서 작은 울림이 시작됐다.

땅에서 새싹들이 나오고 식물 줄기들이 땅을 타고 길게 늘어져 뻗어 나갔다. 무수한 덩굴식물들의 줄기가 숲 밖 공사 현장으로 향했다. 덩굴이 굴착기와 불도저를 칭칭 동여맸고 인부들의 발도 감아서 잡아당겼다. 놀란 인부들은 허겁지겁 도망갔고, 덩굴은 숲을 파괴하고 있는 중장비들을 꽁꽁 묶었다. 그제야 땅의 울림이 멈췄다. 멀리서 지켜보고 있던 부모의 몸에 소름이 돋았다.

숲에서 사람 형체가 빠져나왔다. 가까워져서 보니 가야였다. 부모는 꼼짝도 못 한 채 쳐다보기만 했다.

가야 "너무 놀라지 마세요. 저 가야 맞아요. 좀 더 큰 것뿐이에요. 이제 집으로 가요."

집에 도착한 가야는 지친 기색으로 말했다.

가야 "좀 쉬어야겠어요. 걱정 마세요."

엄마 "그래, 그래야지. 푹 좀 쉬어. 필요한 거 있으면 얘기하고."

숲의 반격과 가야의 급성장한 모습에 부모는 어안이 벙벙한 상태였다. 두렵기도 했지만 지켜볼 뿐이었다.

가야는 방으로 들어가 바닥에 누웠다. 얼마 지나지 않아 방에 있던 덩굴들이 조금씩 방향을 틀어 창밖으로 뻗어 나갔다. 공사장을 공격했던 속도는 아니지만 서서히 덩굴줄기들이 흙 속을 파고 들어갔다. 이쪽저쪽 마을 곳곳에서 새싹들이 돋아났다. 그동안 땅속에서 때를 기다리고 있던 모든 식물도 동시에 성장하기 시작했다. 은밀한 움직임이어서 마을 사람들 누구도 알아채지 못했다.

다음 날 아침, 세상이 초록으로 바뀌었다. 도로도 자동차도, 사람들이 사는 집도 초록 덩굴로 뒤덮였다. 아침에 일어난 사람들은 집 안에 갇힌 줄 알았다. 창문도 현관문도, 외부로 향하는 모든 문들 밖으로 덩굴이 빽빽하게 자라서 문을 열 수조차 없었다. 사람들 모두 문을 열려고 안간힘을 쏟았다. 가위나 톱, 망치 같은 도구들을 사용해 간신히 집 밖으로 나온 사람들은 온 집을 덮고 있는 덩굴과 이끼에 어리둥절했다. 꽃 잔치 때와는 정반대 상황이었다. 어떻게 된 영문인지 아무도 알지 못했다.

가야는 2층 방의 침대에 가만히 누워있었다. 마을 군데군데 자리 잡은 나무들, 곳곳에 뿌려진 씨앗들, 그리고 땅속에 묻힌 채 언제든 싹을 피워 올릴 채비를 하는 덩굴의 뿌리들과 끊임없이 연결했다. 사람들이 덩굴을 뜯어내면 밤새 싹을 틔워 다음 날 아침 같은 형태로 자라 오를 수 있도록 했다. 가야가 처음 이 집에 와서 방안을 이끼로 뒤덮고 마을에 꽃을 가득 피울 때는 손가락이 닿는 지점을 이용해 식물들과 연결했는데, 이제는 직접적인 접촉 없이 생각만으로도 가능해진 것이다.

덩굴은 제거해도, 제거해도 그 끝을 알 수가 없었다. 사람들은 하루 종일 덩굴만 자르다 날이 어두워졌다. 줄기가 잘린 덩굴들은 다시 찾아온 어둠 속에서 또 자라나 어제와 같은 상황이 반복되었다. 마을 사람들이 시청으로 달려갔다. 시청 건물도 덩굴로 뒤덮인 건 마찬가지였다. 자연휴양림 조성은 뒷전으로 밀렸고, 시 정부가 잡초 제거 전문 업체를 불렀다. 업체는 뿌리 부분에 제초제를 뿌리기 시작했다. 한쪽에서는 전기톱으로 덩굴들을 제거하고 또 다른 곳에서는 강한 유압 물청소기로 이끼를 제거했다. 빠른 속도로 식물 제거가 진행됐다. 하지만 덩굴과 이끼는 다음날 같은 모습으로 자라있었다. 더군다나 마을 전체가 같은 상황이니 업체가 며칠 작업을 해도 결과는 마찬가지였다. 업체는 제초제가 닿지 않는 땅속 깊은 곳에 씨앗들이 퍼져 있어서 이런 식의 작업은 소용이 없다는 것을 깨달았다. 덩굴이 숲에서 시작되는 만큼, 숲이 시작되는 주변을 불로 태우고 바닥을 깊이 파서 흙을 뒤

집어엎는 수밖에 없다는 결론을 내렸다. 자연휴양림 조성을 위해 어차피 숲 일부를 정리해야 했는데, 아예 덤불의 뿌리와 씨앗까지 한꺼번에 없애서 근본적인 대처를 하자는 것이었다. 숲과 마을 사이에 일종의 '완충지대'를 만들어 놓으면 앞으로 숲의 생물들이 마을을 침범할 가능성도 줄어들 거라는 논리였다.

시 정부는 잠시 주저했다. 숲에 불을 지르는 것은 부분적으로 나무를 베어내는 것과는 차원이 다른 일이기 때문이다. 불이 번지면 자칫 마을 전체가 위험해질 우려도 있었다. 그렇다고 덩굴 제거를 위해 매일 같은 작업을 할 수도 없었다. 게다가 자연휴양림 공사까지 중단된 상태여서 점점 궁지로 몰려가던 상황이었다. 시 정부는 불이 크게 번지지 않도록 적절한 조처를 하는 조건으로 숲과 마을의 경계 부분을 불태우는 '화공작전'을 결정했다. 그리고 혹시나 모를 위험을 막기 위해 섬에 거주하는 모든 사람에게 '화공작전'에 대해 자세히 설명하고 관련 지역을 통제하기로 했다.

가야가 있는 2층의 방으로 부모가 급히 뛰어올라왔다.

엄마 "가야, 큰일 났어. 시청이 숲 일부를 불태우기로 했대. 숲과 마을을 완전히 분리해 놓겠다는 거야."

가야 "네? 그렇게 무자비한 방법을요? 숲을 태우면 나무와 풀들이 모두 죽고 거기 살고 있는 동물들도 다 죽을 텐데요?"

아빠 "그러게 말이다. 당장 내일 아침부터 사람들 통행을 막고 작업을 시작한다는구나."

가야 "빨리 움직여야겠어요. 엄마, 아빠, 함께 가 주실래요?"

가야와 부부가 급히 숲으로 달려갔다.

불이 커지면 세미소숲이 아예 사라질 수도 있는 위기였다. 가야는 우선 팽나무를 두 팔로 안고 밖의 상황을 알려줬다.

팽나무 "움직이지 못하는 나무들에 불을 붙이는 건 정말 치명적인데. 불이 숲 전체로 번지지 않기만을 바랄 수밖에 없는 상황이군. 동물들도 문제야. 나무들이야 어쩔 수 없지만, 동물들은 미리 대피해야 해. 가야가 동물들을 도와줘."

팽나무는 우선 나무들에 뿌리부터 밑동까지 최대한 많은 수분을 확보해서 혹시 윗부분이 불에 타더라도 살아남을 수 있도록 준비시켰다. 또 동물들에게는 불이 붙기 전에 가야를 따라 몸을 피하라고 전했다.

가야는 숲 한가운데 두 팔을 벌리고 서서 동물들을 불러 모은 뒤 가장 큰 숨골 입구로 안내했다. 함께 왔던 부부는 입고 있던 외투를 벗어 동양달팽이와 제주혹달팽이, 왕지네, 늑대거미, 가시개미, 갈색무늬노린재, 미니날쐐기노린재, 길쭉꼬마사슴벌레, 흰점박이꽃무지처럼 작고 움직임이 느린 곤충들을 담아 숨골로 옮겨 주었다. 도롱뇽이나 살모사, 유혈목이, 비바리뱀, 누룩뱀, 줄장지뱀들도 이동을 시작했다. 숲 속에는 몇 년 동안 부부가 산책하면서도 보지 못했던 많은 동물이 있었다. 숨골로 대피하지 않는 동물들의 경우 가능한 한 빨리 위험지역을 벗어나도록 했다. 느린 동물들을 먼저 출발시켰고, 뒤이어 동작이 빠른 동물들도 떠나게 했다. 그리고 불이 번질 걸 대비해서 숲 전체의 동물들에게 숨골 지역 주변에 머물게 했다.

　가야와 부부는 밤새 동물들 대피에 힘을 썼고, 다음 날 아침 잡초 제거 업체는 소방대원과 시 관계자들이 지켜보는 가운데 숲에 불을 놓았다.

7장

숨골

    숲의 생물들이 불로부터 안전할 수 있는 곳은 숨골이었다.

    섬은 굳은 용암 위에 흙이 쌓이고 그 위에 울창한 숲과 농경지 마을이 들어선 지형이었다. 숲 곳곳에 숨골이 있고 이 숨골의 구멍을 통해 빗물이 지하로 모이거나 바다로 흘러 내려갔다. 숨골은 섬의 목구멍이자 숨구멍이었다. 지하 암반 동굴로 연결된 통로이며 지하수를 모아주는 역할을 하기도 했다. 물이 빠지는 숨골이 없으면 마을에서의 농사는 불가능했을 거고, 고인 빗물이 범람해 섬 곳곳이 물에 잠겼을 것이다. 문제는 숨골 안에선 빛이 통하지 않는다는 건데, 다행히 곳곳에 천장이 함몰된 곳이 있어서 최소한의 빛은 들어오고 있었다. 나무들을 통해 숨골의 생태에 대해 잘 파악하고 있던 가야는 모든 종류의 숲 식물들 씨앗과 포자를 몸속에 보호한 채 움직일 수 있는 생물들을 이 숨골로 불러 모았다.

    급한 대피가 끝나자, 가야는 다시 팽나무에 갔다.

가야   "마을에서 어떤 할아버지가 민들레를 뽑으니까 팔이 아팠고, 사람들이 나무를 자르고 뽑아내니까 몸 전체가 아팠어."

팽나무 "너는 이 섬에서 나온 아이야. 엄밀하게 말하면 너 자신이 섬의 한 부분이지. 그래서 너는 이 섬에 사는 모든 식물, 동물들과 연결돼 있어. 가야, 네가 이 섬이야. 섬은 못 움직이니까 섬의 한 부분을 떼어낸 거야, 움직일 수 있도록. 이제 제법 성장해서 네가 이 숲을 위해, 이 섬을 위해 할 수 있는 일들이 많아진 거지. 기억나니? 예전에 숨골을 보호해 달라고 말했던 거?"

가야 "응. 알아. 그땐 위험하니까 들어가지 말라고 했었지."

팽나무 "숨골은 이 섬의 심장이야. 동물이든 사람이든 심장이 멈추면 죽듯이, 숨골이 파괴되면 섬도 생명을 잃게 돼. 숨골에 들어가 보면 왜 그런지 알게 될 거야. 좁은 구멍을 따라 계속 들어가면 큰 동굴이 나오는데, 그 안에 이끼와 여러 작은 식물들이 자리 잡고 있어. 우선 급한 대로 불이 나는 지역 생물들이 피신할 공간은 될 거야."

가야 "알았어. 이제 내가 해야 할 일을 알 것 같아."

팽나무 "나는 네게 조언을 해주거나 걸음마를 가르쳐 주는 안내자 정도밖에 되지 않아. 숨골로 들어가는 순간부터는 너 스스로 판단하고 해결해야 해."

숨골은 지하의 숲 같은 곳이었다. 숨골 입구는 짙은 보랏빛 현무암들이 포개지거나 얹힌 상태의 작은 틈새여서 좁을 뿐만 아니라 모서리가 불규칙하고 날카로웠다. 동물들은 크기도 작고 낮은 포복의 선수여서 별문제 없었지만, 가야의 부모 같은 사람이 들어가기에는 고통이었다. 옷은 찢어졌고 곳곳이 긁히면서 속도가 떨어졌다. 저 멀리 동물들이 먼저 들어가고 가야는 지형에 맞게 몸을 액체화해서 유연하게 흐르듯 들어갈 수 있었다. 숨골에 들어가자 제일 먼저 피난 행렬을 맞이한 건 반딧불이었다. 초록의 불빛은 달빛보다 밝았고 별들이 가까이 다가온 것처럼 느껴졌다. 깊이 들어가면 들어갈수록 빛은 밝게 느껴졌다.

가야 "와아! 그동안 숲에 반딧불이가 왜 안 보이나 했더니 모두 여기 모여 있었구나."

형광의 초록은 어둠 속에서 더 다양한 색으로 빛났다. 어둠은 모든 색의 합이었는데, 그 어둠에서 분리된 초록은 더 선명했다. 반딧불이가 형광 초록으로 빛의 굴곡을 만들어 냈다. 팽나무의 걱정만큼 동굴이 어둡지는 않아서 다행이었다.

가야 "엄마, 아빠, 반딧불이 좀 봐요. 너무 예쁘죠?"

그런데 엄마, 아빠의 모습이 보이지 않았다. 가야의 부모는 숨골을 통과하기에 몸집이 너무 컸을뿐더러 피부가 연약해 현무암에 스치기만 해도 피부가 찢겨 나갔다. 더 이상 앞으로 나아가지도, 돌아가지도 못하고 있었다. 동굴 입구에 먼저 도착한 가야는 뒤에서 꼼짝하지 못하고 있는 엄마, 아빠의 모습을 보고는 다시 지나온 길로 돌아갔다.

가야 "죄송해요. 잠깐만요. 제가 도와드릴게요."

가야의 몸이 투명하게 바뀌며 빛 점들이 나타났고 형체가 점점 사라져 커다란 물방울로 바뀌었다. 물방울이 엄마를 감싸자, 엄마는 힘이 쭉 빠진 채 잠들었다. 힘이 빠진 엄마의 몸은 액체처럼 유연해졌다. 가야는 엄마를 몸에 담아 물 흐르듯 숨골의 굴곡진 구멍들 속으로 흘러 내려갔다. 우선 엄마를 동굴로 옮기고, 같은 방식으로 아빠도 동굴로 이동시켰다. 부부는 잠시 기절한 듯 누워 있다가 눈을 떴다.

우주였다. 거대한 우주를 동굴 속으로 옮겨놓은 것 같았다. 초록빛은 하늘의 별들을 한군데로 뭉친 것처럼 거대했고, 반딧불이의 모임과 흐름으로 동굴 속에서 오로라를 만들어냈다. 세밀한 구름처럼 뭉쳐졌다 퍼지며 빛의 파장을 일으켰다. 화려한 초록의 오로라는 겹겹이 출렁이는 파도가 되어 밀려왔다가 다시 밀려갔다. 물속 플랑크톤과 물고기가 발광해 내는 파란빛도 수면의 반짝임을 증폭시켰고 버섯지대에서 은은히 뿜어져 나오는 옅은 보라는 빛의 연주에서 저음을 맡아주었다. 살랑대는 미풍에 떠다니는 은은한 빛의 향연이었다. 숨골을 통과하며 느꼈던 위태로움과 외부 소란에서 비롯된 불안감에 대한 치유이자 보상이었다.

우주를 품은 숨골의 위쪽에서는 숲 태우기가 시작됐다. 대형 화재로 번지지 않도록 한 통제는 비교적 원활해 보였다. 마을 사람들에게 미리 고지된 상태여서 진행요원과 소방대원 말고는 돌아다니는 사람도 없었다. 한참을 타오르던 불길이 잦아들자 트리 스페이드가 불에 탄 나무를 뽑아냈고, 굴착기로 땅을 파고 불도저로 흙을 미는 작업이 진행됐다. 타버린 재들은 트럭으로 옮겨졌다. 덩굴들의 공격 때부터 공사 일정을 지체했던 시 정부가 작업을 서둘렀다. 소방대원들의 화재 진압이 완전히 끝날 때까지 기다리지 못하는 성급함을 보였다.

_{소방대원} "이러시면 안 돼요. 불이 완전히 꺼진 다음에 하셔야 해요. 불길

이 아직 다 사그라지지 않았고 아래쪽에 불씨들이 남아있어요."

작업자 "시청의 결정입니다. 덩굴 때문에 시간을 많이 빼앗겼어요. 금전적 손해가 너무 크다고요. 당신들 일은 화재 진압이잖아요. 우리는 빨리 땅을 갈아엎어야 해요. 각자 일만 신경 씁시다."

 타고 남은 재 속에 불씨가 남아있는데도 작업은 진행됐다. 불씨들이 먼지처럼 흩날렸다.

 숨골은 숨골대로 위험한 상황에 맞닥뜨렸다. 연약한 지반 아래의 동굴 천장 위로 중장비 차량이 수도 없이 지나다녔고 트리 스페이드와 굴착기로 땅을 파고 두드리며 다지는 작업이 반복되면서 동굴 천장이 갈라지기 시작했다. 균열이 점점 더 커지면서 돌가루와 함께 깨진 돌들이 바닥으로 떨어졌다. 결국 '우르릉' 소리를 내며 동굴 일부가 순식간에 무너져 내렸다.

 그 충격이 불씨들을 성나게 했다. 동굴 천장이 주저앉으며 숨골의 공기들이 위로 올라가 불씨들과 합쳐진 것이다. 불씨의 크기가 커졌고 속도도 빨라졌다. 곳곳에서 불씨들이 흩날리자, 반딧불이는 빛을 숨긴 채 사라졌고 파란 불빛을 내던 물고기와 플랑크톤도 물속으로 숨어들었다. 오로라는 사라진 채 동굴 일부가 하늘 아래 드러나고 검은 잿가루와 붉은 불씨만 떠돌아다녔다. 동물들은 흩날리는 뜨거운 불씨를 피해 지하수 샘이 있는 곳으로 모여들었다. 가야의 부모는 지하수를 이용해 불씨가 날아오는 방향으로 물을 뿌려댔다. 다른 방법이 없었다. 뭐라도 해야 했다.

가야　"제가 해볼게요. 좋은 방법이 있어요."

　가야가 몸을 큰 그릇 모양으로 변형시킨 뒤 물을 담아 뒤로 완전히 젖혔다가 벌떡 일어서며 앞으로 향하자, 물이 쫙 퍼져나갔다. 계속 이렇게 불씨 막기를 반복하며 무너진 동굴 입구 방향으로 조금씩, 조금씩 나아갔다. 하지만 바람을 맞은 불씨가 불덩어리로 커지면서 휘몰아치자 열기도 강해졌다.

　갇혀버렸다. 반짝이는 초록빛 자연, 어둠 속 빛의 축제는 짧은 순간으로 막을 내리고 긴장감이 감도는 공포의 시간이 된 것이다. 동굴이 무너지면서 다친 동물들이 많았다. 가야의 부모가 먼저 행동했다. 다행히 동굴 속 해안가와 연결된 쪽에 병풀들이 자라고 있었다.

아빠　"이건 병풀이네. 일단 이 풀들로 응급조치는 할 수 있겠다."

　아빠가 병풀을 따서 둥근 돌로 빻았다. 엄마도 함께 병풀 약을 만들었다. 그리고는 동물의 상처 부위를 빻은 병풀 약으로 덮어주었다. 아빠는 동굴 주변에 있는 일엽초와 어성초, 삼지구엽초, 번행초, 닭의장풀 같은 약 효능이 있는 풀들을 모두 모았다. 아빠가 그동안 공부해 온 식물에 대한 지식을 동물들 치료에 활용할 수 있었다. 그사이 가야는 지하수를 이용해 불씨와 잿가루 제거에 온 힘을 쏟아부었다. 상황은 조금씩 진정되어 갔다. 동굴 속에 잠깐의 휴식 시간이 생겼다.

가야　"이제 다친 동물들을 데리고 동굴 밖으로 나가야 해요."

아빠　"아직 동굴 밖 상황이 어떤지 잘 모르잖아. 응급조치는 끝냈으니, 내가 먼저 나가 볼게. 가야는 엄마랑 여기서 잠깐 기다리고 있어."

외부 공사는 모두 멈췄다.

동굴 위 지반이 무너지면서 작업자들과 소방대원 일부도 부상을 당했다. 구조대들이 다친 동료들을 치료하고 있었고 소방대원들은 물을 뿌리며 남은 불씨를 없애고 있었다. 구조대를 향해 무너져 내린 동굴 아래쪽에서 누군가 소리를 질렀다.

아빠 "여기요! 여기요! 살려주세요!"

구조대원들이 사다리를 타고 내려갔다. 아빠가 그동안의 상황에 대해 얘기했지만, 구조대원들은 정신 나간 사람 보듯 이상한 시선으로 아빠를 쳐다봤다. 아빠는 다친 동물들이 있는 곳으로 구조대원들을 데리고 갔다. 놀라운 광경이었다. 설명은 나중이고 우선 동물들을 밖으로 꺼내야 했다. 별다른 도구가 없어서 한 사람, 한 사람씩 동물을 안고 사다리를 통해 움직일 수밖에 없었다. 다치지 않은 공사장 인부들도 동물들 구조에 힘을 보탰다. 동물들은 마을 회관으로 옮겨졌고 이웃 마을의 수의사들까지 모여 동물들을 치료했다.

한숨 돌린 가야와 부모는 다시 동굴 쪽으로 향했다.

아빠 "동굴 속에 길 잃은 동물이나 다친 동물들이 있는지 더 확인해 봐야겠어요."

구조대원 "미쳤어요? 이미 어두워져서 동굴 주변은 위험지역이에요."

가야 "아저씨, 그래도 가봐야 해요. 아직 남아있는 동물 친구들이 있을지도 몰라요."

구조대원 "꼬마야. 네 마음 이해하지만, 지금은 너무 위험해. 동굴 부근은 완전히 통제됐어. 그리고 웬만한 동물들은 이미 아까 다 구조했잖아. 동물들 걱정은 이제 그만하고 꼬마 아가씨랑 부모님도 안정을 좀 취해야 해. 어디 다친 데 없는지 확인도 해보고."

가야와 부모는 포기한 채 동물들이 치료받고 있는 마을 회관 한쪽 구석으로 갔다. 숨골의 의미를 잘 알고 있는 가야는 무너진 동굴 일부가 어떻게 될지 불안한 마음을 누를 수 없었다.

밤새도록 거센 바람이 불었다. 해안가와 연결된 동굴로 바닷바람이 들어와 무너진 동굴 쪽으로 휘몰아쳤다. 바람은 동굴 벽에 부딪혀 거세지며 가려져 있던 화재의 흔적들을 들춰냈다. 소멸한 줄 알았던 불씨들을 다시 살려낸 것이다. 불씨들은 바람을 타고 넘실넘실 흔들리며 공사 현장의 방화벽을 넘봤다. 동굴 속 거센 바람은 또 다른 공간으로 연결된 숨골의 구멍으로 새어 나가며 엉성하게 들떠있는 돌들을 흔들어댔다. 동굴이 무너지면서 생겼던 미세한 균열이 더 벌어지기 시작했다.

땅이 흔들렸다.

진동은 마을까지 이어졌고 도로와 건물의 콘크리트로 덮였던 숨골들을 깨웠다. 숨골들은 막힌 문을 열어달라고 요동쳤다. 지진이었다. 잠자던 사람들이 진동에 놀라 깨어났고 거대한 중장비가 모여 있던 숲 주변에서 시작해 마을 곳곳이 갈라졌다. 우지직! 우지직! 콰직! 콰가각! 땅이 찢어지는 소리가 밤하늘을 갈랐다. 숨골이 무너지기 시작하면서 거대한 싱크홀들이 생겨났다. 숲 근처의 중장비들을 싱크홀이 집어삼켰고 마을의 집과 건물도 땅속으로 빨려 들어갔다. 숲에서는 방화

벽을 넘어간 불씨들이 나무에 옮겨붙어 몸집을 키워갔다. 모두가 잠든 사이에 벌어진 일이었다. 집 밖으로 나온 사람들은 고립된 채 벌벌 떨고만 있었다. 마을회관 부근에 머물고 있던 구조대원들이 이곳저곳 뛰어다녔지만, 워낙 여러 곳에서 동시에 사고가 나면서 역부족이었다. 잠시 긴장이 풀려 있던 가야와 엄마, 아빠도 천둥소리에 깜짝 놀랐다.

아빠 "이게 무슨 소리지? 바닥도 흔들렸어!"

그런데 가야는 눈도 뜨지 못한 채 고통으로 신음하고 있었다.

엄마 "가야, 괜찮니? 여기도 여기지만 숲에도 무슨 일이 생겼나 보구나."

가야가 간신히 몸을 일으키며 말했다.

가야 "숲이요, 숲으로 가야 해요."

숲이 불타고 있었다. 소방차들이 요란한 소리를 내며 숲으로 향했다. 무너진 동굴과 새로 생겨난 싱크홀들에서 불어 올라오는 바람이 거세 숲의 불은 걷잡을 수 없이 커져만 갔고 검은 연기가 공기의 흐름을 뒤틀며 하늘로 올라갔다. 검은 재가 눈처럼 내리고 불씨들은 이리저리 흩날렸다. 숲 밖에서 뿌려지는 소방차의 물줄기만으로는 도저히 감당할 수 없는 수준이었다.

세미소숲 전체가 없어질 것 같았다. 두려웠다. 부모의 부축을 받고 있던 가야가 양쪽 팔에서 엄마와 아빠의 손을 내렸다. 숲으로 들어가려는 것이었다.

엄마 "지금은 너무 위험해, 가야"

가야 "엄마, 아시잖아요. 숲을 지키지 못하면 저도 존재할 수 없는 거예요. 가야 해요."

엄마는 더 이상 말릴 수 없는 상황이라는 걸 깨달았다. 가야가 힘들지만 결연한 걸음걸이로 소방차들이 밀집해 있는 곳을 피해 화염에 둘러싸인 숲속으로 들어갔다. 다행히 아직 숲 안쪽까지 불이 번지지는 않았고 팽나무도 무사해 보였다. 가야의 몸은 투명한 줄로 길게 늘어나 덩굴처럼 팽나무를 나선형으로 감아 올라갔다. 팽나무 꼭대기에 다다르자 덩굴이 납작하게 퍼지며 나무의 가지가지마다 감쌌다. 팽나무가 투명한 얇은 막에 감싸여 반짝반짝 빛을 발산했다.

가야 "일이 갑자기 이렇게 커지니까 어떻게 해야 할지 모르겠어. 숲을 구할 방법을 알려줘."

팽나무 "내게도 해답은 없어. 이젠 가야 스스로 해결해야 하는 상황이 됐어."

가야 "그게 무슨 말이야? 나 혼자 어떻게 하라고?"

팽나무 "내가 했던 말 기억하지? 네가 이 섬이고, 이 섬이 너이기도 하다는 거. 너에게는 섬의 모든 생물이 살아가도록 할 수 있는 능력이 있어. 이 섬에서 일어나는 일들은 가야, 너 스스로 이끌어 갈 수 있다는 거야."

그러고는 팽나무가 말을 멈추었다.

가야 "괜찮아? 왜 더 말이 없어? 나 혼자 뭘 어떻게 하라고?"

계속 물어도 아무런 반응도 없었다.

가야 '어떡하지?'

팽나무가 걱정은 됐지만, 우선은 자신이 무엇을 해야 할지 결정해야 했다. 그러면서 팽나무의 말을 되새겨봤다.

'섬에서 일어나는 모든 일은 나 스스로 이끌어 갈 수 있고 그렇게 해야 한다. 우선 숲 전체로 번지고 있는 불을 꺼야 해. 인간들의 소방차로는 한계가 있고 한꺼번에 큰 비가 내려야 하는데, 비를 내리게 하는 건 내 능력을 벗어나는 일이야. 그렇다면 비 대신 쏟아부을 수 있는 물은? 그래, 지하수와 바닷물이야. 그런데 어떻게 끌어오지?'

동굴이 생각났다.

'동굴 속 바람 때문에 불이 크게 번지고 있는 건데, 그 바람은 바다에서 시작된 거야. 물도 마찬가지 아닐까? 숨골은 바다와 연결된 섬의 기도이고 혈관이라고 했지. 그래, 바로 그거야. 싱크홀로 뚫린 공간을 통해 지하수와 바닷물을 끌어 올리는 거야.'

가야는 팽나무를 감싸고 있던 투명한 덩굴을 깊은 땅속으로, 그리고 숨골 속으로 뻗어가며 동굴과 연결된 지하수에 집어넣었다. 덩굴을 따라 가야의 빛 점들이 이동했고 그 속도가 빨라졌다.

지하수가 요동치며 위로 솟구쳐 올라왔다. 요동이 더 강렬해지면서 지하수는 높이, 더 높이 뿜어져 나왔다. 바다와 연결된 지하수는 바닷속에 숨어있던 용이 승천하듯 거대한 물줄기가 되어 콘크리트에 막혀 있던 숨골을 뚫고 지상으로 뿜어져 올라왔다. 솟아오른 지하수와 바닷물의 분수가 불타는 숲을 적셨다.

가야가 끌어올린 물이었다. 물줄기로 솟구쳐 오른 뒤 비처럼 하늘에서 떨어지는 물방울들은 붉은 불빛을 반사해 영롱하게 빛나며 보석들이 쏟아지는 것처럼 화려한 광경을 연출했다. 불길은 잠잠해졌고 싱크홀에 무너져 내렸던 집과 건물들도 바닷물과 함께 떠올랐다. 숲과 마을을 뒤덮었던 회색 먼지가 씻겨 내려갔다. 어둠의 기운이 사라지자, 물웅덩이들 사이로 무지개가 화려한 색상을 더했다. 차오른 물 위에는 숲과 마을의 모습이 반사됐다. 수면은 거울처럼 지상의 이미지를 그대로 투영했다.

그동안 사람들이 한 번도 경험하지 못했던 풍경이 펼쳐졌다. 물 거울 위에 데칼코마니로 포개진 풍경은 지옥과도 같았던 하루를 잠시나마 덮어 감추었다. 수면 위로 안개가 감싸듯 아직 식지 않은 열기들이 수증기로 피어올랐다. 물이 가득 찬 숨골에서는 보글보글 방울이 올라와 '뽁뽁' 소리를 내며 터져갔다. 방울이 터지는 미세한 움직임은 잔잔한 물결을 일으켰고 거울 같은 수면 위에 동심원으로 퍼져나갔다.

야속할 정도로 아름다웠다. 사람들은 무릎까지 차오른 물속에 철퍼덕 주저앉았다. 더 이상의 화재도, 지진도, 물오름도 없었다. 그냥 모든 것이 정지된 상태였다. 고요의 순간이었다. 하얀 나비 한 마리가 수면 위로 날아들었다. 나비의 연약한 날갯짓은 적막을 깨는 리듬을 만들어냈다. 멈췄다 움직이기를 반복하는 나비의 움직임은 연속사진처럼 정지된 이미지들이 한 장 한 장 넘겨져 가는 듯했다. 망연자실한 사람들은 그저 나비를 따라 시선만 움직였다. 이어 새들도 모습을 드러냈다.

지저귀는 새 소리는 경쾌한 깨움이었다. 숨을 머금은 풍경 속에 나비와 새들이 새로운 희망의 날갯짓을 했다.

첨벙! 첨벙! 노루가 물 위를 뛰었다. 어디 숨어 있었는지 모를 동물들이 하나둘씩 움직이며 모습을 드러냈다. 그 움직임을 따라 사람들도 하나둘 물에서 일어나기 시작했다. 동물과 사람, 숲과 마을이 끝을 알 수 없는 거대한 물 위에 같이 섞여 있었다. 물결은 숲과 마을을, 동물과 사람의 움직임을 하나로 섞어주었다.

해골처럼 숨골 아래까지 파헤쳐진 바닥, 폐허가 돼버린 마을, 검게 타버린 숲, 아름다웠던 섬의 모습은 사라졌다. 원초적인 모습으로 돌아갔다. 자연과 인간의 경계도 사라졌다.

2부

에스텔과 함께

1장

만남

아침에 눈 떠보니 아무도 없었다.

지난밤 갑자기 침대가 흔들려 잠에서 깼을 때 요정들 모두 부산하게 움직이고 있었다. 그림 요정이 다가왔다.

그림요정 "에스텔도 깼구나. 지진이 났나 봐. 혹시 마을에 피해가 있는지 나가서 확인해 봐야 할 것 같아. 걱정 말고 다시 자고 있어."

에스텔 "응, 무슨 일 있으면 깨워 줘."

그러고는 다시 잠이 들었는데, 요정들이 돌아오지 않은 것이다.

요정마을에서 지내게 된 이후 이렇게 에스텔 혼자 있는 건 처음이었다. 산책이나 하려고 집을 나섰는데 마을 전체가 평소와 다른 분위기였다. 요정마을에서는 대부분 크고 작은 나무들에 열매처럼 달린 누에고치 모양의 집에 살고 있고, 에스텔만 오두막에서 여섯 요정과 함께 살고 있었다. 원래도 다른 요정들이 에스텔에게 말을 거는 적은 없었는데, 이번에는 아예 에스텔의 존재 자체를 무시하는 듯했다. 다들 어수선하게 오고 가기만 했다.

'별다른 지진 피해가 있었던 것 같지도 않고, 다들 무슨 일이지?'

물어보는 것도 어색할 것 같아 에스텔은 혼자만의 시간을 즐겼다. 아무런 방해도 없이 숲속을 걷다 보니 몸과 마음이 편안하고 자유로웠다. 지금까지 느껴보지 못한 홀가분함이었다. 걷는 동안 요정들이 하나하나 떠올랐다. 요정마을로 오게 된 건 물의 요정 덕분이었다. 사람들 마을에 살던 시절 아이들로부터 괴롭힘을 당하던 에스텔을 물의 요정이 구해준 것이다. 요정마을의 생활은 편안했다. 함께 사는 요정들 모두 에스텔을 잘 챙겨줬다. 처음에는 요정이 여덟이었다. 격한 성정을 제어하지 못해 갈등을 일으킨 불의 요정을 중화하기 위해 물의 요정이 함께 비늘털바구니 안에 갇히게 됐다. 그러면서 그림 요정과 줄의 요정, 공간 요정, 비늘 요정, 가시 요정, 털의 요정만 남게 된 것도 벌써 일 년 전이다. 친언니 같았던 물의 요정을 만나지 못한 것 역시 일 년이 된 것이다. 지난 일 년, 여섯 요정의 지나친 관심은 부담감으로 바뀌어 가고 있었다. 요정들의 말이 버거운 잔소리로 느껴지기도 했다. 수녀원처럼 정해진 시간과 규칙은 지나친 간섭과 감시 같아서 짜증스럽기까지 했다. 그나마 대화가 통했던 물의 요정은 언제 다시 만날 수 있을지조차 모르는 상황이었다.

홀로 걷다 보니 마음이 홀가분해지면서 마음속 깊이 묻혀 있던 의문이 꿈틀거렸다.

'그런데 내가 언제까지 여기 있어야 하지?'

굳이 요정마을에 계속 있어야 하는 이유가 더 이상 없는 것 같다는 생각이 들었다. 혼자만의 시간은 에스텔에게 이제 요정마을을 떠날 때가 됐다는 걸 일깨워줬다. 벗어나고 싶었다. 요정들의 능력도 어느 정도 배운 만큼 이제는 홀로서기 할 때가 됐다고 생각했다.

'사실 배웠다기보다 나 스스로 깨친 거 아닌가? 이제 뭐 더 배울 게 없는 거 같기도 하고.'

어젯밤 지진이 났다는 곳은 어떤지 직접 가서 확인해 보고도 싶었다.

'그래, 어차피 이렇게 된 거, 일단 떠나자.'

숲속을 무작정 걸었다.

공간이동 능력을 사용하지 않은 채 그저 자기 발로 걷고, 손을 내밀어 만지고, 눈으로 들여다보는 것이 좋았다. 고요함이 좋았고, 자연을 느끼는 것이 좋았고, 스쳐 가는 공간의 변화가 좋았다. 검은색 바탕에 남청색 무늬가 세로로 멋지게 뻗은 청띠제비나비와 흑갈색 무늬가 황갈색으로 번져나가는 듯한 산굴뚝나비, 또 가락지나비와 꽃팔랑나비들이 흔들흔들 엇갈리며 날아다니고 있어 자유로움을 공감할 수 있었다. 향긋한 냄새도 좋다고 생각한 순간, 공기 속에 뭔가 타는 냄새가 섞여 있다는 게 느껴졌다. 갑자기 불의 요정이 떠오르며 온몸에 긴장감이 퍼졌다.

'설마 비늘털바구니에서 탈출한 건 아니겠지?'

불안한 마음에 냄새가 날아오는 방향으로 향했다. 타는 냄새는 분명한데 불길이나 연기가 보이지는 않았다. 냄새의 강도가 세지는 언덕 쪽을 향해 공간이동을 했다. 숲에서 뿌연 연기가 열기와 함께 올라오고 있었다. 다행히 불씨는 보이지 않았다. 혹시 불의 요정 때문은 아닌지 확인해야겠다고 생각하며 숲 안으로 들어갔다.

숲은 나지막하게 물에 잠겨 있었다.

무릎 높이까지 차오른 물에서 따뜻한 기운이 느껴졌다. 불에 타버린 나무들에서는 재 냄새가 여전했다. 불이 꺼진 지 오래되지 않은 듯했다. 이런 환경에서도 살아남은 동물들은 있었다. 첨벙첨벙 물소리를 내며 생존을 위한 먹이 찾기에 나선 것이다. 물안개 속 저 멀리 희미하게 빛을 내는 나무가 한 그루 보였다. 불에 타 재가 됐거나 타다 멈춘 나무들과 달리 초록이 아직 남아 있었다. 희미한 빛은 투명한 비닐 막을 통해 번져 나오고 있었다. 나무쪽으로 조심스럽게 다가갔다.

손을 뻗어 나무를 감싼 비닐 막을 만져 보았다.

아기 살결처럼 촉촉하면서 부드럽고 푹신푹신했다. 호기심에 비닐을 쓰다듬고 콕콕 찔러 보기도 했다. 그러자 갑자기 투명 비닐이 파르르 떨리며 표면에 잔잔한 물결 같은 파동이 일었다. 빛이 밝아지고 빠른 이동과 교차를 반복했다. 에스텔은 뒤로 물러나 잠시 주춤했다가 다시 나무의 비닐 껍질을 만져봤다. 조금 전보다 더 큰 물결이 일더니 나무를 감싸고 있던 형태에서 기다랗게 꼬인 줄 모양으로 바뀌었다. 나무를 칭칭 감싸던 줄이 서서히 줄어들며 덩어리로 뭉쳐졌다. 꾸물꾸물 움직이던 덩어리가 에스텔의 몸집만 해졌다. 퍼져 있던 빛이 한군데로 모이면서 밝아졌다. 눈이 부실 정도로 밝은 빛이었다. 에스텔은 손으로 눈을 가린 채 손가락 사이로 반짝이는 이상한 물체를 쳐다봤다.

사람이었다.

놀란 에스텔은 손을 내리고 눈을 크게 떴다. 에스텔과 비슷한 키의 투명한 여자아이였다. 좀 더 가까이 다가가 자세히 보는데 투명했던 여자아이가 살색으로 바뀌었다.

<small>가야</small> "나는 가야라고 해. 너는 누구니?"

에스텔은 깜짝 놀라 눈을 깜빡이며 고개를 좌우로 흔들다 침을 꿀꺽 삼키고는 입을 열었다.

<small>에스텔</small> "와, 신기하다! 모양이랑 색깔이 바뀌네. 난 에스텔이야. 가야라고 했지? 너 요정이야?"

<small>가야</small> "내가 뭔지는 나도 잘 몰라. 내가 감싸고 있던 이 팽나무는 내가 섬의 일부고, 섬이 나라고 했어. 팽나무는 나에 대해 가장 잘 아는 나무야. 나를 키워주고 많은 걸 알려줬는데 갑자기 말을 안 해. 못하는 건가? 아무튼 지금은 멈춰 있어. 죽은 건 아닌 것 같아. 그런데 너는 사람이야? 에스텔?"

<small>에스텔</small> "내가 뭔지 혼란스러운 건 나도 마찬가지야. 사람인 줄 알고 있었는데 지금은 요정인 것 같기도 하고. 요정마을에서 요정들과 함께 살아왔거든. 그러다 보니 내가 원래는 요정인데 사람이라고 착각하고 살아온 건지도 모르겠어. 여덟 요정이랑 살면서 여러 가지 능력을 배우고 있었어."

<small>가야</small> "팽나무가 요정 이야기는 안 해줬어. 나는 사람하고 동물, 식물밖에 모르는데, 요정은 사람하고 다른 거야?"

에스텔 "음, 요정은 사람도 아니고 동물도 아닌데, 자기만의 특성과 능력을 갖추고 있어. 이를테면 물의 요정, 불의 요정, 그림 요정, 줄의 요정, 공간 요정, 비늘 요정, 가시 요정, 털의 요정 이렇게 말이야. 요정마을에는 요정들이 아주 많은데 얘기를 하거나 그러지 않아서 나는 그 여덟 요정밖에 몰라. 여덟 요정 중에서는 불의 요정이 능력은 제일 센데 성격이 못됐어. 화가 나면 어디든 가리지 않고 태워 버렸지. 그래서 나머지 일곱 요정이랑 나까지 힘을 합쳐서 불의 요정이랑 싸웠어. 지금은 불의 요정과 물의 요정이 비늘털바구니에 함께 갇혀 있어. 불의 요정만 있으면 모두 타버릴 수 있기 때문에 물의 요정이 불의 요정을 감싸서 막는 중이야. 조금 복잡하지? 난 물의 요정과 불의 요정의 능력 빼고는 다른 요정들의 능력을 모두 사용할 수 있어. 물이나 불의 능력도 가르쳐준다고는 했었어. 아무튼 나는 가시와 털, 줄, 비늘을 만들 수 있고 공간이동도 할 수 있어."

가야 "와, 대단하다. 그런데 그림 요정의 일은 뭐야? 그림을 잘 그리는 거야?"

에스텔 "그게, 좀 이름하고 다르기는 해. 실제로 그림을 잘 그리기는 하지만, 나무들 하나하나보다는 숲 전체의 모양을 보는 능력이랄까? 그래서 전체의 흐름을 읽고 앞으로의 일을 대비하게 해주는 능력, 뭐 그런 거야."

가야 "계획을 잘 세운다는 건가?"

에스텔 "그렇기도 하고, 문제가 생기면 '이렇게 해라, 저렇게 해라' 지휘를 해. 빠르게 생각을 잘하지. 제일 똑똑한 요정이야."

가야 "그렇구나."

에스텔 "너는 어때? 조금 전에 보니 빛도 나고 형태도 변하는 것 같던데, 또 무슨 능력이 있어?

가야 "나는 식물의 시간을 조정할 수 있어. 빠르게 하거나 느리게 자라도록 할 수 있는 식물 성장 속도 조절 능력."

에스텔 "식물 요정이군."

가야 "내 몸은 식물의 씨앗을 담는 바구니이기도 하고 물을 채울 수 있는 주머니이기도 해. 식물 씨앗이나 포자를 몸에 보관해서 살릴 수 있고, 액체 형태로 나무나 동물, 사람처럼 살아있는 생물을 보호해 줄 수 있어. 여기 숲에 불이 나는 바람에 팽나무를 내가 감싸고 있었지."

에스텔 "와! 식물 요정의 수준을 뛰어넘네. 그래서 이 팽나무가 온전하게 남아 있는 거였구나."

가야 "나는 섬의 일부이고 섬이 나이기 때문에, 여기 살고 있는 모든 것들을 보호하면서 숲과 섬을 살리는 게 내 일이야. 그리고 섬에 있는 모든 것들과 말을 할 수 있어."

에스텔 "대단한걸. 나랑은 차원이 다르네. 그러면 섬에서만 할 수 있는 거야? 섬을 벗어나서도 똑같이 할 수 있어?"

가야 "그건 모르겠어. 섬을 떠나본 적이 없거든. 섬에서도 여기 세미소 숲이랑 숲 옆의 마을 말고는 아무 데도 안 가봤어."

에스텔 "그래? 그럼 잘됐다."

가야 "뭐가? 뭐가 잘됐어?"

에스텔 "함께 돌아다녀 보면 좋겠다고. 나는 여기저기 다니면서 내가 누구인지 확인하고 싶었거든. 요정들과 함께였을 때는 혼자이고 싶었는데, 지금은 같이 다니고 싶은 사람을 만났네. 아, 사람이 아니라고 했지?"

가야 "사람은 아니지만 사람과 똑같이 할 수는 있어. 그치만 너랑 같이 돌아다니는 건 어렵겠어."

에스텔 "왜? 내가 마음에 안 들어?"

가야 "그런 건 아니고, 지금 여기 상황을 봐서 알겠지만, 숲이 다 타 버렸어. 섬을 지키는 게 내 일이라 우선은 이곳에서 식물과 동물들이 다시 살아갈 수 있도록 해줘야 해. 지진 피해를 본 마을도 도와주고 싶고. 엄마, 아빠가 거기 살고 계시거든."

에스텔 "엄마, 아빠? 너, 사람 아니라며? 어떻게 부모님이 있어?"

가야 "나는 땅에서 나왔으니까 당연히 친부모님은 아니야. 숲의 나무들이 사람 마을의 부모님을 만나게 해줬어. 함께 살면서 숲과 마을을 보호하라는 거였지. 정말 좋은 분들이셔."

에스텔 "응, 그렇구나. 그럼, 숲과 마을 돕는 일에 나도 좀 거들까? 요정들 능력이 있으니 도움이 될 수도 있을 텐데."

가야 "그래 줄래? 그럼 큰 도움이 될 거야"

에스텔 "그래. 잘됐다. 그런데 한 가지 약속해. 일이 어느 정도 정리되면 나랑 같이 떠나기로. 너도 다른 숲이나 육지에 가보고 싶지 않아?"

가야 "그래. 좋을 것 같긴 해. 다른 숲이나 마을에 대해서도 알긴 알아야겠지. 그런데 그런 생각은 일단 여기 일을 먼저 끝낸 다음에나 해볼 수 있을 것 같아. 우선 마을로 같이 가보자."

에스텔 "좋아. 내가 뭘 하면 좋을지 그림을 그려줘."

마을로 가서 막상 일을 하려고 보니 에스텔은 난감했다.

에스텔의 능력이라는 게 털이나 가시, 줄 만들기, 비늘 덮기, 공간이동하기 같은 것들인데, 모두 자신을 보호하는 데 필요한 것들이었기 때문이다. 그런데 다행히 가야에게는 상황을 파악하고 정리하는 그림 요정 같은 능력도 있었다.

가야 "에스텔, 공간이동 할 수 있다고 했지? 물에 빠져 있는 동물들이 아직 많아. 우선 그 동물들부터 찾아서 물이 없는 산기슭 쪽으로 이동시켜 줘. 나는 고여 있는 물이 다시 흘러내리도록 해야 해."

에스텔 "그래. 먼저 구해야 할 동물이나 그런 순서가 있을까?"

가야 "사람들이 일을 하고 있으니 가서 도와주면 될 거야. 사람들이랑 대화할 수 있지?"

가야의 부모와 구조대원 등 몇몇 사람들이 물속에서 허우적대고 있는 동물들을 찾아 품에 안은 채 옮기고 있었다.

가야 "엄마, 저 왔어요."

엄마 "어머! 그래, 가야야. 무사했구나. 숲이 다 불에 탄 것 같아서 얼마나 걱정했는데. 괜찮은 거니?"

엄마는 너무 반갑고 안심이 돼서 눈물이 왈칵 쏟아졌다.

아빠 "가야, 별일 없었니? 정말 다행이다."

가야 "네, 저는 괜찮아요. 숲에서 만난 친구, 에스텔이랑 같이 왔어요."

에스텔 "안녕하세요? 에스텔이라고 해요."

엄마 "그래, 에스텔, 반갑다." 엄마는 눈물을 닦으면서 에스텔을 향해 웃어 보였다. "지금은 너무 경황이 없어서 여유 있게 인사도 못 하겠구나."

가야 "그래요, 엄마. 그런데 에스텔한데 요정들처럼 신기한 능력이 있어요. 동물들을 빠르게 옮겨줄 수 있대요."

엄마 "그래? 사람인데 요정의 능력이 있다고? 아무튼 지금 여기 딱 필요한 능력인 것 같구나. 혹시 여러 동물을 한꺼번에 옮길 수도 있니?"

에스텔 "많이는 아니어도 할 수 있을 거예요."

에스텔은 곧바로 가야 엄마가 품에 안고 있던 강아지와 고양이를 물이 닿지 않는 산기슭으로 이동시켰다.

엄마 "와, 순간이동이네? 우리 가야와는 또 다른 능력이구나. 그럼, 저쪽에 있는 다른 동물들도 좀 부탁해."

덕분에 짧은 시간 안에 많은 동물들을 구할 수 있었다.

에스텔이 도운 동물 구조 작업과 달리 가야 혼자 해야 하는 물빼기 작업은 진전이 별로 없었다.

에스텔 "잘 안되나 보네. 쉽지 않아?"

가야 "그러게. 눈에 띄는 숨골마다 아래쪽을 막고 물을 퍼냈는데, 계속 조금씩 다시 차오르고 있어. 한두 군데 막아서 될 일이 아닌 것 같아."

에스텔 "숨골들과 연결된 물길이 있지 않을까? 바닷물이 들어오는?"

가야 "아, 맞다. 동굴이다. 동굴로 물을 끌어 올려서 불을 꺼 놓고는, 그 물이 계속 들어오고 있을 거란 생각을 못 했네. 동물들이 숨어있던 동굴이 바다로 연결돼 있어. 모두 그곳에서 들어오는 물이야. 고마워. 에스텔, 나 좀 동굴로 이동시켜 줄래."

에스텔 "그래. 지금 같이 갈까?"

가야 "아니, 잠깐만. 동굴 속은 물로 가득 차 있어서 너는 숨을 못 쉴 거야. 그냥 가면 안 되고, 동굴로 들어갈 수 있도록 도와줄게. 가만히 서 있어봐. 아까 팽나무처럼 내가 너를 감쌀 거야."

에스텔 "우리가 하나로 되는 거네. 신난다."

가야 "내 몸 안으로 네가 들어오는 거야. 하나 되는 거 맞아. 나랑 말할 수 있고 너의 능력도 그대로 사용할 수 있어. 준비됐니?"

에스텔 "응. 그래."

가야는 에스텔의 몸을 투명막으로 감쌌고, 에스텔은 가야와 함께 바닷물이 들어오는 동굴 속으로 이동했다. 동굴 속은 물로 가득 차 있었다.

가야 "물은 낮은 곳으로 흐르는데 불을 끄기 위해 내가 물의 흐름을 바꾸어 놓는 바람에 땅 위까지 올라왔던 거야. 물이 들어오는 입구를 막으면 자연스럽게 넓고 깊은 바다로 돌아가겠지. 구멍을 막아야겠어. 줄 만들 수 있다고 했지? 줄로 구멍의 양쪽 끝을 계속 연결해 줘. 털로 빈틈을 채우고 비늘로 전체를 덮으면 될 거야."

에스텔 "응. 알았어. 내 능력을 이것저것 다 활용하면 되는 거구나. 가야는 그림요정보다 훨씬 더 정리를 잘해주는걸."

에스텔의 몸에서 나온 줄은 가시덩굴이었다. 가야의 것과도 비슷했다. 만드는 속도도 가야에 뒤처지지 않았다. 그러고는 동물의 털을 만들어 틈 사이를 메꿨다. 마지막으로 각도에 따라 푸른빛과 분홍빛, 보랏빛으로 변하는 물고기 비늘로 차곡차곡 덮어갔다. 정말 숙련된 솜씨였다. 가야는 살짝살짝 물이 새는 비늘 덮개 틈에 손가락을 대고 잔가시가 특히 많은 환삼덩굴이 자라나도록 했다. 덩굴이 비늘 덮개를 덮어 틈을 막고 동굴의 벽을 타고 자라며 얽히고 꼬여서 튼튼한 식물 벽을 만들었다. 이 정도면 충분하다고 생각 한 가야는 에스텔과 함께 밖으로 나왔다.

가야 "너 몸에서 나온 거 그냥 줄이 아니네."

에스텔 "응? 그럼 이게 무슨 줄이야?"

가야 "나는 밧줄 같은 건 줄 알았지, 덩굴이잖아. 그것도 가시덩굴. 너도 자연에서 온 아이야, 사람이 아니라는 거지. 털도, 비늘도 다 자연이잖아. 처음엔 요정과 사람 사이에서 태어났거나 아니면 사람이 요정의 능력을 배운 건가 생각했는데, 너도 나와 비슷한 존재일 수 있겠다는 생각이 들어. 자연의 아이."

에스텔 "자연의 아이? 가야가 섬의 아이인 것처럼?"

가야 "응. 그래서 어쩌면 너랑 내가 만난 게 우연이 아닐지도 몰라."

에스텔 "잘은 모르겠지만, 좋은 얘기네. 하하."

바닷물의 유입을 막았으니 이제 물이 빠져나가는 일만 남았다.

섬에 고여 있던 물이 바다 쪽으로 흐르기 시작했다. 그러다가 어느 순간 물살이 갑자기 세졌다. 숲을 잠기게 했던 물이 마을 쪽으로 거친 물살을 만들며 흐른 것이다. 마을에선 싱크홀로 물이 빨려 들어가고 있었다. 싱크홀이 무서울 정도의 속도와 규모로 물을 흡입했다. 주변에 있던 물건들까지 모조리 빨아들이면서 사람들이나 주차된 차들까지도 빨아들일 기세였다. 그러다가 갑자기 '쿨럭' 소리를 내며 삼킨 것을 다시 뱉어내기 시작했다. 더러운 오물과 쓰레기들이 흘러넘쳐 나왔다. 마을에 가득했던 물은 많이 빠졌지만, 하수구 오물 냄새가 진동하는 시커먼 회색의 진흙탕이 되어버렸다.

에스텔은 손으로 코를 막으며 가야를 잡고 숲으로 다시 이동했다.

_{에스텔} "와, 냄새가 역해서 도저히 못 있겠다. 도대체 무슨 일이 있었던 거야?"

_{가야} "자연휴양림을 만든다며 숲에 불을 지르고는 불탄 숲을 중장비들로 두드리고 파헤쳤어. 그러다가 숨골이 무너지면서 지진이 난 거야."

가야 눈에 눈물이 맺히면서 볼을 타고 흘러내렸다.

_{에스텔} "자기들만 편리하면 된다는 이기심이 결국 자기들 삶의 터전까지 망가뜨린 거군. 하여튼 인간들이란."

턱까지 흘러내린 눈물을 닦으며 가야가 말했다.

_{가야} "마을은 위험한 상황에서 벗어난 것 같으니 남은 정리는 마을 사

람들이 할 일이고, 이제 여기 불에 탄 숲을 살려야 해. 초록 잎이 아직 남아 있는 나무들 먼저 확인해 줄래?"

에스텔은 이리저리 이동하며 초록색이 남아 있는 나무들의 위치를 알려줬다. 가야는 일부분이 불에 탄 채 살아있는 나무들에 손을 대고 새로운 가지와 잎사귀가 나올 때까지 나무의 성장 속도를 빠르게 했다. 다행히 '화공 작전' 시작 직전 팽나무가 뿌리와 나무 밑동에 최대한 물을 가둬 두라고 했기 때문에 부분적으로 살아남은 나무들이 꽤 있었다. 잿더미가 돼버린 바닥에는 포자들을 뿌려 이끼를 만들고 버섯들이 자랄 수 있게 해주었다.

가야 "에스텔, 저기 힘없이 쓰러져가는 나무들이 지탱할 수 있게 덩굴 좀 만들어 줄래?"

에스텔이 청가시덩굴과 청미래덩굴, 섬다래, 노박덩굴, 으름덩굴, 그리고 흔히 보기 힘든 벌깨덩굴까지 자라게 했다. 키울 수 있는 덩굴이 가야보다 훨씬 다양했다. 가야의 경우 몸속에 씨앗과 포자를 가지고 다니며 발아와 성장을 가능하게 하는데, 에스텔은 에스텔 자체가 덩굴이고 털이고 비늘인 것처럼 자연스러워 보였다.

숲에 조금씩 푸른 기운이 돌기 시작했다.

여전히 짙은 검정 나무들이 여기저기 남아 있지만 촉촉한 초록의 신선함이 드러나기 시작했다. 동물들이 숨바꼭질할 수 있는 장소들도 다시 생겨났다.

가야와 에스텔은 이제야 한숨 돌릴 수 있게 됐다.

에스텔 "옷 만들어 줄까?"

가야 "그런 것도 할 줄 알아?"

에스텔 "줄과 털을 만들 수 있으니 옷도 하지. 물론 아직 레이스를 뜰 수 있는 정도는 아냐."

가야 "그런데 옷도 덩굴로 만드는 거 아냐? 가시덩굴 옷?"

에스텔 "가시덩굴 옷이라고? 하하하. 털옷 만들어 줄게. 너 추워 보여서."

가야 "난 안 추워. 내 몸에 빛과 점들 보이지?"

에스텔 "응. 씨앗들이라며?"

가야 "맞아. 이 씨앗들을 언제든지 곧바로 발아시킬 수 있어야 해서 내 몸은 인간과 달리 물로 이뤄져 있어. 그래서 늘 일정한 온도를 유지하고 있고, 추위나 더위를 아예 느끼지 못해. 그런데, 네 능력은 다 요정들한테 배운 거야?"

에스텔 "다는 아니고. 요정마을로 가기 전에 어렸을 때 사람들 마을에서 살았거든. 아이들이 나한테 막 돌을 던지고 괴롭혔는데 그때 공간이동 능력이랑 가시 만드는 능력이 자연스럽게 나타났어. 덕분에 어디든 도망가거나 가시 뒤에 숨을 수 있었지. 요정마을에서 그 능력을 좀 더 키운 거고"

가야 "아이들은 너를 왜 괴롭혔어?"

에스텔 "워낙 어릴 때라 정확히 기억도 안 나. 다만 괴롭힘을 당하던 순간의 기억만 생생해. 내 이마에 커다란 검은 점이 있잖아. 그걸로 놀렸어. 만지려고 하고, 심지어 여기에 돌도 던지고. 으아아아! 생각하기도

싫어, 나쁜 놈들. 그 얘기는 그만하자."

가야 "그래. 그럼 내 옷 만들어줄래? 털 옷."

에스텔 "좋지. 너 혹시 흰떡천남성 알아?"

가야 "천남성은 여기도 많은데, 흰떡천남성은 몰라. 왜?

에스텔 "응. 흰떡천남성 선이 아주 예뻐. 하얀 풍선 같은 꽃이 올라와 있고 그 위로 활처럼 휘어있는 자줏빛의 초록 뚜껑이 보호막처럼 있는데 정말 멋있어. 그렇게 만들면 너의 투명하고 가녀린 몸의 예쁜 선을 살려줄 수 있을 것 같아. 자, 시작해 볼게. 움직이지 말고 가만히 있어 봐."

에스텔은 능숙한 재단사처럼 옷을 만들어갔다.

우선 털로 가야의 목에 깃을 세워주고는 쇄골부터 종아리까지 털실을 쭉쭉 내렸다 올렸다 반복하며 가야의 몸을 감쌌다. 목 받침대처럼 바짝 세운 목둘레 옷깃을 비늘로 감싸고 어깨와 종아리 부분도 비늘로 마감했다. 목의 깃과 어깨 아랫부분은 보랏빛의 금속 느낌이 났고, 그 아래로 길게 일자로 뻗은 하얀 털은 깡마른 가야의 몸을 세련되게 변신시켰다. 가야의 아빠가 사 왔던 사람들의 옷과는 완전히 다른, 자연의 선이 살아있는 자연의 옷이었다. 특히 포인트로 장식한 비늘은 어디에도 존재하지 않을 것만 같은 독특함을 선사했다.

가야 "와~. 아주 마음에 들어. 솔직히 처음 옷 얘기했을 때는 좀 불안하긴 했지만 예의가 아닌 것 같아 거절 못 했는데, 이렇게 잘 만들 줄은 몰랐네. 아주 멋져. 그런데 왜 팔은 그냥 내놓게 한 거야?"

에스텔 "음, 팔은 재단을 할 줄 몰라. 히히. 농담이고. 너의 투명 피부 속에 살짝살짝 반짝이는 빛이 너무 좋아서 안 가리는 게 나을 것 같아. 다 가리면 볼 수 없잖아. 그리고 팔이 늘어났다 줄어들었다 하려면 없는 게 편할 것 같기도 하고. 어차피 넌 추위를 타지 않는다니 엣지를 조금 줘봤지."

가야 "정말 멋지다. 최고야. 고마워."

가야와 에스텔은 서로를 보며 깔깔거리고 웃었다. 둘 다 이렇게 밝고 기분 좋게 웃어본 게 언제였는지 기억도 어려웠다.

에스텔 "어때? 이제 급한 상황은 정리된 거 같은데. 그럼, 우리 전에 했던 얘기 다시 해볼까? 함께 떠나는 거."

가야 "그래, 이제 여기 상황은 시간이 걸리는 일이고, 차차 정리되겠지. 그렇지 않아도 생각을 좀 해봤는데, 좋은 기회일 것 같아. 부모님이 워낙 좋은 분들이고 동네 사람들이랑도 친해지긴 했지만, 이번 일을 겪고 보니 내가 마을에서 할 수 있는 일에 한계가 있는 것 같긴 해. 다른 세상은 어떤지 알아보고 싶기도 하고. 그런데 떠나려면 우선 숲의 팽나무와 마을의 부모님께는 인사를 해야겠지? 우선 우리가 처음 만났을 때 내가 감싸고 있던 팽나무한테 가보자. 이제는 말을 할지 모르겠네."

팽나무에 남아있는 옅은 초록은 여전히 생기가 없었고 휘어진 나뭇가지가 늘어진 채 지친 모습이 역력했다. 가야는 팽나무를 부드럽게 꺼안았다. 한참을 그대로 있었다.

에스텔 "인사는 했어? 팽나무는 뭐라고 해?"

가야 "아직 말은 안 해. 그런데 내 얘기를 듣고 있는 것 같기는 했어. 눈물방울이 떨어졌거든. 내가 떠나는 걸 알고 있는 거겠지. 이제 마을로 가 보자."

부모님은 이웃들과 함께 폐허로 변한 마을을 정리하느라 여념이 없었다.

엄마 "깜짝이야. 가야니? 이렇게 멋있는 옷을 차려입으니 못 알아볼 뻔했네. 너무 이쁘다."

가야 "네, 에스텔이 만들어준 거예요. 그동안 얘기도 많이 나누고 친해졌어요. 이제 여기 일도 어느 정도 정리되고 해서 에스텔과 함께 여행을 떠나보려고 해요."

엄마 "여행? 에스텔도 여기 머물게 되면 마을을 제대로 꾸미는 데 도움이 될 거라 생각했는데 아쉽구나. 멀리 가는 거야? 설마 아주 가는 건 아니겠지?

가야 "그럼요. 얼마나 걸릴지는 모르겠지만 꼭 다시 돌아올 거예요. 에스텔도 그렇고 저도 그렇고 우리가 누구인지 알아보고 싶어서요."

엄마 "언젠가 우리 곁을 떠날 거라고 생각은 했지만, 그때가 이렇게 빨리 올지는 몰랐구나. 그동안 가야와 함께여서 정말 행복했단다. 그리고 다시 돌아온다고 해줘서 고맙고. 가능하면 소식도 전해줘."

엄마는 눈물이 나와 더 이상 말을 잇지 못했다. 아빠가 먼저 가야를 안아주고 엄마가 가야와 아빠를 함께 안았다. 짧은 인사를 마친 가야와 에스텔은 마을을 떠났다.

2장

둘만의 여행

가야   "어디로 갈 거야? 생각한 데가 있어?"

에스텔 "다른 숲이지. 사람들이 모르는 숲. 그래서 사람들이 안 오는 숲."

가야   "그런 곳이 있어? 그런데 왜 그런 숲을 찾아?"

에스텔 "내가 어디서 왔는지 알고 싶어서. 요정들이 우리 부모님을 알고 있다고는 했지만, 좀 이상하잖아. 외모는 사람이지만 사람이 아닌 것 같은. 요정들은 아무 말도 안 해줬어. 그런데 너와 있으면서 확신이 들었어. 자연의 아이라고 한 말, 확인해 보고 싶어."

가야   "사람들이 모르는 숲에는 뭔가 다른 게 있어?

에스텔 "사람들이 많이 다니고 사람들을 위해 꾸며진 숲에는 숲의 정령들이 모두 사라져 버렸거든. 요정도 더 이상 찾아볼 수 없고. 그런 숲에서는 나무도 사람들처럼 개인적이어서 혼자 높이 올라가려고만 해. 자연과의 소통이 막혀 있으니, 우리가 찾고 있는 답을 얻을 수도 없지."

가야   "그렇겠구나."

에스텔 "물의 요정이 나를 처음 발견했다고 하는 숲을 요정들과 함께 가 본 적이 있었어. 이상할 정도로 깔끔하고, 사람들도 많고, 덩굴이고 가

시고 아무것도 없었어. 위험하다고 다 제거해 버렸대. 또 산에 나무가 너무 많으면 제대로 자라지 못한다며 작은 나무들에 빨간색으로 굵게 선을 긋고는 베어 버렸고. 경쟁자들이 사라진 곳에서 선택받은 나무들만 풍부한 햇살을 받고 하늘로 뻗어 올랐지."

가야 "내가 있던 숲도 마찬가지였어. '숲 가꾸기'라고 하면서 사람들 기준으로 잘생긴 나무들을 고르고, 마음에 들지 않는 나무들은 솎아베기, 가지치기를 했어. 주변의 풀을 베고 덩굴을 제거하면서 나무가 잘 자라는 환경을 만들어 주는 거라고."

에스텔 "아무튼. 그래서 사람들 발길이 가장 안 닿은 곳에 가서 그곳의 나무들에게 옛이야기를 듣고 싶은 거야. 요정들이 그런 숲에 대해 얘기하는 걸 들은 적이 있어. 검질숲이라는 곳인데, 우선 거기로 가보자."

3장

검질숲

　검질숲은 화려했다.
　노랑과 보라가 섞인 미세한 가루들이 낮게 안개처럼 깔려 있었다. 향긋한 꽃 내음이 풍기고 풀 향기도 어렴풋하게 섞여 있었다. 살짝살짝 걷히는 안개 사이로 붉은바구니버섯과 붉은사슴뿔버섯, 노란각시버섯, 노란대광대버섯, 호박색화경버섯, 냄새무당버섯, 갈색먹물버섯, 비단빛깔때기버섯의 조화가 숲 바닥을 장식했다. 숲의 그늘에는 형광 녹색의 화경버섯이 빛을 내고 있었다. 버섯 위로는 투구꽃과 극락조, 은방울꽃, 복수초, 천사의 나팔, 천남성, 애기똥풀의 화려한 색상이 파도처럼 일렁였다.

에스텔 "와, 이렇게 화려한 숲은 처음 봐. 빨강, 노랑, 보라, 초록, 주황. 땅에 깔린 무지개 같아. 거기에 갈색과 하얀색까지. 이렇게나 예쁜데 어떻게 사람들이 하나도 없을 수가 있지?"

가야 "대부분 독을 가지고 있어. 함부로 만지면 안 돼, 위험해."

에스텔 "그래? 전부 독버섯이고 독초야?

가야 "전부는 아니지만, 진하고 화려한 색상을 지닌 식물들은 그런 경우가 많아. 나무들도 그렇거든. 자세히 봐. 곤충이나 애벌레들이 파먹은 흔적이 없잖아. 꼭 플라스틱 꽃 같지."

에스텔 "정말 그렇네. 독 때문에 사람들이 안 온 거구나. 나무들도 독이 있어?

가야 "당연하지. 심하면 심장마비까지 오게 하는 협죽도나 경련을 일으키는 붓순나무, 그 밖에도 금사슬나무와 멀구슬나무, 옻나무, 음나무, 아주까리까지 전부 사람들한테 위험할 수 있는 나무들이야. 그런데 신기하네. 어떻게 그런 식물들만 이렇게 한꺼번에 모여 있을 수가 있지?"

에스텔 "숲이 독으로 가득 차서 사람들이 오지 않는 걸 다행이라고 해야 하는 건가?"

가야 "나무들한테 한번 물어보자."

마침, 근처에 20미터 넘게 자란 음나무가 있었다.

가야 "저 음나무가 아마 이 숲에서 제일 오래된 나무일 거야. 가보자."

에스텔 "딱 보면 알아?

가야 "보통 음나무는 1000년도 넘게 살아. 봐봐. 많이 굽어 있고 큰 곡선도 보이잖아."

가야가 음나무 앞으로 다가가서 줄기에 손을 갖다 댔다.

가야 "안녕, 난 가야라고 해. 저 건너편 숲에서 왔어. 궁금한 게 있는데 물어봐도 될까?"

음나무 "그래 가야, 안녕? 이 숲에서는 모두 너를 알고 있을 거야. 네가 바로 이 섬이니까. 팽나무 통해서 세미소숲 소식도 들었어. 고생 많았지?"

가야 "세미소숲은 이제 천천히 복구될 거야. 여기 검질숲에서는 네가 가장 오래 산 나무야?"

음나무 "그렇다고 봐야지. 1000년 가까이 된 나무는 나밖에 없으니까. 다른 식물들은 100년도 채 안 돼."

가야 "어떻게 너만 그렇게 오래 살아남았어?"

음나무 "처음엔 나보다 오래된 나무들도 있었는데 다 잘려 나갔어. 나는 못생기고 구부러지고 가시도 많아서 건드리지 않고 그대로 두더라고. 그렇게 시간이 흐르다 보니 내가 가장 나이 많은 나무가 됐지. 사람들이 나한테 와서 기도하고 제사를 지내던 시절도 있었어. 그렇게 살아온 거야."

가야 "그런데 여긴 어쩌다 전부 독으로 가득 찬 숲이 됐어?"

음나무 "사람들 입장에서는 독으로 가득 찬 숲이겠지만, 식물들 입장에서는 가장 안전한 곳이야. 사람을 피해 하나둘 모여들다 보니 그렇게 된 거지. 사람도 한때는 자연의 일부였는데 어느 순간부터 사람과 자연으로 구분하고 경계를 짓기 시작하더라고. 사람들에게 자연은 '내'가 아닌 '너', '우리'가 아닌 '너희'가 된 거야. 그러더니 외관과 필요성에 따라 자연도 또 나누더라. 유익함과 유익하지 않음으로, 아니 정확하게는 유익함과 해로움이라는 기준으로. 그러다 보니 우리도 그 기준대로 분류한 거야. 그래서 여기에는 그들이 해롭다고 여기는 식물끼리 모이게 됐지."

가야 "독을 가진 식물들이 모여 있으면 사람들이 안 건드릴 테니까 그랬다는 거구나."

음나무 "그렇다고 할 수 있지. 고사리를 봐. 고사리도 원래 독초야. 사람이 먹으면 위험한 건데 말리고 볶고 삶고, 어떻게 해서라도 먹잖아. 충분히 위협적이라고 느낄 만큼의 군락이 형성되지 않아서 그래. 어설픈 방어는 의미가 없는 거지. 그래서 독을 품은 식물들이 더 많이 모여서 더 큰 군락을 만들고, 인간이 들어오지 못하도록 한 거야. 여기선 인간의 필요에 따라 희생될 위험 없이 안전하게 자랄 수 있고 동물들도 자연스럽게 거기에 맞춰 서식하게 됐어."

에스텔 "인간의 잘못된 선택을 자연의 잘못된 선택으로 답해준 거네." 가야의 설명을 듣고 에스텔도 거들었다.

가야 "경계에 대한 인간의 고집이 빚어낸 현실이지. 공존은 결국 불가능한 걸까?"

에스텔 "그러게. 식물들 입장에서도 인간과 분리된 채 모여 있다는 게 근본적인 해결책이 될 수는 없을 텐데. 아참, 가야, 나에 대해서 좀 물어봐 줘. 내가 사람인지 자연인지?"

가야 "아! 맞다. 음나무야, 내 친구 에스텔이 사람인 줄 알았는데 자연의 능력을 사용하고 있어. 왜 그런지 알아?"

음나무 "가야에 대한 이야기는 팽나무와 연결돼 있어서 알 수 있지만, 에스텔은 나와 연결된 어떠한 부분도 없어서 아는 게 없네."

그때 어디선가 따스한 바람이 불어왔다.

원래 숲의 바람은 항상 시원했다. 그런 숲에서 느껴지는 따뜻한 열기는 그동안 접하지 못한 낯섦이었다. 둘은 '설마 또 불이 난 건 아니겠지'하는 불안감을 안고 따뜻한 바람이 불어오는 쪽으로 향했다. 가까워지니 증기 사우나 같은 안개가 자욱하게 펼쳐졌다. 옷이 금세 흠뻑 젖었다. 에스텔은 수증기 속으로 빨려 들어가는 듯했다. 용광로처럼 펄펄 끓는 강이 보였다. 붉은빛이 도는 갈색의 물에서 열기가 뿜어져 나왔다. 그런데 신기하게도 그 옆에 파란색의 강이 섞이지 않은 채 각자의 길로 따로 흘렀다. 뜨겁고 차가운 두 강이 만나면서 엄청난 수증기가 만들어진 것이었다. 점점 강해지는 열기 때문에 버티기가 힘들었다. 에스텔의 몸도 뜨거워졌다. 에스텔은 안팎의 열기에 정신이 혼미해졌다. 가까스로 가야의 손을 잡았다. 얼마나 지났을까, 에스텔이 눈을 뜬 곳은 이끼로 가득한 거대한 바위들 틈이었다. 가야의 몸에 감싸여 있었다. 간신히 눈을 떴지만 가야의 몸 안이 너무 포근해서 그대로 더 잠들고 싶었다.

가야 "괜찮아? 정신 좀 들어?"

에스텔 "응. 그런데 여기가 어디야? 무슨 일이 있었던 거야?"

가야 "네 몸이 너무 뜨거워졌어. 그리고 열이 나더니 갑자기 쓰러진 거야. 쓰러지면서 내 손을 잡길래 열기를 식혀 주려고 너의 몸을 감쌌지. 그랬더니 갑자기 이곳으로 이동하더라. 나도 여기가 어딘지 정확히 모르겠는데, 산 위쪽으로 올라온 것 같아. 이 섬에서 이렇게 큰 바위들이 많은 곳은 산의 중간 지역이야."

에스텔 "기억나. 수증기가 갑자기 뜨거워지면서 숨을 쉴 수가 없었어. 마치 수증기가 나를 공격하는 것처럼 말이야."

가야 "무슨 말을 하는 거야? 아냐, 그 반대였어. 네가 뜨거워지면서 너의 몸에서 뜨거운 수증기가 나온 거야. 왜 그런 거지? 너의 숨겨진 또 다른 능력이 나오는 건가?"

에스텔 "그나저나 여기는 바위만 보이네. 우선 이 바위들 틈에서 나가 보자."

가야 "그래. 밖으로 가면 뭔가 보이겠지."

4장

호근머들숲

  축축한 이끼로 가득 메워진 좁은 바위틈을 지나가는 건 번거로웠다.
틈새가 일정하지 않고, 위로 올라갔다 아래로 내려갔다 땅으로 기었다가 발끝을 들고 숨죽여 팔을 하늘로 든 채 지나가야 하는 어려운 출구 찾기였다. 물을 흠뻑 머금은 이끼 때문에 미끄러져서 중심을 잃고 바위에 부딪히기를 반복해야 했다. 도중에 방향을 돌리는 건 불가능했다. 한 번 방향을 정하면 그 방향으로만 가야 하는 좁은 통로들의 연속이었다. 옷에 이끼가 잔뜩 묻어나면서 가야의 흰 털옷도 초록색 이끼를 덧입었다. 큰 바위들 틈을 빠져나오자 작은 돌들을 뿌리로 감싸고 있는 종가시나무와 개가시나무, 때죽나무, 참식나무, 생달나무가 보였다. 그런데 모든 나무가 뿌리로 돌을 움켜잡고 온몸을 이끼로 감싼 채 아슬아슬하게 버티고 있는 듯했다. 사자 갈기를 닮은 사자이끼, 두루미의 긴 목과 매끈한 머리처럼 피어오른 두루미이끼, 봉황의 벼슬을 닮았다는 봉황이끼, 깃털을 펼친 공작 모양의 공작이끼, 닭 벼슬이끼, 게발이끼, 지네이끼, 여인이끼, 방울우산대이끼들이 모여 사는 숲이었다. 뜨거운 수증기로 샤워한 후에 맞이한 이끼들의 신선한 축축함이 청량하게 느껴졌다. 크지 않은 나무들은 줄기마다 초록 방울들이 진주처럼 알알이 맺혀있는 콩란이 감싸고 있었다. 초록색의 방울에서 번져 나오는 시나몬 향이 감미로웠다. 검질숲의 화려함과는 다른 초록의 신선함으로 눈과 머리가 맑아진 것 같았다.

나무들은 이끼에 둘러싸여 있을 뿐 아니라 덩굴에도 칭칭 감겨 있었다.

나무와 나무 사이에 축 처져 늘어진 모양으로 이끼 위를 스치듯 꿈틀꿈틀 지나가는 커다란 구렁이처럼, 나무를 타고 올라가다 힘이 빠져서 툭 떨어졌다가 다시 올라가기를 반복하는 애벌레처럼, 덩굴들은 숲의 모든 것을 마구 휘감아 복잡하게 얽었다. 마치 땅속 나무뿌리를 땅 위로 꺼내 놓은 것 같았다. 숲에 큰 나무는 보이지 않았다. 나무와 덩굴이 뒤죽박죽 섞여 있어 어느 나무가 어느 나무인지 구별하기도 어려웠다. 원근도 모두 사라진 초록의 평면이었다. 그중에 좀 더 푸르고 좀 더 큰 나무가 하나가 눈에 띄었다.

가야 "가자. 저 나무야, 에스텔."

에스텔 "저 나무가 이 숲에서 가장 오래된 나무야?"

가야가 종가시나무에 다가서서 손을 얹었다.

가야 "안녕, 나는 가야라고 해. 세미소숲 팽나무 알아? 검질숲 음나무도?"

종가시나무 "당연하지. 숲은 달라도 섬에서 나무들은 다 연결돼 있으니까. 그런데 나는 그리 오래 살지 않아서 팽나무나 음나무처럼 많은 걸 알고 있지는 않아. 여긴 햇볕이 들어오지도 않고 항상 습하기 때문이지. 봐서 알겠지만 여기 나무들은 흙에 뿌리를 내린 게 아니라 돌을 움켜잡고 겨우 버티고 있는 정도거든."

가야 "내 친구 에스텔한테 넝쿨 만드는 능력이 있어. 이곳에는 덩굴이 많잖아. 뭔가 공통점이 있지 않을까?"

종가시나무 "정확하게 뭘 알고 싶은 건데?"

가야 "음, '에스텔이 누구일까'라든지, 아니면 '에스텔이 어떻게 그런 능력을 갖게 됐을까' 같은, 뭐든 에스텔에게 도움이 되는 걸 알고 싶어."

종가시나무 "글쎄, 네 친구에 대해서는 잘 모르지만 덩굴에 관해서는 말해줄 수 있어. 여기는 습지대라서 모든 것이 열악해. 살기 위해서는 서로가 협력해야 해. 햇볕이 부족하니 햇살을 향해 더 높이 올라가야 하는데 올라갈 힘도 없고, 혼자서 버틸 힘도 없어서 원하든 원하지 않든 서로 도와야 하는 거야. 바람이 세게 불기라도 하면 나무는 뽑히고 쓰러져 죽어버리지. 그러면 그 위에 이끼가 자리를 차지해서 죽은 나무를 거름으로 삼아 뿌리를 내리고 새 생명으로 자라나게 돼. 네 친구가 덩굴을 만든다고? 가시덩굴이겠네?"

가야 "응. 맞아."

종가시나무 "덩굴은 홀로 살 수 없는 식물이야. 힘이 없고 연약해서 누군가에 기대야만 살 수 있어. 자기보다 더 단단하고 힘이 센 무엇이든 찾아서 기대야 해. 그리고 올라가서 햇볕을 찾아야지. 덩굴의 가시는 연약한 자신을 보호하기 위한 수단이야. 힘없는 덩굴이 바닥을 기어다니다가 나무를 찾고 나무에 올라가다가 툭 떨어지고 다시 올라가다 보면 숲속을 지나가는 동물이나 사람들에게 제거당하기 십상이지. 방해가 되니까. 동물들은 보통 덩굴이 있으면 피해 가는데 사람들이 문제야. 무조건 덩굴을 제거하려고만 하거든. 보기 흉하고 위험하다고. 네 친구도 연약하기 때문에 자기방어를 위해 가시덩굴을 만드는 거 아닐까? 가시는 공격용이 아니고 방어용이거든. '나를 가만히 있게 해주세요'라는."

가야 "고마워. 이해가 됐어. 덕분에 에스텔에 대해 조금은 알게 된 것 같아."

종가시나무 "가야, 한 가지 부탁이 있어."

가야 "뭔데?"

종가시나무 "여기 이끼들 봤지?"

가야 "응. 엄청 많아, 종류도 다양하고. 그런데 신기한 건 여기 있는 이끼들 모두 어떤 모양을 갖고 있더라. 그게 특이했어."

종가시나무 "역시 가야군. 제대로 봤어. 이끼들은 이곳의 역사야. 이곳을 거쳐 간 것들에 대한 기록이고. 숲이 생기기 전의 모습 또한 담고 있어. 이끼는 모든 것의 시작이기도 하면서 죽어가는 것을 살리는 소생의 의미도 있거든. 너도 알다시피 지금 이 섬이 많이 불안하잖아. 숲이 메말라 가고 있어. 지하수도 점점 줄어들고 있고. 숲을 살리는 데 이끼의 역할이 중요해. 숲마다 이끼들이 번식할 수 있게 도와줘. 네가 제일 잘할 수 있는 일이잖아? 섬은 너의 손에 달려있어. 아, 그리고 한 가지 더. 네 친구 에스텔 말이야."

가야 "에스텔? 뭐, 생각나는 게 있어?"

종가시나무 "응. 에스텔의 과거는 모르겠고 너희 둘이 함께 있으니까 뭔가 기운이 느껴지긴 해. 네가 시작과 보존이라면 에스텔은 성장과 소멸 같아. 부족한 물을 채워줄 수 있지만 모든 것을 태워버릴 수도 있어. 가야에게선 선한 기운만 느껴지는데, 에스텔에게는 분노와 원망의 기운도 함께 있어. 물론 선함이 훨씬 더 강한 아이인 것 같긴 해. 너는 시작이고 에스텔은 끝인 것 같아. 네가 대지이면 에스텔은 별이야."

가야 "나는 대지이고 에스텔은 별?"

종가시나무 "너는 대지에서 나왔으니까 안정적이야. 흔들림이 없지. 하지만 에스텔은 종잡을 수가 없어. 어디로 갈지, 어떻게 변할지 몰라. 차가운 물 안에 뜨거운 불을 안고 있는 느낌이야. 그래서 네가 에스텔을 잘 감싸줘야 할 것 같아. 그런 기운이 느껴져."

가야 "고마워. 아주 중요한 얘기였어. 에스텔이 나를 찾아온 이유도 이해가 됐고. 우리가 같이 다녀야 할 이유도 알게 됐네. 우린 이제 다른 숲으로 가 볼게. 안녕."

가야가 에스텔에게 종가시나무의 얘기를 설명하면서 가는데, 뭔가 이상한 느낌이 생겨 뒤를 돌아봤다.

에스텔 "무슨 일이야? 뒤에 뭐가 있어?"

가야 "몰라. 뭔가 반짝이는 불빛이 보인 거 같아서. 뒤에서 감시하는 느낌도 들고, 누군가 따라오는 거 같기도 하고, 그런데 뒤돌아보면 아무것도 없네."

에스텔 "별일 아니겠지, 뭐. 신경 쓰지 마. 그래서, 종가시나무가 또 뭐라고 했는데?"

가야가 설명하는 동안 에스텔은 가야의 팔을 계속 만지작거렸다.

가야 "자꾸 왜 그래? 간지러워."

에스텔 "네 피부 느낌이 너무 좋아. 너의 몸에 들어가 있을 때 들었던 생각인데, 아기가 엄마 뱃속에 있는 느낌이 이렇겠구나 싶었어. 피부도 말랑말랑하고 부드러운 촉감이 너무 좋아."

가야 "그만 해. 간지러워."

가야와 에스텔의 깔깔거림이 조용한 숲에 활기를 불어넣었다.

호근머들숲을 벗어나기 위해선 다시 이끼 낀 큰 바위들 틈을 지나야 했다.

그사이 가야는 종가시나무의 말을 되새기며 더 많은 이끼의 포자들을 찾았다. 물 위에 떠있는 은행이끼와 타조이끼, 깃털나무이끼, 큰엄마이끼, 가시지네이끼, 주머니게발이끼처럼 재미있고 신기한 형태의 이끼들이 가야의 몸에 담겼다. 그런데 가야의 눈길을 피해 숨어있는 이끼가 있었다. 우산으로 구슬을 덮고 있는 모양의 방울우산대이끼였다. 에스텔과 가야가 지나가자 우산 아래의 구슬에서 붉은 점이 깜빡였다. 그리고 마치 신호를 기다렸다는 듯 이곳저곳, 붉은빛들이 반짝이기 시작했다.

5장

엉또아끈숲

큰 바위들 틈을 지나니 바닥에 검고 울퉁불퉁한 돌들이 가득했다.

구멍이 숭숭 뚫린 검은 돌들 위로는 낮게 수증기가 깔려 있었다. 수증기 속으로 에스텔이 발을 내딛자 수증기가 안개처럼 에스텔의 발을 타고 올라오다 에스텔과 가야를 휘감았다. 둘은 그대로 쓰러져 잠들어 버렸다.

구름 같기도 하고, 안개 같기도 한 숲의 정령들이 쓰러져 있는 에스텔과 가야를 내려다보고 있었다.

정령1 "에스텔의 가슴에서 붉은빛이 빛나기 시작했어. 펄펄 끓는 강이 에스텔의 불의 기운을 깨운 거 같아. 이제 시작되는 건가?"

정령2 "그런 거 같아. 방울우산대이끼의 방울도 에스텔을 따라가며 반짝이기 시작했잖아."

정령3 "펄펄 끓는 강은 다시 없을 줄 알았는데. 죽어 있던 거 아니었나?"

정령4 "천 년 전쯤이었지? 네 개의 구멍이 열려 붉은 물이 솟아 나온 게?"

정령1 "그랬지. 그리고 몇 년 뒤에 또 한 번 바다에서 산이 올라왔고."

정령2 "지금도 기억이 생생해. 일주일 동안 구름과 안개로 깜깜해지면서 천둥이 치고 지진이 계속됐어. 또 시작되는 거면 어떻게 해?"

정령3 "지금 물의 요정을 찾을 수는 없고 그 일을 대신 해줄 수 있는 건 에스텔뿐인데."

정령4 "그런데 물의 요정이 아니면 어떻게 그 능력을 깨워주지?"

정령1 "뜨거운 강이 에스텔의 불을 깨웠다면 얼음 폭포가 에스텔의 물을 자극할 수 있지 않을까?"

정령3 "지금으로선 그 방법밖에 없을 것 같아."

정령4 "그래서 요정마을 요정들이 에스텔을 잘 지켜봐 달라고 신신당부를 한 거겠지."

정령1 "깨어나기 전에 빨리 엉또아끈숲에 데려다 놓자. 에스텔의 물의 기운을 깨워 봐야지."

정령들은 잠들어있는 에스텔과 가야를 거센 폭포가 내려치는 엉또아끈숲 앞에 내려놓고 사라졌다. 에스텔은 몸이 얼어붙는 듯한 한기로 덜덜 떨면서 두 팔로 몸을 감싸안은 채 잠에서 깨어났다. 가야가 보이지 않았다.

에스텔 "가야! 가야! 어디 있어?"

그러자 폭포 속에서 가야가 얼굴을 내밀며 손을 흔들었다.

에스텔 "안 추워? 나 얼어 죽을 거 같아. 좀 도와줘."

가야 "금방 갈게. 조금만 기다려."

에스텔의 몸에서 하얀 털들이 자라나기 시작했다.

털은 계속 자라나 몸을 덮었다. 너무 추운 나머지 길이를 조절하지 못해 마치 몇 년 동안 털을 깎지 않은 앙고라 토끼 같았다. 가야가 에스텔에게 달려와 귀엽다며 얼굴 부분의 털을 헤집었다.

가야 "이렇게 귀여운 모습도 있었네. 왜 감추고 있었어? 털도 너무 부드럽고, 좋다. 앞으로 계속 이러고 다녀. 정말 귀여워."

에스텔 "그만 놀려. 재미없어. 너무 춥다 보니까, 조절이 안 돼. 게다가 털이 눈을 덮어서 앞이 하나도 안 보여. 어떡하지?"

가야 "줄 만들 수 있잖아. 그걸로 묶어."

에스텔 "가시덩굴로 묶으면 아프잖아. 네가 만드는 식물로 묶으면 되겠다."

가야 "아, 그래. 잠깐만."

가야는 다양한 별 모양의 새깃유홍초를 자라게 한 뒤, 에스텔의 앞머리와 옆머리를 모아 올리고 정수리 부분에서 유홍초 줄기로 묶어주었다. 또 보송보송한 털 위를 붉은색, 흰색, 분홍색의 유홍초 꽃들로 장식해 주었다. 가야는 킥킥거리고 웃으며 에스텔의 두 볼을 양쪽으로 잡아당겼다.

가야 "푸하하하. 너무 귀여워."

에스텔 "나한테 무슨 짓을 한 거야? 거울이 없으니 확인해 볼 수도 없고. 그나저나 어떻게 된 일이지? 우린 왜 갑자기 잠이 들었고 여기는 어디야? 너는 또 폭포에서 뭐 하고 있었어?"

가야 "아! 맞다. 털 장식 하느라 깜빡했네. 호근머들숲에서 나오자마자 안개가 퍼지면서 잠이 들었었는데 깨보니 여기였어. 그런데 저기 폭포 안쪽에 동굴 입구 같은 구멍이 있더라. 그 뒤로 넓은 공간이 있는 것 같았어."

에스텔 "공간? 어떤 공간?"

가야 "너한테 오느라 들어가 보진 못했지. 허리를 완전히 구부려야만 들어갈 수 있을 정도로 입구가 작았다는 것만 봤어. 같이 가보자"

에스텔 "그런데 나 지금 너무 추워. 너는 괜찮아?"

가야 "전에 말했잖아. 나는 추위나 더위를 타지 않아."

에스텔 "또 네 몸속으로 들어가야 할 것 같아. 너무 추워."

에스텔이 가야의 몸에 들어간 채 둘은 폭포 뒤의 동굴로 공간이동을 했다. 동굴 안에서는 엄청난 한기가 뿜어져 나왔다. 마치 냉동 창고에 들어온 것만 같았다. 하얀 얼음과 고드름으로 가득 차 있었지만, 다행히 가야의 몸속은 따뜻했다.

6장

각성

　동굴을 지나자 얼음 나라였다.
　자연의 형태만 남겨놓고 공간을 물로 가득 채운 뒤 꽁꽁 얼린 것 같았다. 크리스털로 만들어진 나무들과 줄기 식물이 숲을 이뤄 영롱한 빛을 반사하고 있었다. 하늘의 투명한 푸른빛까지 그대로 담고 있어서, 거울처럼 맑고 깨끗했다. 모든 것이 얼어 있지만 자연의 초록은 그대로였다. 시간만 얼어붙은 채 정지돼 있었다. 바람은커녕 공기마저 느껴지지 않는 고요한 정적으로 가득 차 있었고 움직이는 건 가야와 에스텔뿐이었다. 동굴 속의 한기는 이제 사라졌다. 서늘한 기운은 남아있지만 청량함에 가까웠다. 오염되지 않은 순수 공기 같았다.
　둘은 숨소리도 내지 않고 조용히 한 걸음, 한 걸음 발을 떼었다. 그래야만 할 것 같았다. 앞으로 다가가 보니 얼음벽이 가로막고 있었다. 보이는 모든 것들이 얼음벽 너머에 존재하고 있었던 것이다. 에스텔의 입김이 얼음에 닿자, 얼음은 하얀색으로 바뀌며 불투명해졌다. 그 어떤 생명의 숨결도 거부하는 듯했다. 숨을 참자 얼음은 다시 투명해졌다. 크게 숨을 들이마신 뒤 숨을 참고 다시 얼음 속을 들여다보니 정지된 듯 보였던 숲이 점점 커져 갔다. 처음에는 사진을 유리 벽에 붙여 놓은 느낌이었지만 갈수록 숲이 깊어지고 거대해지며 영상으로 펼쳐졌다.

숲이 커지면서 앞으로 다가오는 느낌에 에스텔은 깜짝 놀라 뒤로 엉덩방아를 찧었다. '쿵' 하고 넘어지는 소리와 함께 투명 얼음벽 전체가 불투명한 하얀색으로 바뀌었다. 앉은 채 미동도 없이 얼음벽이 다시 투명해지기를 기다렸다. 얼음벽이 서서히 투명해지자 에스텔은 조심스럽게 일어나 숨을 멈춘 채 얼음벽 안을 다시 들여다봤다. 숲이 깊어져 가는 과정이 처음부터 다시 반복됐다. 숨을 참으면 참을수록 숲 안의 모습을 좀 더 자세히 볼 수 있었다.

숲 안에 파란 물줄기가 보였다.

펄펄 끓던 강과 섞이지 않은 채 나란히 흐르던 차가운 강물이었다. 가만히 얼음벽 너머에 집중하자 멀리서 시작된 물줄기가 에스텔 쪽으로 다가왔다. 푸른 빛으로 얼음벽을 통과해 온 것이다. 에스텔은 무릎을 굽혀 푸른 빛줄기에 손을 갖다 댔다. 그러자 순간 몸이 얼어붙는 것처럼 소름이 돋았고 빛줄기에 닿았던 손이 파랗게 변했다. 가만히 몸을 일으켜 그 손을 얼음벽에 갖다 대자 손으로부터 동심원이 퍼져나가듯 얼음이 서서히 사라져갔다. 얼음벽 안쪽에서 움직이던 풍경은 강의 지나온 이야기였다.

이곳에 강이 있었다.

강가에는 자작나무와 칠엽수, 흰색 사시나무, 낙우송, 좁은잎재, 너도밤나무, 수양버들, 버드나무가 사이좋게 자라며 울창한 숲을 이루고 있었다. 따뜻한 햇살이 넘쳐났고 은빛 물결 아래 물고기들이 헤엄치는 곳이었다. 철새도래지여서 겨울이면 수십만 마리의 새들이 떼 지어 춤을 추기도 했다. 그 풍경을 좋아하던 사람이 있었다. 강변과 숲 언저리에서 오랜 시간 머물다 가곤 했다. 그러더니 나무를 베어서 숲과 강이 만나는 지점에 집을 지었다. 그 풍경을 자랑하기 위해 사람들을 집으로 초대하기 시작했다. 이후 그 옆으로 집을 짓는 사람이 하나둘 늘어났고, 얼마 뒤 주황색과 형광 연두색 조끼를 입은 사람들이 들이쳤다. 중장비를 몰고 와서 숲을 밀어내기 시작했다. 또 강의 일부를 메우기도 했다. 외관이 수려했던 물가의 버드나무만 남겨두었다. 그때부터 계절이 바뀌어도 철새들은 돌아오지 않았다.

 처음엔 숲에서 베어낸 나무로만 집을 지었는데, 나중엔 거대한 콘크리트 덩어리들이 강변과 숲을 채워나갔다. 강가에는 사람들이 심은 갈대와 생명력 좋은 개량종 꽃들로 가득 메워지고 버드나무만 외로이 남았다. 버드나무에 전선이 칭칭 감기더니 밤새도록 반짝거리기도 했다. 사람들이 몰려들었고 나무에 올라타 사진을 찍어댔다. 지치고 외로운 버드나무가 시들자, 사람들은 버드나무를 살리기 위해 담당 의사를 지정하고 수액을 꽂아주며 관리를 시작했다. 버드나무는 그저 살아만 있을 뿐이었다. 강 주변으로 높은 건물들이 들어서고, 버드나무 주변에는 쇠로 만들어진 울타리가 생기더니 접근금지 팻말이 달렸다. 버드나무는 보호 대상 노거수가 되었다. 사람들은 그저 멀리서만 사진을 찍을 수 있었다. 강 주변의 건물들이 많아질수록 더 많은 사람들이 몰려들었다.

어느 날부터인가 바다와 연결된 강으로 붉은색 물이 흘러 들어오기 시작했다.

원래의 푸른색 물과 섞이지 않은 채 두 갈래로 나뉘어 흐르더니 푸른 강은 서서히 빛을 잃어갔다. 이후 죽은 물고기들이 떠오르고 역겨운 냄새도 나기 시작했다. 몰려들었던 사람들이 하나둘씩 떠나고 강과 숲 주변은 황폐해졌다.

영화 같던 강의 이야기가 끝나자 폐허로 변한 마을만 눈앞에 남았다.

얼음처럼 차가웠던 에스텔이 뜨거워지기 시작했다. 분노의 감정이 끓어올랐다. 온몸으로 열기가 퍼지면서 에스텔의 몸이 불꽃처럼 뜨거워지고 에스텔을 감쌌던 털들도 모두 사라졌다. 뜨거운 열기에 위험을 느낀 가야가 에스텔을 감싸안았다.

가야 "진정해 에스텔. 귀여웠던 털이 다 없어졌잖아."

가야의 말에 에스텔은 가까스로 정신을 차렸다.

에스텔 "후유~, 이제 좀 숨이 쉬어지네. 폐허로 변한 강변 마을에 갑자기 화가 났었어. 그런데 펼쳐지던 이야기의 마지막 순간에, 버드나무가 보이지 않았어. 거기 분명 있었을 텐데."

가야 "그래, 가서 찾아보자. 그 버드나무가 많은 걸 알고 있을 수도 있어."

에스텔은 파노라마 같았던 환영을 떠올리며 그 잔상을 따라 이동했다. 한참을 걷다가 절반 정도 무너져 내린 콘크리트 담장을 돌아서자 철제 울타리 안쪽에 버드나무가 있었다. 환영으로 보았던 모습과 달리 메마르고 힘없는 노목이었다. 가지들 일부는 죽어 메말라 있었는데, 그 사이로 새로 피어나는 나뭇가지들도 있었다. 죽어가는 고목과 푸르름으로 피어나는 새잎의 공존이었다.

가야 "안녕, 나는 가야라고 해."

버드나무 "나를 찾고 있었던 것 안다. 내가 너희들을 부른 게 아니라 요정들이 내게로 데리고 온 거다. 그들이 너희에게로 갈 거다."

가야 "환영으로 보였던 버드나무와 모양이 조금 다르네. 죽은 가지와 새잎이 함께 있고, 색도 두 가지야."

버드나무 "나는 원래 하나의 나무일 뿐이다. 생성과 소멸이 꼭 분리될 필요는 없다. 너도, 나도, 에스텔도, 하나일 뿐이다. 에스텔에게는 물과 불, 극명하게 나누어지는 두 가지의 성질이 있었다. 본래 물로 태어났으나 시작부터 모든 환경이 불의 기운이었다. 물을 끓게 하여 스스로 증발하거나, 소멸한 후 악으로 다시 태어나 불태우는 불의 요정과 같은 길을 겪을 수 있었다. 어찌 보면 절대 섞일 수 없는 두 가지가 가야의 순수함 덕분에 섞이기 시작했다. 가야, 너는 순수 그 자체다. 대지는 변하지 않는다. 대지 위의 여러 가지가 변하고 생성하고 소멸하기를 반복할 뿐이다. 대지 없이는 그 어떤 것도 존재할 수 없고 자라날 수 없다. 물 또한 대지의 그릇에 고여 있을 뿐 그릇이 없으면 흩어지고 만다."

가야 "에스텔이 화가 나서 모든 것을 불태우려고 했어. 간신히 잠재우기는 했지만 솔직히 무서워. 내가 에스텔을 감당할 수 있을지."

버드나무 "두려워할 필요 없다. 에스텔의 성정을 조절하도록 돕는 것이 너 또한 성장하게 만들기 때문이다. 에스텔의 화를 너는 포근함으로, 온화함으로 품어냈다. 물은 모든 것을 담고 화합하게 할 수 있지만 물 스스로의 확산은 불가능하다. 하지만 불은 확산과 소멸이다. 작은 불씨 하나면 충분하다. 너의 예전 몸은 물을 담는 그릇이었다. 그 그릇이 깨지면 보관하던 물은 흘러내려 소멸할 수 있었다. 하지만 지금의 너에게는 더 이상 물을 담을 그릇이 필요하지 않다. 에스텔을 통해 불을 얻었으므로 어디든, 얼마든 퍼져나갈 수 있게 됐다."

가야 "우리를 여기로 오게 한 요정들은 어디 있어?

버드나무는 더 이상 아무 말도 하지 않았다. 팽나무처럼 자신의 역할이 끝났다고 생각하는 듯했다.

버드나무는 가야에게 확신을 주었고 자신감까지 얻게 해줬다.

가야는 이제 에스텔의 폭주가 두렵지 않게 됐고, 버드나무의 이야기를 전해 들은 에스텔 또한 가야와 함께 안정을 찾을 수 있었다. 물과 불, 두 기운의 공존을 각성하고 자신들의 정체성에 한 걸음 더 나아간 느낌이었다.

한 단계 넘어섰다는 안도감이 드는 순간 가야에게 갑작스러운 통증이 느껴졌다.

몸속에서부터 물결이 치며 가슴 부분을 쥐어짜는 극심한 통증에 얼굴을 찡그렸다.

에스텔 "왜 그래? 괜찮아?"

가야 "응. 갑자기 가슴이 아프다 지금은 괜찮아졌어. 전에도 이런 적이 있었는데…."

극심한 통증이 다시 찾아왔다. 이번에는 어지럽고 속이 울렁거리다 소름 돋도록 예리하고 날카로운 '삐익' 소리가 귓가에 울려서 비명을 지르며 쓰러졌다.

에스텔 "가야! 정신 좀 차려봐!"

가야는 신음소리만 내며 팔로 온몸을 감싸안고 부르르 떨었다.

가야 "물, 물이, 필요해." 가야가 간신히 말을 했지만, 주변엔 썩은 내 나는 강물뿐이었다. 그렇지만 방법이 없었다. 에스텔은 가야를 부축해 강가로 간 뒤 가야를 안고 뛰어들었다. 그러자 에스텔의 몸에서 강한 수증기가 나오며 주변의 강물을 투명하게 바꿔나갔다. 에스텔은 몸에서 덩굴을 풀어내 강물 위에 가야가 누울 수 있도록 해먹을 만들었다. 자신은 덩굴 의자를 만들어 그 옆에 앉은 채 수증기를 뿜어내 깨끗한 물을 계속 만들었다.

물을 흡수하자 가야가 정신을 차리기 시작했다.

가야 "고마워."

에스텔 "괜찮아. 힘들면 가만히 있어. 그런데 왜 그런 거야?"

가야 "아마도 이 주변 어딘가에서 나무들이 베이거나 뽑히고 있을 거야. 근처의 식물들이 해를 입으면 그 고통을 나도 느껴."

에스텔 "잠깐 혼자 있을 수 있지? 어디선가 기계 소리가 들렸는데, 금방 확인해 보고 올게."

마을 뒤쪽의 숲이 파괴되고 있었다.

자연휴양림을 만들려던 세미소숲의 공사와는 차원이 다른 규모였다. 오름 한가운데에 대형 굴진기가 구멍을 내고 굴착기가 주변을 파내고 있었다. 불도저들은 파헤쳐진 흙과 돌을 밀어내고 그 뒤에서 아스팔트 스프레이어가 검은 용액을 뱉어내면 롤러와 피니셔들이 시커먼 길을 평평하게 했다. 오름을 파괴하며 나온 크고 작은 돌들은 잘게 부숴서 검은 아스팔트 길옆에 쌓고 콘크리트를 들이부어 단단한 벽을 만들었다. 그 옆으로 크레인과 원목 집게, 포크리프트, 목재파쇄기, 굴취기, 덤프트럭 같은 벌목 장비들이 집결해 숲을 공격하고 있었다. 거대한 굴착기에 부착된 수목 굴취 기계들이 나란히 정렬해 나무들을 동시에 뽑아냈다. 네 개의 삽날을 나무뿌리 쪽으로 깊게 집어넣은 다음 흙과 함께 통째로 뽑아냈다. 몇백 년 된 비자나무부터 단풍나무, 후박나무, 그리고 숲에 가장 많은 삼나무까지 송두리째 뽑아냈다. 뽑힌 삼나무를 딜리머라는 기계가 하나씩 잡고 나뭇가지를 훑으면 벌거벗은 통나무만 남았다. 굴착기용 나무커터들은 작은 나무들을 자르고 이동시켰다. 이용 가치가 없다고 여겨지는 나무들은 목재 파쇄기로 끌려들어가서 톱밥으로 변해 형체를 잃어버렸다. 나무들이 뽑힌 등성이 한 가운데에서는 굴착기가 땅을 파고 불도저가 흙을 밀며 산을 깎아내고 있었다.

신공항 건설을 위한 활주로 공사였다.

오름과 숲 전체로 나무들의 비명이 바람을 타고 울려 퍼졌지만, 기계들의 굉음이 곧바로 집어삼켰다. 파괴되고 있는 숲의 모습도 충격적이었지만, 이 공사 때문에 가야가 아프다고 생각하니 에스텔은 화가 치밀어 올랐다. 에스텔의 분노는 과거의 기억들까지 떠올리게 했다. 이마의 점을 놀리며 돌을 던졌던 아이들이나, 부모 없는 자식이라며 무시하고 차별했던 사람들, 어린 시절의 악몽까지 되살아났다. 서러움과 분노, 증오. 에스텔의 몸이 점점 뜨겁게 달아오르며 붉은 불의 기운이 끓어올랐다. 눈도 붉어졌다.

에스텔이 팔을 뻗으며 멈추라고 소리쳤다. 목소리는 천둥 같았고 팔에서는 번개처럼 불꽃이 피어났다. 땅이 흔들리고 곳곳에 균열이 생기기 시작했다. 갈라진 틈 사이로 불꽃들이 올라오고 중장비의 고무바퀴들이 시커먼 연기를 뿜어내며 타들어 가기 시작했다. 놀란 작업자들은 장비를 버려둔 채 달아났다. 분노에 이성을 잃은 에스텔은 중장비를 모두 불태워 버릴 기세였다. 화는 계속해서 치밀어 올랐고 그럴수록 갈라진 땅의 틈 사이로 불길이 커졌다.

기운을 차린 가야가 고무 타는 냄새를 맡았다.

멀지 않은 곳에서 검은 연기가 올라가는 것도 보였다. 가야가 에스텔에게 다가갔을 때 불길은 공사장을 넘어 숲으로 향하고 있었다. 가야의 만류에도 에스텔은 반응이 없었다. 의식이 사라진 에스텔에게는 화만 남았다. 자칫 숲으로 불이 옮겨붙을 수도 있는 상황이었다. 가야는 몸을 액체 형태로 바꿔 에스텔을 감싸안았다. 에스텔이 가야 몸속에서 의식을 잃었다. 가야는 자신의 몸속 물을 이용해 에스텔의 불을 잠재웠다. 에스텔의 불기운이 약해지자 땅에서 솟아오르던 불길도 함께 사그라졌다. 숲으로 번져가는 불길은 막을 수 있었다.

가야 몸속의 물은 에스텔의 불을 잠재웠지만 가야 자신을 소진했다. 에스텔의 파괴적인 불길을 잡느라 자신이 녹아내린 것이다. 힘이 빠지며 에스텔을 감쌌던 가야의 피부막이 벗겨지고 서서히 흘러내렸다. 그사이 에스텔은 의식이 다시 돌아왔다. 흘러내리는 듯한 가야를 붙들고 깨워봤지만 이미 끈적하고 덩어리진 투명 액체 같았다. 에스텔은 자기 때문에 이렇게 됐다고 생각하고 가야의 액체 거죽을 만지며 눈물을 흘렸다. 그런데 그 눈물방울이 떨어져 닿자 작은 파란 불씨가 반짝였다. 에스텔이 다시 눈물이 흐른 얼굴을 가야의 액체 거죽에 대보자 역시 파란 불씨가 나타나며 깜빡였다. 에스텔은 물이 있으면 가야를 살릴 수 있다는 걸 깨달았다. 액체 거죽 상태의 가야를 담을 수 있는 그릇이 없으니 강물로 이동해 갈 수도 없고, 더 많은 눈물을 흘리는 수밖에 없었다. 눈물을 만들어보려 했지만 마음이 간절할수록 눈물샘은 더 메말라갔다.

'이대로 두면 가야는 사라진다. 그런데 눈물은 나지 않는다. 물이 필요해. 물만이 가야를 살릴 수 있다. 물! 물!'

그러자 에스텔의 몸에서 수증기가 뿜어져 나왔다. 에스텔은 이 수증기가 날아가지 않도록 최대한 품 안에 모아 가야에게 닿도록 했다.

액체 거죽에서 파란빛들이 깜빡이기 시작했다. 깜빡임이 많아지고 빛들이 모여 물결을 만들었다. 에스텔은 가야를 살려야 된다고 생각하며 물에 대한 생각에만 집중했다. 점점 수증기가 많아지고 물방울로 변해갔다. 물방울이 땀처럼 온몸에서 흘러나와 가야를 적셨다. 가야 몸속의 물결도 점점 더 커졌고 활발하게 움직이기 시작했다. 에스텔의 물은 이제 방울이 아닌 덩어리의 모양으로 커졌다. 풍선 크기의 물 덩어리를 만들어 가야의 몸에 채울 수 있게 된 것이다. 액체 거죽이 응축돼 가고 탄력도 생겼다. 에스텔의 몸이 청록을 띤 코발트블루 색으로 변하며 물을 뿜어내자 가야의 몸에는 더 빨리, 더 많은 물이 채워졌다. 피부는 빈틈없이 매끄러워졌고 물 덩어리는 사람의 형태로 변했다.

가야가 돌아왔다.

몸과 의식을 되찾은 가야가 에스텔의 손을 꽉 잡았다. 에스텔은 가야를 보고 왈칵 울음을 터트렸다. 정작 필요할 때는 메말라 버렸던 눈물이 걷잡을 수 없이 흘러나왔다. 가야 역시 눈물을 흘렸고 검은 연기도 서서히 땅으로 가라앉았다. 숲에 고요함이 돌아왔.

불에 탄 타이어 냄새가 완전히 사라지지 않고 코끝을 맴돌았다. 벌겋게 달아올랐던 기계들은 쇳덩어리 틀만 남았다. 사방에는 부러진 나뭇가지들과 분쇄된 톱밥들이 널려 있었다.

'시간이 지나면 사람들은 다시 몰려올 것이다. 활주로 공사를 포기할 리 없기 때문이다. 그때마다 불로 태우며 싸워야 하나?'

에스텔이 폐허처럼 바뀐 이곳을 꽃밭으로 바꿔보자고 제안했다.

가야 "좋은 생각이야. 지난번에 세미소숲에서는 기계를 사용하지 못하게 망가뜨리는 데에만 신경 썼어. 그래서 결과가 좋지 않았지. 이번에는 꽃과 이끼로 예쁘게 장식해 보려고. 마을 사람들을 위해 마을의 모든 식물을 꽃피운 적이 있었거든. 단 하루이긴 했지만, 사람들은 해맑은 어린아이 같았어. 그 방법을 다시 써보는 거야. 이번엔 하루가 아니라 계속 이어지는 꽃 잔치를 벌여야겠어."

가야는 호근머들숲을 생각하며 대형 중장비들을 재미있는 모양의 이끼들로 감싸기 시작했다. 솔이끼와 구슬이끼, 나무이끼, 우산이끼를 군데군데 뿌려놓고, 이번에는 더 빠른 속도로 퍼질 수 있도록 포자주머니도 보이게 했다. 거기에 에스텔이 덩굴로 화려함을 더했다. 달짝지근한 다래, 예쁜 꽃의 계요등, 포도보다 더 달콤한 머루, 향기가 좋은 으아리, 주황색 트럼펫 꽃 능소화, 하얀 솜털이 사랑스러운 박주가리, 풍선처럼 빵빵한 풍선초, 하늘타리, 작두콩, 여주, 결명자, 시계꽃. 꽃도 예쁘고 열매를 따 먹을 수도 있는 덩굴들로 쇠 골격만 남은 장비들을 감싸고 크리스마스 장식처럼 꾸몄다. 가야는 이끼로 기계들을 감싼 후 그 위에 화려한 색상의 팬지와 페튜니아, 메리골드, 베고니아, 제라늄으로 포인트를 줬다. 남은 건 시커먼 석유 유제가 깔린 도로였다. 사람들에게 밟혀도 다시 일어날 수 있는 특성을 가진 광대나물이나 금장초, 알리숨, 둥굴레, 맥문동, 부귀초, 빙까 같은 지피식물이 적당할 수 있지만 사람들의 시선을 끌기는 어려웠다.

에스텔 "좋은 생각이 났어. 사람들은 꽃이 많은 곳이면 어디든지 몰려가서 사진을 찍잖아. 네가 피어나게 한 팬지나 제라늄, 메리골드처럼 눈에 확 띄는 꽃으로 가득 메워보자. 꽃을 보려고 사람들이 몰려올 테고 이 장소도 유명해질 거야. 그러면 우리 편도 많이 생길 테고."

가야 "좋긴 한데, 이렇게 넓고 긴 아스팔트 길을 다 채울 꽃이 어떤 게 있을까?"

에스텔 "유채꽃 어때? 파다 만 동굴은 발광버섯으로 가득 메우고 반딧불이도 불러 모으는 거야."

가야는 이번 기회를 통해 버드나무가 말한, 그릇을 넘어선 확장의 능력을 확인해 보고 싶었다. 검은 아스팔트가 시작되는 부분부터 유채꽃을 피우기 시작했다. 식물이 자라고 퍼져나가는 속도가 마을에서의 가야와 비교할 수 없을 정도로 빨라져 있었다. 공사가 시작된 도로 끝부터 노란 불이 점등하며 켜져 오는 듯했다. 아스팔트 길은 순식간에 노란 물결로 출렁거렸다. 에스텔도 입을 다물지 못했다. 뚫다가 만 터널 안으로는 가야 몸속의 포자들이 수증기처럼 퍼져나갔다. 바닥뿐 아니라 천장과 벽에도 붙어서 성장할 수 있는 발광 버섯으로 가득 메워졌다. 노랑부터 연두, 초록까지 형광은 어두운 동굴을 밝히는 은은한 조명이었다. 성장한 가야의 능력은 마술 같았다.

가야 "에스텔 네 덕분이야. 너 아니었으면 나는 아직 씨앗 주머니, 물주머니에 지나지 않았을 거야. 고마워."

이제 문제는 이 공간의 소중함을 사람들이 알 수 있도록 하는 것이었다.

작업자들이 돌아와서 잠깐 놀랄 수는 있지만, 그걸로 끝일 것이다. 마을 사람들이 작업자들보다 먼저 와서 멋지게 변한 이곳의 매력을 알아야 했다.

에스텔 "가야, 반딧불이 불러 올 수 있어? 최대한 많이. 도심에서는 반딧불이를 볼 수 없으니, 반딧불이가 모이면 사람들이 따라오지 않을까?"

가야가 하늘로 팔을 뻗고 나무처럼 섰다. 그러자 연두 형광 빛들이 하나둘 모여들기 시작했다. 수만 마리의 반딧불이가 가야의 머리 위에서 큰 원을 만들었다. 반딧불이들은 숨골 동굴 속에서 보여줬던 오로라처럼 큰 물결을 형성하며 도시로 향했다. 거대한 무리를 지어 하늘 높이 올라 굴곡진 커튼 모양의 흐름을 만들어냈다. 놀랍도록 아름다운 광경에 사람들은 반딧불이 무리를 따라가기 시작했다.

반응은 예상보다 훨씬 크고 빨랐다.

반딧불이에 이끌려 와 마주한 공사장은 이끼와 꽃, 열매로 장식된 새로운 세상이었다. 더구나 한겨울의 꽃 세상인 만큼 더 큰 관심과 호응을 불러왔다. 검은 도로 위의 유채꽃밭과 버섯이 가득한 동굴, 나무들이 뽑힌 뒤 꽃밭으로 바뀐 숲에는 순식간에 수많은 인파로 가득 메워졌다. 선물 같은 자연의 신비에 기자들도 몰려들었고 방송사들은 생방송 중계차까지 동원해 꽃 세상을 알렸다. 꽃으로 장식된 신공항 활주로 건설 표지판과 조감도가 카메라에 담기면서 삭막한 활주로와 아름다운 꽃길이 자연스럽게 대비됐다. 숲이 파괴되는 것에 대해 별다른 관심이 없었던 사람들도 대자연의 축복을 지켜야 한다고 입을 모았다.

사람들의 힘이었다.

다음 날 아침부터 한겨울의 꽃구경을 위해 사람들이 밀려들기 시작했다. 주변에는 푸드트럭들까지 자리를 잡기 시작했다. 일부에서는 피켓을 든 사람들이 공사 반대 시위에 나서기도 했다. 자연스럽게 추가 공사는 중단됐다. 연일 사람들의 발길이 이어지고 뉴스 보도가 계속되는 가운데, 숲을 살리기 위한 환경단체가 생기고 조사단도 만들어졌다. 세미소숲 파괴와 그에 따른 숨골 붕괴 소식까지 다시 조명을 받으며 가야의 엄마, 아빠가 여러 신문과 방송에 인터뷰를 하기도 했다. 결국 시 정부는 신공항 건설 사업을 잠정 중단하기로 했다. 식물들을 보호하기 위해 철제구조물과 장비의 잔해들, 콘크리트 구조물들도 그대로 두기로 했다. 꽃 세상에 동물들이 몰려왔고 새들은 쇠 골조만 남은 중장비들 안에 보금자리를 틀었다.

7장

균열

분쟁의 지속력에 비해 평화의 시간은 길지 않다.

유채꽃밭 바닥에 금이 가기 시작한 것이다. 땅이 서서히 벌어지고 있었다. 그 틈 사이로 김이 모락모락 올라오며 얇은 커튼이 바람에 날리듯 움직이기 시작했다. 투명하지만 때로는 뿌옇게, 때로는 희끄무레하게 하늘거렸다. 이 투명 기체가 지나가면 식물은 금세 시들어 누렇게 변해버렸다. 짧은 끈 모양의 기체는 느릿느릿 유채 꽃밭을 지나 삼나무를 타고 올라갔다. 마치 기운이 없어서 나무를 잡고 간신히 올라가는 듯했다. 그러면서 지나가는 자리마다 누런 자국을 남겼다. 식물들은 기체와 접촉하자마자 기운이 빠져 시들어 갔다.

뭔가 심상찮은 기류를 느낀 가야와 에스텔에게 좀 떨어진 곳에서 바닥을 기어가는 유혈목이가 눈에 띄었다. 가야의 능력으로 꽃을 피우긴 했지만, 지금은 겨울이다. 뱀들은 겨울잠에 빠져 있어야 한다. 주변을 둘러보자 다른 뱀들도 사방으로 흩어져 산으로 올라가고 있었다.

에스텔 "어째 분위기가 이상하지? 뱀들이 산으로 올라가고 있어. 우리도 올라가 보자. 산꼭대기에 물바람숲이 있다고 들었어. 요정의 화산도 있고. 거기 가면 무슨 일인지 알 수 있을지 몰라."

산 정상에는 거대한 원반 모양으로 땅이 내려앉은 듯한 분화구가 있었다.

분화구 지면에서 올라오는 뜨거운 열기와 하늘에서 내려오는 차가운 기운이 부딪혀 양쪽 옆으로 밀어내는 듯한 공기의 울림이 느껴졌다. 어느 한쪽도 양보하지 않는 비등비등한 힘겨루기였다. 열기와 한기가 만나는 경계 부분에서 파도가 바위에 부딪쳐 사방으로 흩어지는 것 같은 미세한 물보라가 쳤다. 그 물보라들 사이로 색의 경계가 불규칙하고 희미한 무지개가 올라왔다. 물보라 아래에는 초록 들판이 있었고 물보라가 닿지 않는 주변으로 숲들이 보였다.

곧 폭발할 것만 같은 팽팽한 긴장감이었다.

에스텔 "물과 불이 충돌하고 있는 거 같아. 아래로 내려가서 확인해 보자."

가야 "공기의 흐름이 정말 팽팽하네. 엄청난 힘겨루기야."

분화구 쪽으로 내려온 가야와 에스텔은 전혀 예상하지 못한 뜨거운 열기를 느꼈다.

에스텔 "너무 뜨거워. 풀이 있는 쪽으로 가자."

뜨거운 황토의 열기를 둘러싸고 있는 풀 쪽에서는 서늘함이 느껴졌다. 멀리서 내려다봤던 느낌과는 비교도 할 수 없을 정도로 치열한 대결이었다. 분화구 안에서도 마치 분화구가 숨을 쉬고 있는 듯 황토의 팽창과 수축이 동시에 일어나고 있었다. 어마어마하게 큰 거인의 땀구멍이 황토를 들이마셨다 내뿜고 있는 것 같았다. 위에서 봤을 때는 황토만 있는 줄 알았는데, 가까이에 와보니 침엽수와 활엽수가 모두 말라서 쪼그라든 상태로 있었다. 색깔마저 황색으로 변해서 구별하기 어려웠던 것이었다. 가야와 에스텔은 섬뜩함을 느꼈다.

<small>가야</small> "이렇게 격렬한 긴장감은 처음이야."

<small>에스텔</small> "물의 요정과 불의 요정이 대결할 때 느껴본 적이 있어. 그런데 여긴 힘겨루기 정도가 아니라 전쟁터 같아."

<small>가야</small> "여기 계속 있으면 우리도 위험해지겠다. 일단 저 옆의 숲으로 가보자."

<small>에스텔</small> "그래, 저기가 물바람숲인 것 같아."

물바람숲이라는 이름에 걸맞게 선풍기를 튼 채 분무기를 뿌리는 것 같은 물바람이 불고 있었다. 한기와 열기가 부딪혀 만들어내는 물보라가 이곳의 물바람이었다. 물바람은 숲 바닥 곳곳에 물줄기를 만들어 아래로 흘려보내고 있었다. 에스텔이 흐르는 물에 손가락을 넣어 봤다.

<small>에스텔</small> "앗 뜨거워. 전에 봤던 펄펄 끓는 강의 물 같아. 여기가 시작점인가 봐." 물바람은 시원했지만 바닥에 떨어지는 순간 뜨거워진 것이다. 숲에는 미세한 땅의 움직임이 끊임없이 이어지고 있었다.

<small>가야</small> "아무래도 이상해. 화산이 살아 숨 쉬는 거 같아. 뭔가 불길해."

천 년 넘도록 잠에 빠져있던 화산이 기지개를 켜고 있는 것이었다. 수천 마리의 뱀 떼가 동면에서 깨어나 출몰하고 도로 주변에는 작은

두꺼비들의 모습도 보였다. 지렁이들이 메말라 죽어갔고 까마귀들은 처절한 울음소리를 내며 둥지를 떠나 갈 곳을 잃은 듯 흩어져 방황했다. 꽃 세상의 초록 잎들도 점점 황색으로 변하며 메말라가고 있었다.

섬 곳곳에서 일어나는 현상이었다.

에스텔과 가야가 피해 있던 숲으로 눈부신 빛줄기가 내려왔다. 분화구의 긴장감은 사라지고 맑고 청량한 공기가 주변을 에워쌌다. 금방이라도 터질 것만 같은 비눗방울 모습의 공기 요정이 다가왔다. 비눗방울은 주변 모든 색이 흡수됐다가 다시 반사되면서 현란한 색상의 스펙트럼을 분출했다. 또 하나의 빛줄기가 내려왔다. 타원형의 유리그릇 같은 투명한 형체에 부엉이처럼 동그란 푸른 눈동자가 빛나는 환영 요정이었다. 공기 요정은 커다란 투명의 방을 만들었다. 열기도 냉기도 느껴지지 않고 답답한 마음을 뻥 뚫어줄 것 같은 신선한 공기로 가득 채워져 있었다. 분화구 주변의 반복되는 온도 변화로 탁해졌던 공기와 달리 편안한 숨을 선사해 줬다.

공기요정 "안녕? 너희를 여기로 데려온 건 옆에 있는 환영 요정과 나, 공기 요정이었어. 너희가 경험했던 얼음벽은 환영 요정의 작품이었고."

환영요정 "몰랐겠지만, 우리는 너희를 지켜보고 있었어. 그림 요정은 에스텔이 집을 나가는 걸 알고 있었지만 말리지 않았어. 더 많은 성장과 각성을 바랐기 때문이지. 그리고 가야와의 만남도 예상하고 있었고."

공기요정 "지금 이 위태로워진 상황은 가야가 있었던 마을에서부터 시작된 일이야."

가야 　"아, 내가 뭐 잘못한 건가?"

공기요정 　"아니, 그건 아냐. 섬에 인구가 늘고 개발이 진행되면서 숨골은 이미 위기 상황이었어. 공사가 많아지고 건물들이 올라서는 동안 지반 전체가 약해져 있었던 거야. 그런데 갑자기 숲에 불을 지르는 무리한 공사를 벌이다 보니 동굴이 붕괴하고 여러 개의 싱크홀이 만들어졌지. 연약했던 지반이 흔들리면서 균열로 이어진 거고."

환영요정 　"그래서 지진이 발생한 거였는데, 그 지진이 지하에서 잠자고 있던 마그마를 자극했나 봐. 화산 폭발이야. 분화구에서 느꼈겠지만 이미 시작된 거 같아. 그래서 너희 도움이 필요해진 거야. 폭발을 막을 수 없다면 피해 규모라도 줄여야지. 조금이라도 더 많은 생명을 살려야 하지 않겠어?"

공기요정 　"비릿한 냄새 느꼈지? 식물을 메마르게 해서 누렇게 만들 뿐 아니라, 심해지면 호흡을 방해해서 살아 숨 쉬는 것은 모두 다 죽게 될 수 있어. 사람들까지."

환영요정 　"이미 다른 요정들도 최선을 다해 막아보려 애쓰고 있고, 너희 둘도 그동안 많이 성장했을 테니 이제 그 능력을 펼쳐 보일 때가 됐어. 바람의 요정은 이미 만났지?"

에스텔 "아니, 못 봤는데."

환영요정 　"분화구 위쪽에서 차가운 공기와 뜨거운 공기가 충돌하는 거 봤어?"

에스텔 "응, 그건 봤어."

환영요정 "공기의 충돌을 일정하게 유지하는 게 바람 요정의 역할이야. 워낙 집중하고 있어서 인사를 못한 모양이구나. 화산이 잠들어 있는 동안은 여기를 요정들이 관리하고 있어서 요정의 화산이라고 불렀는데, 이제 앞으로는 어떻게 될지 모르겠네."

8장

요정의 화산

 크고 작은 지진이 계속되고 바닥에 균열이 늘고 있었다.

 갈라진 땅 틈 사이로 뜨거운 물이 흘러나오면서 숲의 이끼와 버섯, 나무뿌리가 삶아졌고, 물에 데어서 죽는 두꺼비와 뱀들이 점점 늘어갔다. 날 수 있는 새들은 이미 위험을 감지하고 모두 섬을 떠났다. 분화구 주변에서는 하얀 가루 같은 것들이 올라오고 있었고, 산은 점점 부풀어 올랐다. 지표면 온도도 계속 상승했다. 진짜 문제는 하늘로 올라가는 게 아니라 땅으로 흘러내리게 될 것들이었다.

 우선 사람과 동물들의 대피가 급했다.

 임박한 위험을 알려서 사람들이 섬을 떠나도록 해야 했다. 가야와 에스텔이 마을로 향했다.

 마을에는 지진 피해의 잔해가 여전히 남아있었다.

 거리의 오물은 청소됐지만 싱크홀 자리에는 진입 금지 푯말과 안전 가림막이 설치돼 있었다. 싱크홀로 인해 주저앉은 집들은 아직 복구되지 못한 채 그대로 방치돼 있었고, 집집이 무릎까지 차 있었던 물때의 흔적도 채 지워지지 못했다. 가야가 도착했을 때 부모님도 집 안을 정

리하고 있었다.

아빠 "가야구나! 잘 왔다. 어떻게 지내는지 궁금했는데, 고생하지는 않았고? 에스텔도 건강하게 지냈지?"

아빠가 정리하던 물건을 내려놓은 채 반갑게 인사하자 방 안에 있던 엄마도 뛰어나왔다.

엄마 "어머. 가야야!"

엄마는 가야를 보자마자 부둥켜안았다.

엄마 "그동안 어떻게 지냈어? 얼굴이 좀 여위었네. 힘들었나 보구나. 얼마나 걱정했는지 알아? 그래도 이렇게 다시 볼 수 있어서 정말 다행이다. 에스텔도 잘 지냈니?"

에스텔 "네, 안녕하셨어요?

가야 "에스텔이랑 숲을 다니면서 나무들로부터 많은 것을 들었어요. 저의 '사용법'도 이제는 익숙해졌고요."

아빠 "'사용법'? 하하하, 어감이 좀 이상하구나."

가야 "마을과 숲을 그대로 두고 떠난 게 계속 마음에 걸렸어요. 저 때문에 일이 이렇게까지 된 건 아닌가라는 생각도 했고요. 에스텔과 함께 지내면서 많이 정리됐어요. 그건 그렇고, 위급한 일이 생겼어요. 마을 사람들이랑 가능한 한 빨리 이 섬을 떠나셔야 해요."

아빠 "갑자기 그게 무슨 말이야? 떠나다니?"

가야 "곧 화산이 폭발할 것 같아요. 심각한 상황이에요."

아빠 "화산이? 사화산 아니었어?"

가야 "아니요. 멈춰 있다가 다시 움직이기 시작했어요. 지진이 잦아지고, 뱀이나 두꺼비, 지렁이, 지네, 곤충들이 떼죽음을 당했고, 나무들이 메말라 가고 있어요. 언제라도 폭발할 수 있는 상황이에요. 최대한 빨리 섬을 떠나셔야 해요."

아빠 "다들 마을 복구 때문에 정신이 없는데, 갑자기 떠나야 한다고 하면 받아들일까? 크고 작은 지진이 계속돼도 여진이라고 생각했지, 화산 폭발까지는 생각을 못 했는데. 그래도 정말 위기 상황이라면 방법을 찾아 봐야지. 그런데 너는 어떻게 할 건데? 우리랑 같이 갈 거니?"

가야 "저는 남아야 해요. 에스텔과 함께 동물과 식물들을 구해야 하거든요. 어차피 동식물은 섬 밖으로 대피하기 어려우니까요."

엄마 "그게 무슨 말이야? 화산이 폭발하는데 여기 남겠다고? 일단 함께 대피했다 돌아오면 안 되는 거야?"

가야 "네, 저는 있어야 해요. 그게 바로 저의 존재 이유예요. 섬에 남아서 어떻게 돕느냐가 섬에 살고 있는 생물들을 위한 저의 '사용법'이고요."

엄마 "꼭 그렇게까지 해야만 하는 건지는 잘 모르겠다. 그렇다고 억지로 데려갈 수도 없고. 불안하지만 어쩔 수 없구나. 정말 몸조심해야 해."

아빠 "그런데 마을 사람들한테 느닷없이 화산이 폭발한다고, 이 섬을 떠나야 한다고 하면 아무도 믿지 않을 거야. 아빠를 이상한 사람이라고 생각하겠지. 지난번 동굴 안에서 구조대원들이 그랬던 것처럼. 혹시 어떻게 설명해야 할지 생각해 봤니?"

가야 "네, 신공항 활주로 공사 때처럼 하시면 되지 않을까요? 엄마, 아빠 인터뷰하시는 거 봤어요. 신문, 방송에 알려서 많은 사람들이 알 수 있도록 하는 거죠."

아빠 "그럼 기자들한테는 뭐라고 하지? 네 얘기를 그대로 전할 수도 없고."

가야 "마을마다 우물을 확인해 보라고 하시면 될 거예요?"

아빠 "우물?"

가야 "네, 우물에 뜨거운 물이 흘러넘치고 있어요. 이미 새들은 모두 섬을 떠났고요. 나무는 메말라가고 뜨거운 물들이 산기슭을 타고 흘러내리면서 살아있는 것들을 모두 죽이고 있어요. 대부분의 마을 상황이 비슷할 거예요. 이런 것들을 설명해 주세요. 저희도 빨리 움직여야 해서 인제 그만 가 볼게요. 무사하셔야 해요. 제 걱정은 하지 마시고요."

엄마 "그래도 둘 다 몸조심하고."

에스텔 "네, 가야는 걱정 마세요. 제가 잘 챙길게요."

부모님은 가야의 말대로 우선 화산 폭발의 전조증상부터 찾아 나섰다.

지금 마을은 지진 여파 때문에 잘 모를 수도 있어서 비교적 평온했던 이웃 마을들을 돌아다니며 공통으로 나타나는 이상 현상에 대해 알아봤다. 다녀 볼수록 가야의 판단이 맞다는 걸 확신하게 됐다. 시청에 먼저 알렸지만 공사 중단과 재난 복구로 넋이 나간 상태여서 대화 자체가 어려웠다. 사안의 중요성과 긴급성을 이해하지 못했다. 그래서 지난 인터뷰 때 만났던 기자들에게 연락했다. 기자들은 자신들이 직접 취재해 보겠다고 했다. 다행히 저녁 뉴스와 다음 날 아침 신문부터 '화산 폭발 임박'이라는 기사가 나가기 시작했다. 일단 사람들은 모두 섬을 떠나는 수밖에 없다는 결론으로 이어졌다.

끝까지 섬에 남겠다고 하는 사람들도 있었다.

천년이 넘도록 활동하지 않던 화산이 갑자기 폭발한다는 걸 어떻게 믿냐며, 확실하지도 않은데 삶의 터전을 버리고 떠날 수 없다는 것이다. 설사 화산이 터지더라도 섬 전체를 휩쓸진 않을 거라는 생각도 있었다.

하지만 대부분의 섬사람은 술렁였다.

여행객들부터 서둘러 비행기 편을 구해 섬을 떠났고 그러지 못한 사람들은 배편을 구하기 위해 항구로 몰려들었다. 비행기와 배편은 턱없이 부족했고 표를 구하지 못한 사람들은 공항과 항구에 남아 대기했다. 세미소숲 화재와 신공항 활주로 공사로 위기에 몰렸던 시 정부로서는 시민들의 환심을 살 수 있는 절호의 기회였다. 중앙 정부와 협의해 특별기와 특별 배편을 늘려 이주를 돕기 시작했다. 하지만 살던 집을 버리고 떠난다는 게 쉬운 결정은 아니었다. 가야가 살던 마을에도 특별기가 배정됐는데, 결심을 못 하는 사람들이 있었다. 가야 부모는 상황이 안정되면 언제든 다시 돌아올 수 있으니 일단 목숨을 구하는 게 우선이라고 마을 사람들을 설득했다. 배정된 항공편을 놓치면 언제 다시 차례가 올지 알 수 없다는 설명에 사람들은 아쉬움을 남긴 채 섬을 떠났다. 섬에는 이제 항공편이나 배편 차례를 기다리는 사람들과 끝까지 삶의 터전을 떠나지 않겠다는 사람들만 남았다.

분화구의 물이 점점 끓어올랐다.

화산 가스로 말라 죽는 나무의 수가 무서울 정도로 빨리 증가했다. 바람의 요정도 점점 한계에 부딪쳤다. 에스텔이 합류해 도왔지만 역부족이었다. 섬의 생물들이 조금이라도 더 대피할 수 있도록 시간을 버는 것이 최우선이었다.

바람요정 "에스텔이지? 아까는 인사를 못했네."

에스텔 "그래. 안녕?"

바람요정 "상황이 급해졌어. 물의 능력이 있다고 하던데, 비 형태로도 가능해?"

에스텔 "수증기까지는 해봤어. 비도 한번 시도해 볼게."

바람요정 "그럼 일단 네가 물을 만들면 내가 비로 바꾸도록 해 볼게. 분화구 전체를 덮을 정도의 크기면 좋겠어. 온도는 차가울수록 좋아."

에스텔이 물줄기 형태로 물을 만들어냈다.

바람요정 "좋아. 그런데 혹시 줄기 말고 덩어리 형태로 만들어 줄 수 있니? 그러면 내가 소용돌이를 일으켜 더 넓게 분사시켜 볼게."

에스텔 "응, 알았어."

바람요정 "덩어리는 크면 클수록 좋아."

에스텔 "그래, 최대한으로 할게."

에스텔은 가야를 구하던 당시와 같은 간절함으로 물에 집중했다. 물은 점에서 방울로, 방울에서 덩어리로 점점 더 커졌다. 구의 형태였던 물 덩어리가 커지면서 양쪽으로 퍼지는 원반 형태가 되었다.

바람요정 "좋아, 에스텔. 계속 그 상태를 유지해 줘."

에스텔은 간절한 마음을 유지하며 물의 크기를 키워갔다.

일어날 일은 일어나고 만다.

막지 못할 거라면 피할 수 있도록 해야 하고, 살아남은 것들은 지켜야 한다. 가야에게 제일 중요한 일은 씨와 포자의 보존이었다. 이 섬에만 사는 종을 보존해야 한다. 아직 식물의 다양성을 모두 알기에 학습 시간이 짧았지만 그래도 최대한 많은 수와 양을 확보해야 했다. 가야는 몸의 형태를 지네처럼 길게 늘여 여러 개의 팔을 만들고 씨와 포자를 최대한 끌어모았다.

동물들이 문제였다.

화산이 폭발할 때 대피할 수 있는 공간이 필요했다. 섬에는 샛도리 물이 있다. 바다와 접해 있지만 바닷물이 아닌 민물이다. 지하 바위틈에서 솟아나는 맑고 차가운 민물이다. 지하로 유입된 빗물이 용암의 빈틈을 따라 흐르다가, 지상으로 열린 문을 통해 올라온 물이다. 살아 있는 물이라고 해서 산물이라고도 한다. 신기하게도 산물은 통로를 만들었고 흩어진 물길이 모이는 저장고도 만들었다. 물의 저장고인 물구덩은 어디로부터도 막혀 있지만 어디로도 통했다. 항상 맑은 물이 고여 있어서 동물들이 편히 마실 수 있고, 돌들의 필터 역할로 신선한 공기가 사방에서 들어온다. 바닷물의 직접적인 유입이 없고 숨골과 동굴이 위아래에서 이중으로 보호를 해주니 붕괴할 염려도 적다. 화산 폭발을 앞둔 상황에서 이곳보다 좋은 대피처는 없다.

물구덩이 생존 공간이었다.

물구덩은 커다란 바구니 모양으로 생겼고, 벽의 돌에는 작고 미세한 틈들이 있었다. 가야는 길어질 수 있는 동물들의 은둔생활을 위해 물구덩 안에 번식력 강한 이끼와 음지에서도 잘 자랄 수 있는 식물들을 심어주었다. 물구덩 벽의 돌 틈마다 성장 속도를 달리하는 씨앗들을 심어 발아 시기도 다양하게 조절해 두었다.

가야가 물구덩 입구에서 똑바로 선 채 두 팔을 위로 뻗어 동물들을 불러 모았다.

뜨거워지는 공기 때문에 우왕좌왕하던 동물들이 하나둘 모여들었다. 사람들이 육지로 대피한 뒤 집에 남겨진 소와 돼지부터 숲에서 뛰놀던 노루와 목장의 양들, 다람쥐까지 긴 줄을 만들었다. 에스텔이 모여든 동물들을 차례대로 물구덩 안으로 안내했다. 둘이 할 수 있는 일은 여기까지다. 대재앙이 얼마나 오래 진행될지는 모르지만, 이곳에서의 생존은 이제 동물들 자신의 몫이었다. 식물 보존과 동물 구조를 마친 가야와 에스텔은 요정들이 모여 있는 곳으로 이동했다.

폭발까지 얼마나 남았을까?

분화구에서 검은 액체가 흘러나오기 시작했다. 액체에 닿는 모든 것들을 잡아먹으며 크기를 점점 더 키웠다. 지반도 꿈틀거리기 시작했다. 바닥의 흙과 돌들이 조금씩, 조금씩 도약하기 시작했다. 공중으로 통통 튀어 올랐다. 위로 올라간 돌들은 돌끼리 부딪치거나 아래로 떨어지면서 작게 쪼개지고, 다시 튀어 올랐다가 떨어지기를 반복하면서 가루로 변해갔다. 반복되는 움직임 속에 뭔가가 준비되는 듯했다.

분화구에서 지렁이 같은 기다란 불들이 머리를 내밀며 꿈틀거리기 시작했다.

긴 목을 이리저리 뒤틀고 머리를 들어 올렸다가 내리기를 거듭하더니, 어느 순간 머리와 꼬리를 땅에 묻고 등만 하늘로 쭉 올린 애벌레의 형태로 춤추는 듯 움직였다. 이쪽저쪽에서 더 많은 불벌레가 춤을 추었다.

화산이 깨어났다.

뿜어져 나오는 투명한 기체의 냄새가 비릿하고 역겨웠다. 하늘은 잿빛으로 변했고 회색 눈이 힘없이 너풀너풀 내려왔다. 회색 가루들은 닿는 모든 것을 불꽃으로 만들어버렸다. 섬의 이끼와 버섯은 흔적을 감췄다. 고리 모양으로 머리를 땅속에 넣고 있던 불지렁이들 사이로 불뱀이 나와 불지렁이들을 삼키며 몸집을 키웠다. 먹고, 먹고, 또 먹었다. 이렇게 몸집을 키운 뱀끼리 싸움이 시작되었다. 불뱀과 불뱀의 싸움에서 승자만이 불의 용이 될 수 있었다. 화룡은 얼굴과 목 전체를 화염으로 두르고 몸을 마구 비틀어 가며 불의 형태를 순식간에 여러 형태로 바꾸었다. 온몸으로 화염을 내뿜으며 빠른 속도로 섬을 물어뜯고 집어삼켜 버리려는 것 같았다.

불의 용은 머리가 여덟 개였다.

몸통은 산을, 팔과 다리는 땅속을 계속 휘젓고 있었다. 코로 뿜어내는 검은 연기가 하늘을 가득 메워 어떤 빛도 들어오지 못하는 암흑이 됐다. 어둠 속에서 용의 여덟 머리 불줄기가 사방으로 흩어져 춤을 추었다. 그동안 갇혀 있었던 것에 대한 분풀이 같기도 하고, 오랜만의 외출로 신이 나 흥겨워 들썩이는 것 같기도 했다. 용 머리의 움직임이 너무 빨라서 용과 눈이 마주치는 사람은 그 순간 화염 속으로 사라져 버렸다. 여덟 용은 모든 것을 멈추게 하고, 소멸시키는 능력을 자랑이라도 하듯 서로가 다른 용에게 능력을 뽐냈다.

섬에 남아 있던 사람들은 도망갈 수도, 도망갈 곳도 없었다. 섬은 한정된 공간이다.

여덟 용과 벌이는 숨바꼭질은 가구도 없는 작은 방에 갇힌 것과 다름없었다. 운이 좋아 항구까지 도착한 사람들은 겁에 질려 바닷물 속으로 뛰어들었다. 몇 분, 몇 초라도 생명을 연장하고 싶은 간절함이었을 것이다. 하지만 섬을 둘러싼 바닷물은 용의 몸통 열기로 이미 펄펄 끓는, 쇳물로 가득 채워진 용광로나 다름없었다. 용의 화염을 피한 이들도 용이 코를 통해 뿜어내는 화쇄류가 덮치면서 인간 화석이 돼버렸다. 인간의 계산을 벗어난 대재앙이었다. 인간은 이렇게 섬에서의 모든 발자취를 지워갔다.

섬이 활활 타며 붉은빛을 뿜어냈다.

섬을 집어삼킨 검은 구름이 육지로 향했다.

구름의 움직임은 너무나도 선명했다. 인간은 화산의 피해가 육지로 이어지진 않을 것이라고 예상했지만, 용의 구름은 어둠을 선사하려 이동 중이었다. 빛이 차단되며 육지에는 혹독한 한파가 불어닥쳤다. 섬은 뜨겁게 달아올랐지만, 육지는 차갑게 식어가고 있었다. 바닷가에는 회색 눈이 흩날렸다. 섬에서와는 달리 불꽃을 만들지는 않았다. 오히려 그 반대였다. 육지 끝 항구 마을과 도시에는 불이 하나둘씩 꺼지고 있었다. 회색 눈이 전자 장애를 일으켜 전기 공급이 끊긴 것이다. 전파마저 끊기자, 사람들은 불안함에 떨었다. 정보가 차단된 어둠은 이전에 느껴보지 못한 새로운 두려움으로 다가왔다. 전기도, 전화도, TV도, 라디오도 모두 끊겼다.

그러던 중 한 줄기 빛이 암흑을 뚫고 내려왔다.

빛의 파장은 어둠만큼이나 컸다. 어둠이 하늘 아래 모든 빛을 삼켜버리듯 빛은 어둠을 밀어내려 하고 있었다. 하늘에서 내리는 화쇄류들은 얼음이 되어 깨졌다. 용의 여덟 머리를 향해 날아간 빛이 불로 바뀌었다. 불에 불이 던져졌다. 거세지기만 하던 화룡에 요정들이 대응하기 시작한 것이다. 세상을 덮친 어둠을 쫓아내기 위해 빛의 요정이 나섰고, 요정마을에 함께 갇혀있던 물의 요정과 불의 요정이 바구니에서 나와 합세했다. 검은 쇳물이 흘러 내려오는 곳에 거센 물줄기가 뿜어져 검은 쇳물을 돌로 굳게 만들었다. 섬 위의 검은 구름은 파도가 출렁이는 듯한 기이한 형태의 구름으로 변했다. 구름에서 연기와 불꽃이 일어나며 번개가 쳤다. 내리는 화산재와 땅에서 올라오는 먼지가 검은 구름의 촉매제가 돼서 얼음 섞인 폭설과 폭우가 순서를 달리하며 내리기 시작했다. 불규칙적이고 변덕스러운 변화가 이어졌다.

화룡의 기세가 더 거세졌다.

화산재와 가스로 이뤄진 안개는 어느새 섬을 넘어 바다까지 그리고 육지를 향해 기지개를 켜고 있었다. 요정들은 속수무책이었다. 화룡은 섬은 이쯤에서 그만두고 육지에 더 많은 관심을 두게 된 것 같았다. 안개가 육지에 닿게 되면 피해 규모는 상상을 초월하게 된다. 가축과 농부들 모두 질식사할 것이고, 노심으로까지 이어진다면 피해는 걷잡을 수 없게 될 것이다. 섬에서 불행이 시작됐다면 그 불행은 섬에서 끝나야 했다. 바람 요정은 안개의 역풍을 만들어 안개가 넘어올 수 없게 바람의 장벽을 만들었다. 물의 요정은 바닷물을 이용해 바람 요정이 물로 분사할 수 있게 해 견고한 물과 바람의 벽을 만들었다. 불의 요정은 바다의 수면 위로 낮게 떠올라 이동하는 가스를 태워 없애기 시작했다.

동물들 대피를 마친 가야와 에스텔도 화룡의 기세 막기에 합류했다.

9장

네 개의 섬

바다 위의 자욱한 안개가 출렁임을 일으켰다.

출렁이는 안개를 바다가 집어삼켰다. 끓어오르듯 사방으로 물방울을 튕기며 파도가 쳤다. 바닷물이 찢어지고 갈라지며 출렁이더니 붉고 뜨거운 그림자가 드러났다. 바닷물 속에서 지진이 일어났다. 붉은 그림자 위로 돌덩이와 물, 가스가 섞여 뿜어 나오기 시작했다. 하나가 아니라 네 곳에서 동시에 같은 현상이 나타났다. 엄청난 굉음을 내며 바닷속에서 땅이 올라오고 있었다.

용이 감춰두었던 네 개의 발톱을 드러낸 것이다.

엄청난 위세로 솟구쳐 올랐다. 크고 작은 물고기들도 물 위로 함께 떠 올랐다. 흩어진 네 개의 발톱에서 뿜어져 나오는 검은 연기는 하늘로 올라가 하나로 합쳐졌다. 거대한 검은 원반을 만들어 바다에 잿가루들을 뿌리며 무서운 속도로 바다의 빛을 삼켜버렸다. 암흑 속에 일렁이는 파도 소리와 솟구쳐 나온 네 개 산의 포효에 요정들은 물론 가야와 에스텔도 압도될 정도였다. 검은 원반 구름은 이제 섬과 육지 사이를 전부 뒤덮었다. 이전에 육지로 향하던 검은 구름보다 더 짙은 암흑이었다. 냄새의 역겨움은 더 강해졌고, 화산재의 밀도도 훨씬 더 높아졌다. 네 개로 솟아오른 섬이 다리이고 발톱이라면 하늘을 뒤덮은 검은 원반은 화룡의 비상을 알리는 날개였다.

검은 용의 도발에 손을 놓고 있을 순 없었다.

네 개의 섬이 피라미드의 사각 모서리처럼 떠받치고 있는 원반을 집중 공략해야 했다. 바람 요정과 물의 요정이 거대한 바다 회오리를 만들어 주변의 모든 걸 빨아들였다가 한꺼번에 뱉어냈다. 그렇게 뱉어져 나오는 것들을 불의 요정이 화염으로 소각시켜 버렸다. 빛의 요정이 잠시 어둠을 밀어내면 환영 요정이 그 상태가 지속적으로 보이도록 해줬다.

가야와 에스텔은 검은 구름 원반의 목적지인 육지 방향에서 막아섰다.

가야는 이제 무한대로 커지고 모든 것을 담아낼 수 있을 정도로 역량이 커져 있었다. 우선 몸을 옆으로 쭉 늘리고 하늘의 빛을 가로막는 수평 구름을 몸 안으로 흡입해서 육지 반대편으로 내뿜었다. 가야가 걸러낸 구름은 바람 요정과 물의 요정이 만든 회오리 속으로 빨려 들어갔다. 에스텔은 불의 요정과 함께 쏟아져 나오는 부유물을 모두 태워 버렸다. 동시에 가야의 몸을 정화할 수 있는 물을 지속적으로 만들고 공급해서 가야의 몸 안에 불순물이 남는 일이 없도록 해줬다. 육지로 퍼져가던 검은 구름 띠와 화산 쇄설물은 이렇게 서서히 줄어들기 시작했다.

이제 반격의 시점이었다.

그림요정 "연기와 싸우며 상황을 지연시킬 순 있지만 시간이 지나면 지날수록 우리 힘만 빠질 거야. 섬의 화산 본체는 너무 크고 머리가 여덟 개나 돼서 잘 몰랐는데, 네 개의 섬은 크기가 작다 보니 그 구조를 알 수 있을 것 같아. 화산 위에서 화염과 싸우는 건 아무 의미가 없어. 화염이 만들어지는 그 근본을 차단해야 해. 바닷속은 생각보다 훨씬 더 큰 산맥으로 이뤄져 있는데, 그 깊은 곳에서 올라오는 마그마가 용암으로 분출돼 해저산맥의 빈틈으로 올라오는 거야. 그런 지각변동은 우리가 막을 수 없겠지만, 지금 저 네 개의 작은 섬은 지각변동과 상관없는 이상 현상 같아. 원래 해저산맥에서 상승한 마그마가 흘러넘쳐 분출된 게 아니라는 거지. 화산 그 자체가 아니라 화산 폭발의 형태를 모방한 변이라고 보면 돼. 우리가 막을 수 있을 거야. 화산섬인 것처럼 위로 올라온 것들을 공격할 게 아니라 해저로 들어가서 근본을 차단해야 해."

에스텔 "좀 쉽게 설명해 주면 안 될까?"

그림요정 "음, 얼굴에 종기가 생겼다고 생각해 봐. 종기 주변을 짜면 고름이 터져 나오잖아. 고름은 어디 있었을까? 고름 주머니 안이지. 종기 주변을 아무리 소독해도, 고름 주머니를 없애지 않는 한 고름은 계속 나오게 된다는 거지."

에스텔 "아, 고름 주머니를 없애자는 거군? 지금까지 우리는 소독을 했을 뿐이고."

그림요정 "그렇지. 이제 가야와 에스텔의 도움이 절대적으로 필요해졌어. 가야는 요정들이 물속에서 활동할 수 있는 방을 만들어 줘. 잠수함으로 생각하면 돼. 요정들은 그 안에서 활동할 거야. 에스텔은 잠수함이 움직일 수 있도록 엔진이 돼 줘. 섬 아래 해저 규모가 워낙 크기 때문에 공간이동으로 움직여야 해. 공기 요정은 계속해서 공기를 만들어주고. 빛의 요정은 마그마가 흘러나오는 통로를 확인해서 환영 요정이 레이더처럼 보여주면 돼. 서두르자."

가야가 만든 빙, 잠수함이 바다 밑으로 들어갔다.

물의요정 "마그마의 통로가 보이긴 하네. 그런데 이걸 어떻게 멈추게 하지?"

그림요정 "암석이 녹는 건 높은 열과 압력 때문이야. 열만 가한다고 녹지는 않아. 온도가 높아지면 암석이 녹기 시작하지만, 마그마로 바뀌어서 이동하려면 더 충분한 압력이 가해져야 하지. 그런데 지금 이 구조는 좀 달라 보여."

물의요정 "어떤 점이?"

그림요정 "압력이 강하지 않아. 대신 물이 작용하고 있는 것 같아. 열만 가해서 돌을 녹이려면 엄청난 시간과 에너지가 필요하지만, 물을 많이 머금은 돌에 열을 가하면 돌 속에 갇혀 있는 물이 데워지면서 안과 밖이 동시에 달궈지고 섞이지. 액체화되면 훨씬 이동이 쉬워져서 밖으로까지 분출될 수 있는 거야."

물의요정 "내가 해야 할 일이 있다는 거군."

그림요정 "그렇지. 우선 암석에서 수분을 빼내 액체화가 진행되지 못하도록 하는 거야. 그러면 분화구에서는 물질이 없는 불만 뿜어져 나올 거야. 수분이 빠진 암석은 더 많은 열과 더 많은 압력이 필요해서 내부에서 더 높은 열을 가해야 해. 그렇게 되면 정작 밖으로 뿜어져 나오는 양은 줄어들게 되지. 바위의 파편인 쇄설물까지 함께 분출될 때는 파괴적일 수 있지만 불만 올라가면 위력이 약해. 그 불을 불의 요정이 불로 꺼주면 돼. 연료가 없어진 불에 불을 가해 팽창시키면 밀도가 떨어지거든. 그러면 불은 그저 위로 상승할 거야, 열기구처럼. 상승한 열은 찬 공기와 만나면서 기압이 떨어지고 산소가 없어져서 더 이상 연소를 할 수가 없으니 소멸하겠지."

물의요정/불의요정 "그렇겠네."

그림요정 "물의 요정은 작은 규모의 암석부터 수분을 없애 액체화하는 것을 막아주고, 불의 요정은 밖으로 나가 힘이 약해진 화산의 불줄기가 퍼지지 않도록 가다듬어 수직으로만 상승하게 해 줘."

불의 요정이 물 밖으로 나가 화산활동을 지켜보니 그림 요정 이야기를 더 잘 이해할 수 있었다. 실제로 화산은 엄청난 분출을 하며 폭발한 게 아니라 흘러내리면서 넓혀지고 있는 것이었다. 일반적인 화산 폭발과는 분명 달라 보였다.

해저에서 물의 요정이 암석의 수분 흡수를 시작하자 신기하게도 화산 분출의 쇄설물들이 줄어들었고 불만 뿜어져 나왔다. 파괴력이 현저하게 떨어진 것이다. 쇄설물이 없으니 불의 요정도 일이 한결 쉬워졌다. 불길은 정말 하늘로만 치솟았다가 소멸해 갔다. 섬 하나에서 폭발이 멈추었다. 네 개의 섬들이 만들어내던 날개 원반의 균형도 무너졌다. 두 번째, 또 세 번째에서 네 번째까지 화산섬을 잠재우는 데 성공했다. 육지로 연결되려던 검은 구름은 더 이상 만들어지지 않았다. 용의 팔다리를 자르는 데 성공한 것이다.

팔과 다리가 잘린 용이 감췄던 본체를 드러냈다.

화산은 다시 달궈지고 섬 곳곳에서 폭발이 이어졌다. 잠잠했던 용의 머리도 하늘을 향해 포효했다. 걷잡을 수 없는 극악의 폭주였다. 자식 넷을 잃은 어미의 울분이 터져 나오는 듯한 분노였다. 섬 전체에서 불의 뱀들이 솟아나기 시작했다. 닫히지 않은 숨골들을 이용해 화염을 뿜어내고 섬 전체가 살아 움직이는 불 괴물들로 가득 메워졌다.

심해에서는 지진도 다시 발생했다. 지진으로 인해 해일이 일어나고 고요하던 바닷속에는 해저 폭풍까지 발생했다. 지진으로 갈라진 틈으로 해류가 바뀌고 계곡 속으로 물이 빨려 들어갔다가 다시 솟구쳐 나오기를 반복했다. 요정들의 공격으로 마그마의 힘이 약화하자 화룡은 더 큰 화력이 필요했다. 지진을 일으켜 불의 고리인 마그마 방을 자극하려는 것이었다. 회오리를 일으키며 사방에서 밀려오는 해류로 가야의 잠수함까지 휩쓸리자 더 이상 물속에 머물러 있을 수 없었다.

그림요정 "미쳐버린 용과 직접 싸운다는 건 자살 행위나 다름없어. 우리가 할 수 있는 건 네 개의 섬을 잠재웠던 방식뿐이야."

환영요정 "하지만 물속에 머무를 수가 없잖아."

그림요정 "그렇지. 이제 잠수함은 어렵고, 가야와 물의 요정만 내려가는 거야. 마그마 방을 냉각시켜야 해."

환영요정 "마그마 방을 통째로? 그게 가능할까?"

그림요정 "가능 여부는 지금 중요하지 않아. 화룡이 불의 고리인 마그마 방을 손에 쥐게 된다면 섬에서만 끝날 문제가 아니야. 이 땅 전체에 지각 변동과 슈퍼 화산들의 연쇄 폭발을 불러올 수도 있어. 화룡을 잠재울 방법은 딱 한 가지뿐이야. 시간이 없어, 서둘러야 해. 가야가 물의 요정과 하나가 돼서 마그마 방 온도를 내려줘. 열기로 변해 섬으로 올라가는 것을 막아야 해. 마그마 방의 위치는 아까처럼 환영 요정을 통해 알려줄게. 시작해 보자."

가야가 물의 요정과 한 몸이 돼 바닷속으로 들어갔다.

바다에 들어가자마자 요동치는 해류의 회오리에 휩쓸리면서 중심조차 잡을 수 없었다. 정신까지 혼미해졌다.

'이렇게 휩쓸리다가는 모두 끝장이다.' 물의 요정은 정신을 가다듬었다.

'나는 물의 요정이다. 물의 요정이 해류에 휩쓸린다는 건 말이 안 되지. 물은 흐르는 거다. 거스르지 않고 흐름에 몸을 맡기면 된다.'

해류를 거스르지 않으며 흐름을 탔다. 환영 요정이 만들어 낸 환영이 비로소 보이기 시작했다. 태풍 밖에서의 움직임은 공포스러운 요동이었지만, 그 중심에서는 오히려 평온했다. 물의 요정이 물의 흐름에 적응을 하자 가야도 안정을 되찾았다. 가야 역시 물과 한 몸이 되었다.

둘은 회오리의 흐름에 맞춰 둥근 곡선을 타고 마그마 방에 도착했다. 밖에 보이는 현란한 불의 움직임과 달리 마그마 방 안에는 어떤 움직임도 없었다. 가야와 물의 요정은 하나가 돼서 마그마에 집중했다.

물의요정 "가야, 이제 마그마 방 온도를 낮춰보자. 물과 얼음은 본질적으로 같은 거야. 물의 흐름에 몸을 맡겼던 것처럼 의식의 흐름에 따라 집중하면 냉각하는 법을 알게 될 거야. 나와 연결한다고 생각하고 그대로 따라만 해."

가야 "응, 알았어."

물의 요정과 가야의 의식이 점차 하나가 되었다. 그러면서 힘도 배가 되었다. 마그마에 냉기가 닿기 시작하자 소름이 돋는 듯 점 같은 붉은 피부들이 솟아나며 진저리 쳤다. 마그마가 서서히 수축해 갔고 그럴수록 해류의 흐름도, 지진의 강도도 줄어들었다. 마그마 방이 화산의, 화룡의 심장이었던 것이다. 그 심장의 수축으로 열기 또한 줄어들었다.

바다 밖에 있는 용의 화력도 점점 약해져 갔다.

곳곳의 숨골에서 뿜어져 나오던 불뱀들의 기세가 서서히 줄어들었고, 사자의 갈기 같던 화려한 불 장식의 용들 또한 외모가 단순하게 변해갔다.

에스텔 "가야랑 물의 요정이 해낸 것 같아."

그림요정 "그러네, 화룡이 작아지고 있어. 물의 요정도 물의 요정이지만 가야가 그 짧은 시간에 냉각술을 익힌 건 정말 대단하군. 자, 우리도 이제 힘을 내서 나머지 불길을 없애 버리자고."

마그마 방의 마그마가 작아지는 순간, 환영 요정이 깜짝 놀랐다.

거대한 거미 형태의 몸 위에 고양이 머리와 개구리 머리, 그리고 왕관을 쓴 인간의 머리까지 세 개의 머리가 붙어있는 키메라를 본 것이다. 소름이 돋아 올랐다.

환영요정 "바엘이다."

그림요정 "싸우다 말고 갑자기 바엘은 왜?"

환영요정 "이제 화룡과의 싸움은 끝났어."

그림요정 "무슨 얘기야? 아직 불길이 살아있는데 끝나다니?"

환영요정 "화산용이 그 정체를 드러냈어. 더 이상 감출 힘이 없다는 거야. 이제 기다리기만 하면 잠잠해 질 거야."

말이 끝나자마자 정말 불길이 급속히 줄어들었고 지진도, 해일도, 해류도 모든 것이 잠잠해졌다. 화산의 열기도 식어가고 있었다.

환영요정 "다들 모여봐. 마신의 전쟁 알지? 마고의 일곱 아들들이 벌였다는 전쟁. 바엘, 아가레스, 바사고, 가미긴, 마르바스, 발레포르, 아몬까지 일곱 신은 물과 불, 바람, 번개, 풀, 얼음, 바위의 7가지 원소를 대표하면서 각각의 원소와 관련된 능력을 갖추고 있었어. 불멸의 존재인 신들은 원래 인간을 도와줘야 할 책임을 지고 있었는데 욕심만 부리는 인간들에게 짜증이 나기 시작했대. 그래서 인간들을 상대로 장난을 치며 즐거워했다는 거야. 지진이나 화산 폭발, 태풍, 폭우, 가뭄 같은 장난에 재미를 붙이고 내기까지 했어. 누가 더 인간에게 큰 피해를 주는

지를 놓고 말이야. 그 내기가 심해지면서 신들끼리의 서열 경쟁이 생겼나 봐. 인간에게 가장 큰 피해를 주는 신이 서열 1위라고. 자연재해가 심해지기 시작했어. 그러니 인간들도 누가 신을 공경하고, 때맞춰 제사 지내고 했겠어? 악순환으로 이어진 거지.

그러다가 서열 경쟁이 자기들끼리의 전쟁으로 번진 거야. 마신의 전쟁이지. 신들은 둘이 합체할 경우 원래 두 신의 능력보다 훨씬 커져서 최고 신이 될 수 있는데, 누군가 자발적으로 희생해야 하기 때문에 그런 일은 없었어. 합체를 통한 최고 신의 자리가 어렵다면, 대신 다른 신을 없애거나 쫓아내서 신의 숫자를 줄이려는 게 전쟁의 본질이었지. 제일 먼저 밀려난 게 바엘이야. 멀리 떨어진 이 섬으로 쫓겨 오긴 했지만, 바엘은 이 섬을 좋아했나 봐. 작고 외롭더라도 더 이상 다툼도 갈등도 없었고, 화낼 일도 없었거든. 하지만 나머지 신들과 떨어져 혼자 있으면서 힘이 많이 약해졌어. 그렇게 섬에서 조용히 지내던 바엘에게 변화가 생긴 건 사람들이 섬으로 이주해 오면서부터였어. 숲을 파괴하고 숨골의 통로를 막으면서 섬의 균형을 무너뜨렸기 때문이지. 결정적으로 가야가 있던 마을의 숲 파괴 사건이 바엘의 이성을 잃게 만든 것 같아. 그렇게 바엘이 폭주한 거야."

가야 "그런데 이 섬이 바엘이라는 건 어떻게 알았어?"

환영요정 "마그마가 축소되면서 베일을 벗어낸 바엘의 실체가 보였어. 그러면서 바엘의 모든 것이 파노라마처럼 펼쳐지더라고. 이제 화산 활동은 끝났어. 대피해 있는 동물들한테 가보자."

물구덩으로 가는 길들은 모두 막혀 있었다.

마그마가 굳으며 딱딱한 돌이 됐지만 충분히 증기가 빠져나온 상태가 아닌 만큼 틈이 있다고 무조건 들어가기에 아직은 위험한 상황이었다. 가야가 우물을 떠올렸다. 마을마다 우물이 있고 화산이 폭발하기 전에 제일 먼저 전조증상이 나타난 곳이 우물이었다. 우물 아래는 물이 지나는 통로였기 때문에 마그마로 막히지 않았을 가능성이 있다. 혹시라도 화산재가 굳어서 뚜껑처럼 돼 있다면 통로는 더 잘 보관돼 있을 것이다. 빛의 요정이 마을의 우물들을 살펴보다 물이 마르지 않은 채 잘 보관된 우물을 하나 찾아냈다. 그리고는 물길을 통해 물구덕으로 연결된 곳을 확인해 줬다.

물의 길인 만큼 물의 요정과 가야가 앞섰다.

이동은 수월했다. 천정이 무너져 내려앉은 흔적은 있었지만 다행히 물길은 남아 있었고 물구덕의 동물들도 대부분 무사했다. 바엘이 분노에 휩싸여 이성을 잃었어도 마지막 남은 섬의 생물들만큼은 신경 쓰고 있었던 거라고 요정들은 생각했다.

물구덕에서 나온 동물들이 살아갈 환경도 문제였다.

땅의 요정은 돌투성이인 바닥을 흙으로 덮어주고 가야는 이끼와 버섯과 식물이 자라나게 해주었다. 에스텔이 풀어내는 덩굴도 한몫했다.

그렇지만 섬 대부분은 폐허나 다름없었다.

흐르다 굳어버린 용암과 화산재로 뒤덮인 마을, 그리고 화산석들이 흩어져 있는 처참한 광경이었다. 요정들의 도움을 받지 못한 그 어떤 생물도, 사람도 살아남지 못했다. 섬은 거대한 돌덩어리로만 남아 있었다.

　동물들의 구출도 끝나고 한숨 돌리고 나자 갑자기 깨달았다는 듯 에스텔이 물었다.

에스텔　"그런데 물의 요정이랑 불의 요정은 비늘털바구니에 갇혀 있었잖아? 어떻게 갑자기 올 수 있었어?"

물의요정　"화산 폭발로 우리가 갇혀 있던 동굴이 허물어졌어. 바구니도 중심을 잃은 채 굴러다니다 조금씩 금이 가더니 완전히 깨져 버리더라고."

　에스텔은 불의 요정을 힐끗 쳐다보더니 물었다.

에스텔　"불의 요정이랑은 괜찮았어?"

물의요정　"응. 1년 동안 갇혀 있으면서 큰 무리 없이 서로 부족한 부분을 메워가며 함께 성장했어. 음과 양의 조화를 이룰 수 있었던 거지. 가야와 에스텔이 함께 성장 했듯이 우리도 그랬어. 얘기 나온 김에 가야는 잘 모를 수도 있으니 이제 제대로 된 소개가 필요하겠네. 함께 싸우면서 서로의 능력은 알았을 거야. 요정들도 모두 자기 이름이 있어. 소개할게. 우선 나는 물의 요정이고 이름은 운디나야. 그리고 불의 요정은 프루, 땅의 요정은 테르, 그림 요정은 로엔, 빛의 요정은 루미, 환영 요정 일루즈, 공기 요정 아리엘, 바람 요정 실프야. 나랑 프루, 로엔은 에스텔과 요정마을에서 함께 살았는데, 가야도 얘기는 들었지? 우리와 함께 지내는 털의 요정이나 가시 요정, 줄의 요정, 비늘 요정, 공간 요정은 자기 지역을 벗어날 수 없는 요정들이어서 여기까지 올 수 없었어."

가야 "그래. 운디나, 프루, 로엔 반가워. 에스텔을 잘 챙겨줬다고 들었어."

물의요정 "에스텔은 물보다 불에 가까운 속성을 지니고 있어서 누구보다 빠르고 쉽게 돌아다닐 수 있어. 열 추진력을 가지고 있으니까. 공간이동 능력이지. 그런데 에스텔이 더 강해질 수 있었던 건 가야와 함께 있으면서 물의 능력을 터득했기 때문이야. 원래는 내가 가르쳤어야 하는 거였는데, 고마워 가야."

에스텔 "궁금한 게 또 있어. 로엔, 내가 요정마을을 떠나 가야와 만나게 되고 함께 다니게 될 거라는 걸 다 알고 있었다는 거지?"

그림요정 "에스텔, 어차피 우리와 영원히 있을 생각은 아니었잖아? 우리가 집을 비우면 자연스럽게 떠날 거로 생각하고 있었어. 더 정확히 말하자면 그런 적당한 시점을 기다리고 있었던 거지. 그래서 세미소숲에 지진이 난 날 일부러 집을 비운 거야. 요정들이 네게 가르쳐줄 수 있는 건 더 이상 없었는데 너의 불의 성정이 점점 더 강해지고 있다고 느꼈지. 그건 에스텔 스스로 해결해야 하는 문제였어. 그래서 환영요정한테 네가 숲으로 가면 길을 인도해 달라고 미리 부탁해 놨던 거고."

요정들은 이제 자신의 역할로 돌아가야 했다.

섬의 요정들은 폐허로 변한 섬에 다시 숲을 만들고 동물들이 살아갈 수 있도록 하느라 정신이 없을 것이다. 육지로 피난 갔던 사람들이 돌아온 뒤 똑같은 일이 되풀이되지 않기를 바라면서. 바엘과 싸우기 위해 왔던 요정들도 모두 원래 자리로 돌아갈 채비를 하고 있었다.

땅의 요정 테르는 가야에게서 눈을 떼지 않고 있었다.

땅의요정 "가야, 나랑 육지에 가보는 건 어떨까?"

가야 "육지에? 섬에도 지금 할 일이 태산인데?"

땅의요정 "알아. 하지만 대지는 섬에 국한되지 않아. 섬은 대지의 한 부분일 뿐이고 육지도 대지야. 육지에 대해서도 네가 알아야 할 것들이 많아. 바엘이 깨어난 이상 또 어떤 상황이 벌어질지 모르기 때문에, 이제 가야는 신들이 관리하던 대지 전체를 생각해야 해. 그리고 섬의 복구는 어차피 시간의 문제야. 품에 간직한 씨앗들 뿌려놓으면 나머지 일은 에스텔과 요정들이 마무리해 줄 거야."

에스텔 "아니 무슨 얘기야? 가야만 떠난다고? 나는?"

그림 요정 로엔이 우려 섞인 표정으로 말했다.

그림요정 "너는 이곳에 남아서 섬을 복구하는 일을 도와야 하지 않겠니?"

에스텔 "그건 알겠지만, 가야랑 이제 겨우 친해졌는데 헤어져야 한다는 건 말도 안 돼."

그림요정 "지금 네가 할 일은 여기 남아서 우리를 돕는 거야. 이번 싸움을 계기로 너한테는 물과 불을 혼용할 수 있는 '중화'의 능력이 생겼어. 알다시피 이 섬에는 아직 불의 기운과 물의 기운이 분리된 채 대립하고 있잖아. '중화'는 에스텔, 네가 있어야 하는 거야. 이해하겠지? 가야는 금방 다시 만나게 될 텐데 뭐."

에스텔은 고개를 숙인 채 푸념 섞인 목소리로 말했다.

에스텔 "할 수 없지 뭐. 가야한테 인사만 하고 올게."

둘의 대화를 지켜보던 물의 요정이 의심 섞인 눈으로 낮게 물었다.

물의요정 "로엔, 왜 거짓말했어? 에스텔한테는 아직 '중화' 능력이 없잖아. 그리고 에스텔이 없어도 우리끼리 섬을 복구하는데 별문제 없을 것 같고. 무슨 일이야?"

그림요정 "에스텔을 육지로 보내기에는 아직 너무 위험해. 가야와 있으면서 많이 성장하긴 했지만, 분노와 증오, 복수의 마음이 다 지워지지 않았거든. 더구나 에스텔의 불의 기운은 프루보다 훨씬 강해. 그 어마어마한 에너지의 기원이 뭔지는 모르겠지만 요정의 한계를 넘어. 육지로 가면 통제가 불가능할 거야."

3부

신

1장

마신의 전쟁 – 마고와 여덟 자녀

마신의 전쟁은 마고의 여덟 자녀 사이에서 벌어진 이야기이다.

마고는 우주의 음과 양이 합쳐져 만들어진 창조의 신이었다. 신들의 나라에 살고 있었지만 아름답고 조화로운 자기만의 세상을 만들어 보고 싶은 꿈을 갖고 있었다. 그러던 어느 날 스스로 꾸밀 수 있는 대지를 만들어 보기로 했다. 일곱 아들과 갓 태어난 막내딸을 데리고 신들의 나라를 떠나 자신이 만든 대지로 왔다.

일곱 아들 중에 첫째 바엘에게는 산과 섬을 다스리고 언덕을 만들어 대지의 형태를 조율하는 바위의 능력을 주고, 둘째 아가레스는 대지의 기후를 조절하고 물을 순환하게 하는 얼음의 능력을, 셋째 바사고는 바람의 능력으로 세상의 모든 변화와 소식을 들으며 과거와 현재의 흐름을 읽고 미래를 보는 예지력을, 넷째 가미긴은 바다와 강물, 그리고 호수를 관리하는 물의 능력을, 다섯째 마르바스는 세상의 모든 생명체가 살아갈 수 있는 기반이 되고 대지와 바다에 옷을 입혀주는 풀의 능력을, 여섯째 발레포르는 세상에 필요한 에너지를 만들어 주고 변화를 일으킬 수 있는 번개의 능력을, 일곱째 아몬은 세상의 잘못됨을 바로잡고 소멸시키고 정화하는 불의 능력을 주었다. 그리고 아직은 어린 여덟째에게는 나중에 커서 물과 불의 능력을 함께 쓰고 세상의 갈등을 해결할 수 있는 지혜도 갖추도록 했다. 마고는 일곱 형제가 대지 위에서 세상을 조화롭게 꾸미도록 했고, 여덟째에게는 자신의 품에서 형제들을 지켜보라고 했다.

형제들 가운데 발레포르가 자신의 번개 능력이 다른 형제들에 비해 너무 미약하고 쓸모없다고 불평했는데, 마고는 어떤 반응도 보이지 않았다. 불만에 찬 발레포르는 사람을 동물로 변하게 하거나 동물을 사람으로 변하게 하는 기이한 장난으로 시간을 보냈다. 그런 발레포르의 능력에 마르바스가 관심을 보였다. 변신 능력을 나눠주면 보답으로 자신의 식물 능력을 나눠 주겠다고 제안했다. 하지만 발레포르는 마르바스의 식물 능력에 별다른 매력을 느끼지 못했다. 그러자 마르바스는 식물 능력의 비밀은 식물에서 나온 독과 약으로 동물과 사람을 죽이기도 하고 살리기도 할 수 있는 것이라고 알려줬다. 거기에 발레포르가 관심을 두게 됐다. 둘은 서로의 능력을 조금씩 교환하고는 생물의 변신과 생로병사로 장난을 치며 즐거워했다.

이런 장난을 맏형 바엘이 꾸짖었다.

마르바스와 발레포르는 못마땅했다. 마고의 능력과 제일 비슷한 대지 생성 능력을 물려받은 바엘에 대해 시기와 질투를 해왔는데, 여기에 자신들의 즐거움마저 빼앗으려고 하자 증오의 감정까지 커졌다. 하지만 번개와 식물의 힘만으로 바엘에게 맞서기에는 역부족이라는 걸 잘 알고 있었다. 둘은 바엘 못지않게 강한 힘을 가진 가미긴에게 갔다. 상대방 비위 맞추기에 뛰어난 발레포르가 가미긴의 환심을 샀고 마르바스와 함께 생물들의 변신을 보여주며 가미긴의 관심을 끌었다. 셋은 금세 친해졌고 자연스럽게 바엘에 대한 반감을 공유하게 됐다. 가미긴은 여기에 한술 더 떠서 마고의 사랑을 독차지하고 있는 여덟째에 대한 불만을 더했다. 여덟째가 성장해서 제대로 능력을 갖추기 전에 없애 버리자는 것이었다. 발레포르와 마르바스도 반대할 이유가 전혀 없었다. 셋은 첫째 바엘과 여덟째를 제거하기 위한 계략을 궁리하기 시작했다.

예지력 있는 셋째 바사고가 세 형제의 이런 의도를 눈치채고 맏형 바엘에게 알렸다.

그런데 동생들을 마냥 아끼기만 하던 바엘은 귀담아듣지 않고 오히려 바사고를 꾸짖었다. 바사고는 실망스러웠지만 맏형에 대한 믿음이 컸기 때문에 더 이상 문제를 확대하지 않기로 했다. 대신 만약의 경우를 대비해 어린 여덟째에 대한 대책은 필요하다고 생각했다. 바사고는 아가레스와 아몬에게 상황을 설명했다. 하지만 발레포르처럼 마고에게 받은 자신의 능력에 불만이 있었던 아가레스는 바사고의 의견에 별 관심을 보이지 않았다. 일곱째 아몬은 달랐다. 세 형제의 문제에 대해 공감하고, 바사고의 뜻에 따르기로 했다.

드디어 불만에 가득 찬 세 형제가 바엘을 공격하기 시작했다.

마르바스의 풀로 바엘의 눈을 가린 뒤 발레포르의 번개로 고통스럽게 했고, 가미긴은 물속으로 끌고 가 가라앉게 했다. 바엘은 영문도 모른 채 고통에서 벗어나기 위해 계속해서 위로 치솟아 오르려 했다. 오르면 오를수록 세 형제는 바엘을 더 세게 조였다. 눈이 가려진 바엘은 세 형제의 공격을 피해 오르내리기를 반복하며 물길을 통해 남쪽으로 밀려갔다. 그렇게 육지의 남쪽 끝 바다에 다다르자, 바엘은 세 형제에게 육지를 떠나겠다고 했다. 그제야 세 형제는 공격을 멈췄다. 바엘은 세 형제가 자신을 미워했다는 걸 뒤늦게 알게 됐고, 자신의 처지를 슬퍼하며 몸의 크기를 줄인 채 섬으로 변해 고요한 외로움을 선택했다.

바엘을 쫓아내는 데 성공한 세 형제가 마고를 찾아갔다.

교묘한 거짓말에 능통한 발레포르는 바엘이 마고에 대해 불만이 많았고, 그게 쌓여 다시는 돌아오지 않겠다며 신들의 나라로 돌아가 버렸다고 말했다. 자식들의 성정을 잘 알고 있던 마고는 발레포르의 말을 있는 그대로 믿지는 않았지만, 형제들 간에 갈등이 있었고 그건 자신의 책임이라고 생각했다. 문제는 이제 일곱 형제가 사이좋게 대지를 꾸미는 것이 어려워졌다는 점이었다. 아름답고 조화로운 대지를 만들겠다는 꿈이 무산됐다는 생각이 들자, 마고 역시 신들의 나라로 돌아가고 싶어졌다. 그런데 여덟째가 마음에 걸렸다. 대지에 익숙하도록 키워진 상태에서 신들의 나라로 데려가기에는 너무 어렸고, 늘 품에만 안고 있어 와서 그대로 두고 갈 수도 없었다. 발레포르는 신뢰할 수 없었지만, 그래도 세 형제가 함께 찾아왔으니, 셋에게 여덟째를 맡기는 수밖에 없었다. 셋이 한꺼번에 막냇동생을 해코지하지는 않을 거라는 생각에서였다. 그리고 만약의 경우를 대비해 가장 올바르고 능력도 강한 일곱째 아몬에게 자신은 떠날 테니 여덟째를 끝까지 돌봐 달라고 언질을 주는 안전장치까지 해두었다.

　마고가 떠나 버린 상황에서 세 형제가 홀로 남겨진 여덟째를 처리하는 건 너무나도 쉬운 일처럼 보였다. 하지만 아몬이 버티고 있었다. 세 형제에게 여덟째를 가만두지 않는다면 모두 불로 처단하겠다고 경고했다. 마고만 없으면 자신들이 최고라고 생각했던 세 형제가 아몬의 말을 귀담아들을 리 없었다. 오히려 아몬을 공격하기 시작했다. 하지만 아몬은 바엘과 달랐다. 마르바스의 풀은 아몬에게 닿자마자 불타버렸고, 발레포르의 번개도 아몬에게는 아무런 타격을 입히지 못했다. 당황한 세 형제는 아몬과의 본격적인 싸움은 미뤄두고 여덟째만 우선 제거하기로 했다. 마르바스와 가미긴이 동시에 공격하는 척하며 아몬의 주의를 분산시킨 뒤, 가장 빠른 발레포르가 번개로 여덟째를 공격하려는 것이었다. 그때 아가레스가 나타났다. 바사고의 경고에는 별다른 반응을 보이지 않았지만, 아가레스도 세 형제의 행동에 대해 의구심이 들고 있었다. 그런데 막상 세 형제가 바엘에 이어 아몬까지 공격하자 바사고의 말이 옳았다는 것을 알게 된 것이다. 발레포르가 여덟째에게 번개를 내려치는 순간 아가레스가 얼음으로 감싸 막아줬다. 그리고 바사고는 바람의 힘을 이용해 세 형제가 영향을 미칠 수 없는 곳으로 여덟째를 보내버렸다.

　여덟째가 안전하게 피신한 것을 확인한 아몬은 형제들 사이에 분란을 일으키고 마고까지 떠나게 만든 세 형제를 용서할 수 없었다. 분노의 불길이 세 형제를 향했다. 아몬의 화는 걷잡을 수 없이 커졌다. 하지만 아몬이 세 형제를 불로 태워버린다고 해도 어차피 신의 능력은 남기 때문에 더 이상의 충돌은 의미 없다고 생각한 바사고와 아가레스가 말리고 나섰다. 바사고는 다시 한번 바람의 힘을 이용해 가미긴은 바다로, 마르바스는 숲으로, 발레포르는 하늘로 보내 버렸다. 그리고 아가레스가 얼음 장벽을 만들어 세 형제가 그곳에서 벗어나지 못하도록 했다. 이렇게 마신의 전쟁은 마무리됐다. 하지만 끝난 것이 아니라 휴전 상태였을 뿐이었다.

2장

육지

잘 빚어진 도자기처럼 생긴 땅의 요정 테르는 흙의 따스한 색을 띠고 있었다.

대지의 숨결이 느껴져 가야에게는 든든한 길잡이였다. 테르와 함께 도착한 육지는 섬과는 완전히 다른 풍경이었다. 반듯하게 정렬된 나무들은 숙련된 정원사의 손길로 다듬어져 있는 듯했고, 플라스틱 그릇에 담긴 식물들이 기이한 조화를 이루고 있었다. 누런 잎과 마른 가지 때문인지 영양제가 꽂혀있는 나무들은 바닥에 박힌 나무토막들에 몸을 지탱하고 있었다. 줄기 중간이나 아랫부분이 절단된 채 전선에 칭칭 감긴 나무들에는 작은 전구들이 달려 있어서 병원 중환자실의 심장 모니터처럼 깜빡깜빡 빛을 내고 있었다.

가야는 처음 보는 광경이라 어떤 상황인지 궁금해 나무들에게 말을 걸어 봤다.

"안녕. 나는 섬에서 온 가야라고 해. 뭐 좀 물어봐도 될까?"

아무런 대답도 없었다. 나무들이 아예 말을 못 알아듣는 것 같았다. 섬의 나무와 육지의 나무 언어가 다르더라도 최소한 무슨 반응이라도 있어야 할 텐데 마치 벽에 대고 말하는 것 같았다. 언어 차이 때문만은 아닌 듯했다.

가야 "이상하네. 나무들이 내 말을 못 알아들어. 아무런 반응도 없고."

테르 "도시의 나무들은 사람들 손에 키워져서 자연의 언어를 잊어 버렸어."

가야 "말을 잊어 버렸다고?"

테르 "엄밀하게 말하면 잊어버린 게 아니라 처음부터 배우지 못했다고 하는 게 맞겠지. 이곳 나무들은 자연스럽게 씨가 땅에 뿌려져서 자란 게 아니라 수목원에서 씨앗을 선별하고 온실에서 발아한 뒤 필요한 곳에 심어 기르는 거야. 그렇게 자란 나무에 벌레가 생기면 농약으로 제거해 주고, 제대로 못 자라면 영양제를 주고, 줄기에 힘이 없으면 지지대를 설치해 주지. 그러다 보니 나무들이 자생력을 상실하게 된 거야. 당연히 자연의 말을 배울 필요도 없고, 배울 기회도 없으니, 가야의 말을 이해할 수 없는 거였어."

가야 "혼자 스스로 살아갈 수 없다니 안타까워. 에스텔과 다니면서 만났던 버드나무도 그랬는데, 많이 외로워 보였어."

테르 "자연에 있다가 홀로 남게 된 그 버드나무와는 다를 거야. 도시의 나무들은 처음부터 인간의 손에 자랐기 때문에 외로움을 느끼지 못해. 자연이 뭔지 모르고 자랐으니 자연에 대한 동경도, 그리움도 없는 거지. 자연과 단절된 채 쭉 이대로만 살아간다면 나무들은 그 상태를 행복이라고 생각할 수 있어. 관심받고, 사랑받는 거라고."

가야 "그럴 수 있겠네. 육지에서도 숲에 있는 나무들은 말이 통하겠지?"

테르 "당연하지. 빨리 숲으로 가보자."

가야는 육지의 첫인상에 실망하기는 했지만 섬에서 보지 못했던 대자연에 대한 희망을 놓지 않았다.

하지만 빨리 지나가기에 도시는 생각보다 넓고 복잡했다.

땅의 기운은 검게 굳어버린 마그마처럼 시커먼 바닥으로 차단됐고, 하늘로 통하는 길은 삼나무 숲보다 높게 치솟은 건물들로 가려져 있었다. 익숙했던 새소리는 어디서도 들리지 않았다. 그토록 자주 보이던 직박구리나 오목눈이, 박새, 곤줄박이조차 사라진 듯했다. 비둘기들은 많이 보이지만 주변 소음에 묻혀서 무슨 소리를 내는지 알 수 없었다. 까치들이 가끔 내는 큰 소리도 여전히 알아듣기 어려웠다. 도시 어느 귀퉁이에도 버섯이나 이끼를 찾아볼 수 없었다. 가야는 이 낯선 풍경에서 빨리 벗어나고 싶었다.

가야 "모든 감각이 사라졌거나 차단당한 거 같아. 답답해. 내가 보고 느끼고 싶었던 건 이런 모습이 아니었어."

테르 "큰 도시는 처음이라 더 답답하겠구나. 육지에도 산과 숲이 많이 있으니 미리 실망하지는 마. 땅속 통로 이용하는 방법 알지? 땅속은 편안하고 빠를 거야."

가야와 테르는 도로 옆 가로수 주변에 살짝 드러난 흙을 통해 통로를 찾았다. 하지만 땅속 역시 편안하지만은 않았다. 철커덩, 철커덩 육

중한 소리가 끊이지 않았고, 지진의 여진 같은 떨림이 계속되면서 지금까지 느껴보지 못했던 땅 멀미가 생겨났다.

가야 "땅속도 이렇게 시끄러운데, 사람들은 이런 데서 어떻게 살지? 속이 메스껍고 어지러워."

테르 "너 멀미하는구나."

가야 "멀미가 뭔지 정확하게 모르겠지만, 끊임없는 진동과 '씨잉', '삐익', '덜컹', '철컹' 거리는 소리 때문에 속이 뒤집히고 머리가 깨지는 것 같아."

테르 "그래. 잠깐만 참아. 오래 걸리지 않을 거야."

테르와 가야는 땅속 맨흙을 통해 속도를 내며 어둠 속으로 나아갔다.

3장

어매산

땅속 통로의 출구는 커다란 산이었다.

이름은 불복산인데, 산이 험하지 않고 평탄해 마치 아늑한 어머니의 품처럼 느껴진다고 해서 어매산이라고도 불렸다. 육지의 끝에 있는 산이지만, 섬에서 출발한 가야에게는 육지의 시작을 알리는 곳이었다.

가야 "이제야 좀 편하게 숨을 쉴 수 있을 것 같아. 하늘도 잘 보이고. 나무들이 섬에 있을 때보다 훨씬 더 다양하네."

테르 "이 산은 사람들에게 정복당하지 않고 자연 그대로 남아있다고 해서 불복산이라고 해. 땅이 깊고 비옥해서 어디서나 나무가 잘 자라고. 그래서 울창한 나무숲이 많지."

가야 "섬에는 돌이 많아 나무들이 자라기 힘들었는데, 여기 나무들은 좋겠다. 섬에서 자랄 수 있는 새로운 씨앗도 많이 모아 가야겠어."

테르 "산이 워낙 크고 사방으로 퍼져 있어서 큰 도움이 될 거야. 일단 위쪽으로 올라가 보자."

섬에서는 볼 수 없었던 물들메나무나 개서어나무 같은 나무들과 하늘말나리, 지리터리풀, 히어리, 금강제비꽃, 복주머니란 같은 풀들이 숲길을 열어주었다. 가야는 처음 보는 식물의 씨앗을 모아 품속에 고이 간직하며 신비로운 기운을 느꼈다.

희망을 품고 숲을 지나던 가야와 테르에게 뜬금없이 나무들의 무덤이 나타났다.

구상나무가 자라던 자리에 잿빛 흔적만 남은 것이다. 갈색도, 초록도, 노란색도 다 사라진 채 먼지만 덮인 듯했다. 나무는 뿌리가 통째로 뽑혀 있고 줄기는 메말라 부러져 있었다.

테르 "이게 무슨 일이야! 얼마 전까지만 해도 이렇지 않았는데, 도대체 무슨 일이 있었던 거지?"

삐쩍 마른 구상나무들 몇 그루가 살아남아 있었다.

테르 "이게 웬일이니?"

구상나무1 "수분이 너무 부족해져서 다들 버티지 못했어."

구상나무2 "겨울 기온 상승으로 지난 몇 년간 눈이 오지 않았거든. 눈이 쌓여서 천천히 녹으면서 물을 공급해 줘야 하는데, 눈은 내리지 않고 남아있던 땅의 수분도 다 증발해 버리니 살 수가 없었던 거지."

가야 "그런데 왜 뿌리째 뽑혀서 쓰러져 있는 거야?"

구상나무3 "구상나무는 원래 뿌리가 깊이 내려가지 않고 수평으로 얕게 퍼져 있어. 그래서 눈이 적게 내리고 수분이 부족해지면 뿌리의 힘이 약해지고, 바람이 조금만 세게 불어도 쉽게 쓰러져."

가야 "우리 섬에도 얕은 뿌리 나무들이 많은데. 노간주나무랑 향나무, 가문비나무, 삼나무. 지금은 화산 때문에 다 타버렸지만."

구상나무4 "그나마 군데군데 이렇게 간신히 살아 있긴 하지만 우리도 아마 몇 년 안에 모두 말라 죽을 거야. 우리를 의지해 살아가는 미생물과 곤충도 다 함께 사라지겠지."

구상나무1 "여기만 그런 게 아니라 가문비나무 군락도 다들 천천히 죽어가고 있어."

가야 "가문비나무는 왜?"

구상나무2 "마찬가지 상황이지. 겨울에서 봄 사이에는 강수량이 줄고 여름 폭염, 가을 강풍으로 환경이 극도로 나빠졌거든. 이 산은 이름처럼 인간에게 정복당하지는 않았지만, 인간 때문에 서서히 망가져 가고 있는 게 현실이야."

가야 "도시를 지나오면서 만난 벚나무나 이팝나무, 은행나무, 단풍나무들 모두 대화가 안 되더라고. 사람들이 키워서 먹여주고 돌봐주고 해서 그런 것 같은데, 아무런 감정도 없이 그냥 버티고 있다는 느낌이었어. 그런데 산에서는 이렇게 나무들이 죽어가고 있었다니, 육지도 참 힘든 상황인가 보네."

테르 "안타깝긴 하지만 모든 게 영원할 수는 없어. 사람도 그렇고 동물도 마찬가지지만 생과 사가 있는 거야. 사라지기도 하고 새로 자라나기도 하지."

가야 "그래도 나무들이 이렇게 죽어가고 있는데, 뭔가 대책이 있어야 하는 거 아냐?"

테르 "기후 변화라는 게 하루 이틀 사이에 생긴 현상이 아니어서 당장 해결할 수 있는 문제가 아냐. 사람들 스스로 느끼고 바꿔가야 하는 거지."

가야 "죽어가는 나무들을 보니 너무 속상해."

테르 "에스텔과 함께 지내면서 조급함이 생겼구나. 공감은 필요하지만 흥분은 바람직하지 않아. 여유를 갖고 바라봐야 해."

구상나무5 "다들 죽어 없어지는데 여유가 무슨 소용이야? 우리 나무들만 그런가? 인간의 잘못된 선택으로 아예 멸종되는 동물들도 많은데."

가야 "동물이 멸종된다고?"

구상나무5 "예전에는 호랑이나 표범 같은 야생동물들이 숲에서 함께 살았었어. 그런데 해수 구제 사업인지 뭔지 때문에 한꺼번에 난리를 겪었지."

가야 "해수 구제 사업이 뭔데?"

구상나무5 "맹수들로부터 사람들을 보호하겠다는 거였는데, 결국 호랑이랑 표범은 이 근처에서 멸종되고 말았어. 반달가슴곰이나 스라소니, 늑대도 멸종 위기에 몰렸고. 심지어 호랑이가 줄어들자 대신 손쉽게 잡을 수 있는 대륙사슴을 사냥하면서 멸종시키기도 했지."

가야 "애꿎은 야생동물들이 피해를 본 거네."

구상나무5 "그 못지않게 황당했던 게 '쥐 잡기 운동'이었어. 식량이 넉넉지 않던 시절, 곡식을 축내는 쥐를 아예 없애 버리자는 거였지. 사람들에게 쥐약을 나눠주고 고구마나 밥에 섞어서 쥐를 유인하도록 했어. 그래서 쥐는 많이 없어졌는지 모르겠는데, 문제는 엉뚱하게 여우랑 족

제비, 담비가 멸종 위기를 맞게 된 거야."

가야 "아니 왜?"

구상나무5 "쥐약 먹은 쥐를 잡아먹은 거지. 또 야생 쥐를 잡겠다고 곳곳에 뿌려 놓은 쥐약 음식은 다른 동물들에게도 유혹이었어. 사람들이 밭을 만든다며 숲을 없애고 산을 헐어내는 바람에 살 곳 잃은 동물들이 마을 주변을 맴돌곤 했거든."

가야는 할 말을 잃었다.

안타까운 마음으로 구상나무 무덤을 떠나며 가야가 말했다.

가야 "이미 죽어버린 나무들을 살려낼 수야 없겠지만, 아직 살아있는 나무들도 서서히 말라가고 있는 걸 보니 마음이 아파. 내가 물을 좀 주고 가도 되겠지?"

테르 "좋지. 그런데 이왕 물을 주려면, 눈의 형태로 해주는 게 어떨까? 물은 금방 증발하거나 땅으로 흡수될 거고, 눈은 나무 곁에 좀 더 오래 머물 수 있을 테니."

가야 "눈은 아직 안 해봤지만, 섬의 화산 폭발 때 바닷속에서 물의 요정이랑 마그마에 냉기를 씌웠던 걸 응용하면 가능할 수도 있을 것 같아."

가야는 두 눈을 감고 가만히 서서 의식을 집중했다. 대기를 차갑게 하는 것이 아니라 가야 몸에 간직된 물만 최대한 차갑게 해서 위로 뿌리는 것이었다. 작은 물방울들이 가야 몸에서 나와 공기와 만나자 흰 눈으로 바뀌며 구상나무 단지에 펑펑 쏟아졌다. 메말라 죽어있는 구상나무의 무덤도 하얀 눈으로 덮어주었다. 메마른 갈색 땅과 죽어 있는 하얀 나무, 간신히 숨을 이어가는 초록 나무를 흰 눈으로 하나 되게 만들어 준 것이다.

4장

거울산

　가야와 테르는 구상나무 군락지를 지나 산의 반대편 기슭을 따라 천천히 올라갔다.
　가야는 여전히 구상나무 무덤에 신경이 쓰였다.
가야　"인간과 자연이 조화롭게 살 수는 없는 걸까? 동식물이 죽어간다는 게 너무 안타까워."
테르　"지금 눈에 보이는 문제들에 너무 집착하지는 마, 가야를 필요로 하는 일이 따로 있을 거야."
　테르는 가야의 감성적인 반응에 신경이 쓰였다. 가야는 깨닫지 못하고 있었지만, 에스텔과 함께 다니며 에스텔의 불같은 성격이 가야의 마음속 한구석에 깊숙이 자리 잡고 있었던 것이다. 가야가 품은 모든 것은 크건 작건 흉터처럼 남아 있었다.
　갑자기 눈을 뜨지 못할 정도의 센 빛이 쏟아졌다.
　둘은 손으로 눈을 가리고 빛의 정체를 확인하기 위해 찡그린 채 눈을 살며시 떴다. 산의 한 면 전체가 눈부시게 햇살을 반사하고 있었다. 일단 따가운 햇살을 피하기 위해 근처 나무 아래로 갔다. 산자락 한 면의 나무가 모조리 뽑혀 나가 산의 속살이 그대로 드러나 있었고, 그 빈자리를 가득 채운 검은색 거울에 햇살이 반사된 것이었다. 세미소숲 전체보다 훨씬 넓은 면적이었다. 거울산에서 뿜어져 나오는 건 빛만이 아니었다. 열기 또한 대단해서 산의 수분을 증발시키고 있었다.

가야 "저게 뭐야? 산을 통째로 파헤쳐 놨네. 저기 있던 나무들과 동물들은 다 어떻게 됐을까?"

테르 "그러게. 정말 어이가 없다."

그때 그늘을 제공하고 있던 서어나무가 말했다.

서어나무 "친환경 에너지를 생산한다며 저렇게 능선 꼭대기부터 햇살이 잘 드는 곳은 모조리 나무를 베어 버리고 태양광 발전 패널로 산을 뒤덮었어. 나무들이 모두 뽑히거나 베어지면서 그 아래 서식하던 식물들은 다 죽었어. 살아 움직이는 동물과 곤충들도 모두 이쪽 편으로 도망쳐 왔지. 그런데 저렇게 해놓으니, 비만 오면 산사태가 나서 결국 무너져 버렸어. 고쳐도 또 무너지고, 그러기를 몇 번 반복하다가 이제는 손도 안 보고 저 고철 쓰레기들을 그대로 방치해놓고 있는 거야."

가야 "한쪽에서는 구상나무들이 메말라 죽어가고, 여기는 산 전체가 파괴되고. 그런데 또 저렇게 황폐해진 채로 그대로 버려두다니 정말 말도 안 돼."

테르 "가야, 흥분하지 마!"

가야 "마음이 너무 아파."

테르 "그건 나도 마찬가지야. 그렇다고 모든 일에 다 간섭할 수는 없잖아. 좀 더 차분하게 더 큰 그림을 보자고."

테르의 말에 가야는 수긍하는 듯했지만 마음 한구석에는 여전히 뜨거운 불덩이 하나가 남아 있었다. 서어나무가 또 끼어들었다.

서어나무 "도도새라고 아니?"

가야 "처음 들어보는데, 여기 사는 새야?"

서어나무 "아니. 여기는 아니고, 예전에 사람이 없던 섬에 살던 새야. 인간이 처음으로 멸종시킨 동물이지. 작은 무인도에 살던 도도새는 천적이 없어서 날아다닐 필요도 없이 풍족하게 살고 있었어. 그런데 어느 날 뱃사람들이 섬에 왔어. 해산물만 먹던 선원들이 날지 못하는 새를 잡아먹기 시작한 거야. 개체 수가 그리 많지 않았던 도도새는 금세 멸종되고 말았지. 그런데 도도새만 사라진 게 아니라 카바리아 나무도 문제가 생겼어. 도도새가 카바리아 나무의 열매를 먹고 소화 과정을 거쳐 씨앗을 배설하면 그 씨앗이 뿌리를 내려 자랐거든. 도도새가 멸종되면서 나무들도 번식 기회를 잃어버리게 된 거지."

테르 "갑자기 왜 그런 얘기를 하는 거지?"

테르는 가야를 자극하려는 서어나무를 중단시키려고 했다.

가야 "섬이든 육지든 어떤 일이 있는지 알고는 있어야 하는 거 아냐? 더 듣고 싶어."

서어나무 "날지 못하는 굴뚝새 경우도 그래. 굴뚝새 역시 무인도에 살았는데 어느 날 섬에 등대가 생기고 등대지기가 고양이 한 마리를 데리고 왔어. 고양이에게 날지 못하는 굴뚝새는 단순한 장난감에 불과했지. 결국 굴뚝새도 도도새처럼 순식간에 멸종됐어."

테르 "왜 계속 그런 얘기만 하는 거니?"

서어나무 "알았어. 멸종 얘기는 그만하고, 딱 한 가지만 더 할게. 가야, 젠가 게임 알아?"

가야 "사람들이 하는 게임은 잘 몰라."

서어나무 "네모난 블록을 탑처럼 쌓아 놓고 중간의 블록을 하나씩 빼내는 게임인데, 어느 블록이 빠지느냐에 따라 아슬아슬하게 버티기도 하고 한꺼번에 무너지기도 해. 동물과 식물들이 블록처럼 쌓여 있는 게 생태계야. 그 생태계에서 어떤 종이 하나 빠진다는 건 젠가 게임에서 블록을 하나 빼는 것과 같아. 어느 순간 와르르 무너질 수 있는 거지. 테르의 말처럼 지켜보기만 하다간 언제 한꺼번에 무너져 내릴지 몰라."

테르 "이제 정말 그만해."

그 순간 가야가 테르 옆에서 사라졌다.

태양광 패널이 설치된 곳으로 가 있었다. 몸에서 솟아 나오는 덩굴로 패널들을 감싸서 뜯어내고, 부수고 있었다. 뻗어 나오는 덩굴의 크기와 수는 예전에 테르가 알고 있던 가야의 능력을 훨씬 뛰어넘는 수준이었다. 테르는 가야 곁으로 가서 부드럽게 감싸안았다. 가야가 에스텔에게 해주던 모습이었다. 테르의 흙 기운은 엄마 품처럼 온화하고 포근했다. 이 산이 어매산이라고 불리는 이유도 테르가 가야를 감싸듯 산은 모든 생물을 감싸안았기 때문일 것이다. 가야의 흥분이 서서히 가라앉았다.

가야 "미안. 나도 모르게 그만."

테르 "그래, 이제 좀 정신이 들어? 행동이 미안하다는 거보다, 너도 모르게 했다는 게 핵심인 것 같아. 네 감정은 충분히 이해해. 분노도 알고. 하지만 어떤 일을 하고 있는지 몰랐다는 건 중요한 문제야. 너는 에스텔을 누구보다 잘 보살펴 주었던 가야야. 그런데 지금은 분노 조절을 못 했던 에스텔의 모습을 그대로 보여."

가야 "알아. 동식물의 멸종, 다시 볼 수 없다는 게 너무 힘들었어."

테르 "그래. 그런데 태양광 패널을 부숴서 어떻게 하려고 했어? 그게 궁금하네."

가야 "사람들이 사는 마을로 다 옮겨 놓으려고 했었어. 자기들이 저지른 일에 대해 알려주려고. 사람들을 해치겠다는 건 아니었고."

테르 "그래? 그나마 다행이다. 그 정도라면 나도 도와줄 수 있어. 앞으로 겪을 일이 얼마나 더 힘할지 모르겠지만, 간단한 일은 해결하고 가는 게 나을 수도 있겠네. 그리고 이왕 하는 김에 한 가지 더 하자."

가야 "어떤 거?"

테르 "태양광 패널을 떼어낸 자리에 새로운 나무들 심기."

가야 "와, 진짜 좋은 생각인걸!" 가야가 웃음을 되찾았다.

　　가야가 거대한 덩굴줄기로 패널을 뜯어내면, 테르는 산의 바닥 굴곡을 이용해 그 고철 덩어리가 마을 쪽으로 흘러가도록 했다. 쇠가 뜯기는 소름 돋는 불쾌한 소리가 산 전체로 퍼져 나갔다. 마을 사람들은 어매산의 분노라고 생각하고 공포에 휩싸였다. 자신들의 잘못을 알고

있었기 때문에 두려움은 더 컸다. 패널을 모두 옮긴 뒤 가야와 테르는 파헤쳐진 산자락에 구상나무의 씨를 뿌려 싹이 돋도록 도왔다. 폐허였던 산이 다시 초록의 푸르름으로 덮어졌다. 가야와 테르가 지나온 어매산에는 새하얀 겨울과 초록 봄이 공존하는 숲의 공간이 피어났다.

어매산을 떠나려고 하는 순간 둘 주변을 하얀 연기가 감싸기 시작했다.

연기는 주변의 형태를 하나씩 지워 나갔다. 풍경은 사라지고 온통 하얀 수증기로 가득 채워졌다. 마치 구름 속에 떠 있는 듯한 착각을 불러일으켰다. 형태를 가늠할 수 없는 하얀 방에 갇혀버린 것 같았다. 서늘한 바람이 스쳐 지나갔다. 구름 같은 덩어리들이 뭉쳤다가 가야와 테르 주변을 지나 하얀 가루들로 변하면서 사라졌다. 착각도, 환영도 아니었다. 구름 속이었다. 수시로 형체가 바뀌어 원래는 어땠는지 알 수 없게 하는 구름이 나타났다 사라지기를 반복하며 장난을 이어갔다. 때론 어지럽고 혼미해져서 붕 떠 있는 듯 몽롱한 기분이 들게 했다.

구름요정 "안녕, 구름 요정 누아즈야. 드디어 만났네. 섬에서도 잠시 봤지만 얘기를 나눌 여유는 없었지. 보여주고 싶은 게 있어서 묻지도 않고 이곳으로 데려왔어. 잠깐 아래 좀 내려다볼래?"

장막 같던 구름이 걷히고 파란 하늘이 아래로 보였다. 실제로는 하늘빛을 머금은 바다였고, 그 위에 수백 개의 섬들이 보석처럼 흩뿌려져 있었다. 바다 위의 섬들을 보니 잿빛으로 바뀌었던 가야의 섬이 떠올랐다. 여기 섬들은 하늘빛 바탕에 반짝이는 초록 사파이어처럼 빛났다.

구름요정 "아름다운 풍경이지? 고맙다는 인사를 하고 싶어서 보여주는 거야. 여러 요정과 가야와 에스텔 덕분에 아름다운 이곳을 지켜낼 수 있었어. 다시 한번 고마워."

가야 "다행이야. 이게 다 우리가 한 일이란 말이지? 믿어지지 않네."

테르 "이렇게 보니 정말 아름답다."

구름요정 "바다 위에는 보석처럼 박혀있는 수백 개의 섬들이 있어. 섬에는 숲이 있고 숲마다 육지에서는 볼 수 없는 동식물들이 자라고 있지. 대부분의 섬은 무인도라 자연의 모습이 변형되지 않은 채 잘 보존되고 있어. 이 아름다운 곳을 잿빛 화산재가 뒤덮을 뻔했던 거야. 덕분에 모두 무사해."

가야 "섬이 이렇게 많을 줄은 상상도 못 했어."

테르 "그런데 누아즈, 고맙다는 얘기만 하려고 이렇게 온 것 같지는 않은데? 무슨 일이 있는 거지?"

구름요정 "사실, 부탁이 있어서 온 거 맞아. 섬들이 모여 있는 바닷길이 위험한 상황이거든. 육지나 섬에만 숲이 있는 게 아니라 바다에도 숲이 있어. 바닷속 식물들이 먹고 생활하는 공간. 그런데 그 바다 숲이 사라지고 있어. 사막화라고 하지. 바닷길에 가면 운디나와 다른 요정들이 기다리고 있으니 자세한 설명은 내려가서 들으면 돼."

가야 "바다 숲에도 내가 도움이 될 수 있어?

테르 "바닷속은 겉으로 드러나 보이는 육지보다 훨씬 더 거대한 땅이지. 가야의 근원은 육지에만 한정되어 있지 않고 모든 걸 감싸안은 거대한 대지야. 그 대지 안에 물도 담고 있는 거고."

가야 "아, 내가 할 일이 많은 거구나. 섬과 육지에 바닷속까지."

구름요정 "자, 이제 내려가 보자. 바닷길에서 모두 기다리고 있어."

5장

바다 숲

누아즈의 도움으로 바닷가에 내려오자, 물의 요정 운디나가 가야와 테르를 맞이했다.

물의요정 "안녕? 가야는 얼굴이 예전보다 편안해 보이네. 테르, 가야랑 다니는 건 괜찮았어?"

테르 "가야가 은근히 성격이 있더라고. 말없이 그저 너그러운 줄만 알았는데."

물의요정 "그래? 무슨 일 있었어?"

가야 "하하. 별거 아니고, 약간 흥분할 일이 있었는데 금방 해결됐어. 그런데 여기는 무슨 일이야?"

물의요정 "바닷속 상황이 많이 안 좋아. 가야로서는 육지 공부를 좀 더 해야겠지만, 육지로 더 들어가기 전에 우선 해결하고 가면 좋을 것 같아서 누아즈를 통해 부탁한 거야."

테르 "바닷속이 어떻길래?"

물의요정 "일단 따라와 봐. 말 보다 직접 보는 게 빠를 거야."

바닷속은 모래와 식어버린 화산재로 가득했다. 물속의 황무지 그 자체였다. 그 위로 거센 해류만이 움직임을 보일 뿐이었다. 해파리나 말미잘, 산호뿐만 아니라 바다 숲을 이루는 주 구성원인 포기거머리말, 수거머리말, 미역, 다시마, 모든 게 다 사라져 버렸다.

　멀리서 맨드라미처럼 생긴 물체가 파랑과 오렌지색 빛을 번갈아 반짝이며 빠른 속도로 다가왔다. 형태는 산호였지만 움직이는 촉수의 모습은 말미잘을 닮았다.

해초요정 "와줘서 고마워. 난 아네몬느야, 해초 요정이지. 봐서 알겠지만 이곳에 서식하는 모든 해양 식물들이 어느 순간 다 사라졌어. 김이나 미역 같은 해조류도 그렇고, 잘피 같은 해초류도 그렇고, 종류 상관없이 모두 없어진 거야. 그러다 보니 물고기들도 살 곳이 없어져서 자연스럽게 다른 곳으로 떠났지. 바닷속 사막이 돼 버린 거야."

가야　"그런데 어쩌다 이렇게 된 건데?"

해초요정 "사실 기후변화 때문에 바닷속도 수온이 계속 올라가면서 이미 문제가 심각해지고 있었어. 섬이나 육지 주변부터 시작해서 먼 바닷속까지 계속 사막화가 진행 중이었지. 그런 상황에서 화산이 폭발하고 물이 뜨거워지니까 해조류와 해초류가 다 삶아져 버린 거야."

가야　"숲에서는 나무가 없어지면 금방 알 수 있었는데, 여긴 바닷속이라 이렇게 되도록 몰랐던 거네."

해초요정 "보이지는 않아도 바다 식물은 엄청나게 중요한 역할을 해왔어. 산소를 공급하는 일이지. 보통 육지의 나무들이 그 일을 한다고 생각하는데, 바다 식물이 육지 나무들보다 몇 배나 더 많은 산소를 만들

어내고 있어. 바다 숲이 사막화되면서 산소의 양이 줄어들면 바닷속은 물고기들이 살기 힘든 상황이 돼버려."

가야 "바다 식물이 그렇게 중요한 건지는 몰랐어. 그런데 바닷속 바람은 왜 이렇게 빨라?"

해초요정 "바다 식물은 바닷물의 속도를 조절하는 역할도 해. 그래서 바다 숲이 없어지면 폭풍 해일이 자주 일어날 수 있어. 바다 숲을 다시 만들기 위해 가야와 테르의 도움이 필요해. 그동안 운디나가 폭풍 해일을 막으면서 물을 정화해 주고 있었는데 그걸로는 역부족이었어."

가야 "내가 뭘 해야 하지? 그동안 육지 식물들만 돌봐 와서 바다 식물은 전혀 모르는데."

해초요정 "내가 보관해 온 포자가 있으니 이걸 가야의 속도로 바닷속 땅에 뿌리를 내릴 수 있도록 해주는 거야. 우선 거머리말 같은 잘피를 심어 줘. 그러고 나면 다시마숲, 모자반숲, 곰피숲, 대황숲을 만들 거야."

테르 "나는 뭘 도와주면 될까?"

해초요정 "바다 식물들이 잘 자랄 수 있는 환경을 만들어 줘. 토양을 가꿔 주고 산성화가 진행된 토질에 영양분도 공급해 주면 돼."

6장

가미긴

테르가 일군 바닥에 가야가 잘피의 싹을 틔웠다.

물의 요정 운디나는 탁해진 물을 걸러 바닷물의 오염도를 낮췄다. 잘피가 바닥에 넓게 퍼져 나가며 점점 자라났다. 정화된 물의 흐름을 따라 하늘하늘 피어오르는 잘피와 말잘피로 사막화된 바닥에 다시 생기가 돌고 바닷속에는 푸른 빛이 감돌기 시작했다. 이제 바다 식물들이 산소를 만들어내고 스스로 물을 정화하며 숲을 이루기만 하면 됐다.

순조롭던 바다 숲의 생성이 갑작스러운 흐름을 맞이했다.

새로운 지진인가? 여진인가? 또 바닥이 갈라지기 시작한 것이다. 그런데 이번에는 달랐다. 지진처럼 땅이 갈라지면서 빨려 들어가는 것이 아니라 그 틈에서 뭔가 솟구쳐 올라왔다. 해초들이 자라나고 있었다. 마치 빈틈 사이를 헤집고 나오는 문어의 촉수 같았다. 초록의 촉수들은 땅을 몇 번 더듬고는 곧바로 직립보행을 하듯 위로 뻗었다.

테르 "가야, 너무 급하게 하는 거 아냐? 이러면 바닥이 더 혼탁해지는데."

가야 "어? 아냐! 내가 하는 거 아닌데. 이상하네."

해초들 사이에 갈조류, 홍조류, 녹조류들이 서로 몸을 비비며 올라왔다. 초록의 영롱함이 날리는 모래 먼지로 뿌옇게 바랬다. 바닥의 갈라짐은 계속됐다. 암초들도 올라오고 산호와 히드라, 말미잘, 그리고 조개들까지 틈을 비집고 나왔다.

<small>물의요정</small> "아네몬느, 어떻게 된 일이지? 모두 바다 아래에 숨어 있다가 한꺼번에 모습을 드러내는 건가?"

<small>해초요정</small> "아니, 그럴 리 없어! 다 없어졌었는데. 숨어 있다니, 있을 수 없는 일이야. 이건 비정상이야."

아네몬느는 예전의 모습과 너무나 똑같은 것이 오히려 더 불안했다.

하얗게 올라온 산호들이 계속 성장하며 초록색과 오렌지색, 붉은색, 주황색, 그리고 파란색 빛을 내기 시작했다. 조개들도 그 크기를 키우며 움직이기 시작했고 말미잘도 촉수끼리 서로 만지며 반갑다는 듯 인사를 나눴다. 해초류와 해조류가 자리를 잡으면서 물은 다시 맑아졌고 화려한 바다 숲이 만들어졌다. 더 이상 가야와 요정들이 해야 할 일이 없어졌다.

<small>가야</small> "또 지진인가 하고 놀랐는데 다행이다. 그런데 이렇게 빠른 시간에 숲이 만들어지다니 놀랍네. 다른 요정들이 또 있나?"

가야의 말이 끝나기 무섭게 갑자기 바다 식물들 사이에서 횐동가리, 파랑돔, 거북복, 베도라치, 쏠베감펭들이 헤엄치기 시작했고, 눈송이하늘소갯민숭이, 예쁜점 유령새우, 혹들반점개오지붙이, 오오지마 애기불가사리 같은 생물들이 움직이기 시작했다. 조금 전만 해도 분명

아무런 움직임도 없었다. 바닥에서 올라오지도 않았고 다른 곳에서 이동해 온 것도 아니었다. 갑자기 공간이동을 한 것처럼 한순간에 나타난 것이다. 물속의 파란 하늘빛도 돌아왔다.

가야 "바닷속이 이렇게 화려한 줄 몰랐네. 와, 파란 반딧불이도 있어!"

이번에도 가야의 말이 끝나자마자 플랑크톤과 반딧불오징어, 해파리가 바닷속을 크리스마스 트리 장식처럼 형형색색으로 장식했다. 가야와 요정들은 넋을 놓고 놀라운 풍경에 사로잡혔.

그런데 아네몬느는 해초의 화려함을 잃어버린 채 하얗게 질려가고 있었다.

가야 "와, 무슨 말을 꺼내기가 무섭네. 말만 하면 새로운 일이 생겨나. 하하. 그런데 해초 요정은 왜 그렇게 하얗게 질려 있어?"

해초요정 "이건 정상이 아니야. 새로 만들어진 게 아니라 예전 모습 그대로야."

가야 "무슨 얘기야? 바다가 원래대로 돌아오면 좋은 거 아냐?"

해초요정 "그래서 문제라는 거야. 이건 화산 폭발 전의 그 모습 그대로야. 아니, 그 이전 수온 상승이 있기 전의 가장 화려했던 모습이야. 갑자기 이렇게 된 건 아무래도 환생인 것 같아."

물의요정 "환생? 설마. 아네몬느, 환생이라면 신을 얘기하는 거야?"

해초요정 "맞는 것 같아, 가미긴. 죽은 생물의 유령을 소환하는 건 신들 사이에서도 금기시되는데 가미긴은 물속에만 있다는 명분으로 소환술을 마구잡이로 쓰고 능력을 길러온 걸로 알려졌어. 이런 대규모의 환생은 아마 가미긴만 가능할 거야."

가야 "신들은 모습을 감춘 것 아니었어?"

테르 "그런 줄 알았던 거지. 화산 폭발도 조용히 숨어 지내던 바엘의 분노였었잖아. 바엘의 폭주가 다른 신들도 깨운 거 같아."

물의요정 "그런데 지금 생물들은 모두 살아 있잖아. 환영도 유령도 아닌 실체야."

해초요정 "소환된 유령에 실체가 더해졌다는 얘기일 수도 있어."

테르 "맞는 것 같아. 또 다른 신이 개입했다는 거지. 신을 깨울 수 있는 건 다른 신밖에 없어. 누군가 다른 신이 가미긴을 깨운 뒤, 가미긴이 소환한 유령에 실체를 부여했다는 거로밖에 해석이 안 돼."

가야 "무슨 말인지 도무지 이해할 수가 없네. 바엘은 화산 폭발을 일으켰지만, 가미긴은 좋은 일을 해준 거 아냐? 바닷속을 원래대로 돌려놓고."

테르 "사라진 걸로 알려진 일곱 신 대부분이 근본적으로는 심판의 신이야. 상 대신 벌을 위주로 하지. 바엘이 그걸 잘 보여준 거고. 지금 여기도 예전의 화려하고 정상적인 모습인 것 같지만 갑자기 어떻게 변할지 알 수 없어."

가야 "그럼 어떻게 해야 해?"

테르 "그중 가장 온순하고 현명한 신 바사고를 찾아야 해. 정말로 신들이 다 깨어났다면 그 방법밖에 없어!"

물의요정 "바사고? 예지력이 있다는?"

테르 "응. 미래를 예언하고 답을 찾아주지. 호기심으로 가득한 신, 바사고는 다른 신들에 비해 심판보다는 대안 마련에 더 관심이 있어. 숨겨진 무언가를 꼭 찾아내 주거든."

가야 "그럼 우선 바사고를 찾아야겠네. 어디로 가야 해?"

테르 "일단 다시 육지로 가보자. 가다 보면 바사고를 만나든, 다른 신을 먼저 만나든 하겠지."

바닷속 여행은 생각보다 빨리 마무리됐다. 신들에 대한 두려움만 남긴 채.

7장

마르바스

　바다에서 나오자 구름 요정 누아즈가 테르와 가야를 기다리고 있었다.

　구름요정 "내가 도와줄게. 신들이 깨어났다는 건 여유 있게 다닐 수 없게 됐다는 거지. 신들의 질투가 시작되기 전에 빨리 바사고를 찾아서 우리가 할 수 있는 일들이 뭔지 알아봐야 해."

　테르 "누아즈, 바사고에 대해 아는 게 있어? 어떻게 찾아야 할지? 작은 단서라도?"

　구름요정 "아니. 신들은 수천 년 동안 숨어 있었어. 찾을 방법은 없어. 그렇다고 가만히 있을 수는 없잖아. 신들은 관심받기를 좋아해서 어떤 형태로라도 본인의 존재를 드러내려 하고 있을 수도 있어."

　누아즈가 가야와 테르를 데려간 곳은 해변을 따라 척추처럼 길게 뻗은 산맥이었다. 산맥을 타고 올라가다 높은 봉우리들 사이 분지 형태의 숲에 내려주었다. 개암나무와 올괴불나무, 금낭화, 깽깽이풀, 모데미 풀이 그들을 맞이했다.

　구름요정 "여기는 식물들이 가장 잘 보존돼 있는 곳이야. 나무와 덩굴, 풀,

이끼 같은 수많은 식물이 평화롭게 살고 있으니 아마 신이 보호하고 있는 곳일 수도 있어. 계곡 방향으로 이동하면서 이상한 기운이 있는지 확인하면 될 거야. 나도 위에서 계속 지켜보고 있으니까 필요하면 언제든 합류할게."

가야와 테르는 계곡을 따라 올라가기 시작했다.

가야 "오랜만에 느껴보는 맑은 숲의 향이네. 섬에 다시 돌아온 거 같아."

테르 "그러게. 오랜만에 제대로 된 숲을 만난 거지."

길은 있지만 사람들이 다녔다는 흔적만 남았을 뿐 자연 그대로의 모습이었다. 어떤 푯말도, 인공 조형물도 없었다. 나무와 풀과 돌, 흙 모두 교감이 이뤄지는 살아 숨 쉬는 숲이었다. 가야는 고개를 뒤로 젖히며 숲의 공기를 한껏 들이마셨다.

가야 "아, 좋다. 여기서 나무들이랑 맘껏 수다나 떨고 싶어. 팽나무랑 음나무, 종가시나무, 버드나무 생각이 나네."

테르 "분위기 깨는 것 같아 미안하지만, 가미긴이 깨어난 이상 그리움과 소망은 잠시 접어두는 게 좋아. 여기 이렇게 길이 있다는 건 사람이 다녔다는 얘기고, 길을 따라가다 보면 마을이 있을 테니 감성의 끈은 잠시 묶어놓고 긴장해야 해."

그나마 길가의 노루귀와 얼레지, 산괭이눈, 꿩의바람꽃들이 가야의 섭섭함을 달래 주었다.

길을 따라 내려가자 노란빛으로 환해졌다.

생강나무가 길 전체를 노랑으로 물들였다. 노란 솜털 같은 꽃들이 흐드러지게 피어있었다. 뒤쪽으로는 누렇게 단풍이 든 잎들도 아직 남아 있었다.

가야 　"도시에 있던 말 못 하는 산수유나무 꽃이랑 비슷하네."

테르 　"산수유나무는 사람의 도움이 없으면 산이나 들에서 번식하기 힘들어. 인간에게 길든 나무지. 그런데 이 생강나무는 좀 이상하네. 겨울에 어울리지 않는 두 계절이 섞여 있어. 아무래도 이곳에서 신을 만날 수도 있겠구나 싶은걸. 뭔가 일어날 것만 같은 분위기야."

가야 　"두 계절? 아! 꽃과 잎! 그러네, 봄의 꽃과 가을의 단풍을 섞어 놨군. 내가 정말 정신을 내려놓고 있었나 봐. 그런 것도 알아채지 못하고 있었으니."

테르 　"빨리 마을로 가보자. 분위기가 심상치 않아."

마을에 도착했지만 사람의 흔적은 없었다.

집집마다 문이 활짝 열려 있고 열린 문들은 바람에 덜컹거렸다. 곳곳에 깨져있는 창문들도 보였고 여러 집기가 마당에 널브러져 있기도 했다. 집 안에서는 음식을 하다만 흔적이 있는 걸로 봐서 집을 비운 지 그리 오래된 것 같지는 않았다.

테르 　"생강나무에게 돌아가서 무슨 일이 있었는지 물어보자."

그때 비어 있는 집들 사이에서 뒤집힌 모양의 난초가 둘을 향해 걸어왔다. 다섯 개의 흰 바탕 꽃잎마다 분홍 띠를 두르고 빨간 점으로 중심을 잡았다. 식물인지, 곤충인지 분별하기 어려운 생물이었다.

곤충요정 "갈 필요 없어, 테르. 정말 오랜만이네, 곤충 요정 수블라타야. 넌 가야지? 만나서 반가워."

가야 "안녕? 그런데 여기 무슨 일이 있었던 거야?"

수블라타 "전염병이 돌았어."

테르 "전염병? 어떤 병? 사람들은 어디로 갔고?"

수블라타 "다 병원으로 실려 갔어. 우주복 같은 옷을 입은 사람들이 와서 모두 헬리콥터에 태우더라고."

테르 "전염병은 어떤 거였어?"

수블라타 "두 가지 병이 한꺼번에 돌았는데, 우선 해충이 퍼뜨린 세균 감염이 유행했어. 여기는 수목 관리 특별구역으로 지정돼 있어서 나무를 벨 수가 없는 지역이거든. 그런데 이곳 사람들은 요리나 난방용으로 장작을 사용하고 있었어. 그러니 이곳저곳에서 장작을 사 온 거야. 그 장작 속에 숨어있던 해충들과 병원체가 전파되기 시작한 거지."

테르 "나무 해충만으로 이 정도 피해가 있지는 않을 텐데?"

수블라타 "그렇지. 복통이나 설사가 심해지는 정도였고, 고통스럽기는 해도 사망하는 경우는 없었어. 그런데 해충 피해로 정신없는 와중에 치명적인 바이러스가 돌기 시작한 거야. 마을 사람들 일부가 애완동물을 키우고 있었는데, 그 경쟁 때문이었지."

가야 "애완동물 경쟁? 그게 바이러스랑 무슨 상관이야?"

수블라타 "조금이라도 더 특이한 애완동물을 키우려는 경쟁이 심했거든. 애조모몬가, 우수리멧밭쥐, 갈기늑대, 심지어는 우파루파까지. 흔히 볼 수 없는 동물들을 밀렵꾼들에게 주문해서 데려다 키웠어. 그런데 그 애완동물 중에 바이러스에 감염된 경우가 있었나 봐."

테르 "감염된 동물이 사람을 감염시킨 거구나."

수블라타 "맞아. 에볼라나 지카 바이러스 같은 것들인데, 여기 마을에서도 병명은 알 수 없지만 그런 감염이 생긴 거야."

가야 "증상은 어땠는데?"

수블라타 "구토에 설사를 하고 심해지면 신경계에 이상이 생겨서 몸이 굳어갔어. 그러다가 사망하는 사람도 많이 생기고. 그런데 정말 이상한 걸 봤어."

가야 "뭔데?"

수블라타 "우주복을 입고 온 사람들이 하얀 가루 소독약을 안개처럼 뿌리는데 연기 사이로 붉게 충혈된 눈이 보였어."

테르 "설마?"

수블라타 "네가 생각하는 게 맞을 거야."

테르 "마르바스?"

수블라타 "사람의 얼굴에 온몸이 사자 털로 감싸인 마르바스. 독과 균을 관리하는 신!"

테르 "그럼 생강나무도 마르바스가 남긴 흔적이었구나. 그런데 마르바스는 혼자 움직이지 않았을 텐데?"

수블라타 "그렇지. 발레포르랑 같이 움직이지."

테르 "순서상으로는 발레포르가 먼저 사람들의 마음을 도둑질한 뒤

마르바스가 움직인 걸 거야."

수블라타 "애완동물 경쟁과 질투심을 유발한 게 발레포르였겠지."

8장

발레포르

수블라타 "발레포르는 스핑크스처럼 인간의 머리에 사자의 몸을 했다고 전해지기도 하고 당나귀 머리에 사자의 몸을 하고 있다고 전해지기도 하는데 누구도 직접 본 사람은 없어."

가야 "듣고 보니 더 무서워지는데. 신들은 원래 다 그런 거야?"

테르 "일곱 신들이 심판의 신으로 불리기는 하지만 선한 의지도 있어. 초기에 사람들을 도와주며 추앙받던 기억에 대한 그리움이 있기 때문에 사람들로부터 잊히는 것을 제일 두려워하고 사람들을 도와주기도 해. 감정 기복이 심해서 돕기보다는 파괴한 적이 더 많아서 문제이기는 하지만."

가야 "바엘은 우리 섬 자체를 없애 버리려고 했잖아."

테르 "그렇지만 그전까지는 바엘이 섬의 평화를 유지해 주고 있었어. 그래서 신의 분노를 사지 않도록 해야 하는 거지. 파멸로 이어질 수 있으니까."

가야 "신들은 기본적으로 이중적이라고 봐야 하는 거군."

테르 "발레포르는 달라. 다른 신들에 대한 열등감이 크고, 더 교활하고, 더 사악한 걸로 알려졌어. 본인이 직접 나서지 않고 인간의 경쟁심을 부추겨서 신들이 원하는 것과 반대 방향을 선택하게 하는 질 나쁜 신이야. 그래서 자기 모습을 잘 드러내지도 않는 거고."

수불라타 "자연에 대한 사람들의 인식을 바꿔 놓은 것도 발레포르였어. 사람과 자연의 평화로운 조화를 막으려고 사람들이 자연을 파괴하도록 조종한 거지."

가야 "정말 나쁜 신이네."

수불라타 "사람들의 이기심과 질투를 잘 이용했지. 사람과 자연을 분리시킨 뒤 자연에 대한 개발 경쟁을 유도했어. 일단 경쟁이 생기면 사람들은 자제를 못하니까, 당연히 불안정성이 커져서 신들은 사람들을 벌할 수밖에 없게 됐고. 그렇게 신과 인간을 이간질하면 신들끼리도 갈등이 생길 수 있는데 그게 바로 발레포르의 궁극적인 목표야. 나머지 여섯 신을 소멸시켜 자신이 왕의 자리를 차지하려는 속셈인 거지."

그때 갑자기 엄청난 규모의 쥐 떼가 나타났다.

분명 마을에는 살아있는 생물이 없었다. 어디서 나타난 건지 수백만 마리의 쥐들이 마치 미쳐버린 듯 광란의 질주를 시작했다. 마을을 벗어나 좁은 산길을 이용해 가다 보니 길 밖으로 밀려 아래로 떨어져 나가는 쥐들도 수두룩했다. 쥐들은 흙먼지를 일으키며 나아갔다. 흙먼지 속으로 붉게 충혈된 눈동자가 다시 한번 보였다.

가야 "나도 봤어. 곤충 요정이 봤다는 충혈된 눈. 아주 빨간 눈이었어.

그리고 사자 털도 보였고."

테르 "그러게. 마르바스가 본격적으로 움직이기 시작한 거야. 쥐들을 막아야 해. 마르바스는 사람들이 있는 곳으로 쥐 떼를 몰고 갈 거야."

누아즈도 쥐 떼의 움직임 속에서 마르바스를 확인하고는 내려왔다.

구름요정 "내가 데려다줄게."

테르 "그래. 수블라타는 이곳 정리 좀 부탁할게. 가자!"

쥐들은 산을 넘으며 등산객이 보이는 즉시 닥치는 대로 물어뜯었다.

사람들은 쥐 떼를 보고 놀라서 소리치며 도망쳤다. 나무에 기어오르는 사람, 돌 위로 올라가는 사람, 산길 옆으로 뛰어내리는 사람. 미쳐 날뛰는 쥐들의 눈은 모두 빨갛게 달아올랐다. 필사적으로 도망치려는 사람들을 쥐들은 끝까지 쫓아가 물었다. 일단 쥐에게 물린 사람들은 그대로 쓰러져 나뒹굴었다. 구토를 일으키고 숨을 헐떡였다. 눈동자가 빨개지고 팔과 다리를 비틀며 온몸이 굳어 가기까지 오랜 시간이 걸리지 않았다. 쥐 떼는 사람들이 다니는 길이면 무조건 질주했다. 하지만 한 번 물려 바닥에 뒹구는 사람을 덮쳐서 공격하는 일은 없었다. 오히려 우회해 갔다. 쥐 떼의 목적은 오로지 질병의 확산이었다.

테르 "쥐들이 어디로 갈 것 같아?"

구름요정 "여기서 제일 가까운 바닷가 쪽 도심일 거야. 지금의 동선으로 보면 그래."

테르 "미리 가서 쥐 떼가 도심으로 침입하지 못하도록 해야 해!"

테르와 누아즈, 가야는 도심으로 향하는 길목에 자리를 잡았다.

가야 　"지금 쥐 떼를 멈추게 할 수 있는 방법이 있을까?"

테르 　"아니. 쥐들은 통제가 안 돼. 마르바스가 쥐들을 완전히 장악하고 있거든."

가야 　"그럼 어떻게 해? 쥐들을 죽이면 되는 건가?"

테르 　"그 방법밖에 없어. 다행히 여기는 외길이고 주변이 간척지여서 자연의 피해도, 사람의 피해도 줄일 수 있는 곳이야. 우리에게 가장 유리한 곳이지."

구름요정 "온다. 준비!"

테르는 쥐 떼를 막기 위해 길에서 바닷가까지 흙벽을 만들었다.

쥐들이 벽을 타고 올라가다 떨어지게 할 생각이었는데 쥐들은 뜻밖에 물을 선택했다. 흙벽을 옆으로 돌아 바닷속으로 뛰어든 것이다.

테르 　"꼭 레밍의 집단 자살 같네. 맹목적으로 달리는 나그네쥐들이야. 가야, 바닷속에도 벽을 만들어야겠어. 서둘러줘."

바닷가에서 혼란이 벌어지자 바닷속에 있던 운디나와 아네몬느도 올라왔다.

물의요정 "이게 무슨 일이야?"

테르 　"일단 가야와 함께 간척지부터 바닷속까지 벽을 만들어 줘"

가야와 운디나, 아네몬느가 힘을 합쳐 바다로 빠진 쥐들이 앞으로 나가지 못하게 모래 벽을 만들었다. 쥐들에게 의식은 없어 보였다. 그런데 이상한 건 쥐들이 요정들의 의도를 파악한 듯 수중 벽도 피해 가는 방법을 선택했다는 점이다. 바닷모래 속으로 파고들어 사라져 버렸다.

가야 "쥐들이 사라졌어. 땅속으로 들어갔으면 느껴져야 하는데 그냥 사라진 거 같아."

테르 "이상하네. 나도 느낄 수가 없어. 어떻게 한두 마리도 아니고 수십만 마리가 집단으로 사라질 수가 있지?"

해초요정 "이상해. 쥐들이 바닷속으로 들어간 것부터가 비정상적이야."

테르 "마르바스가 조종하면서부터 쥐들은 의식이 없었어. 붉은 눈은 마르바스 그 자체였어."

해초효정 "하지만 마르바스가 쥐들을 사라지게 하는 건 불가능해."

가야 "가미긴이 도와준 거 아닐까? 바다에 대해 제일 잘 아는 건 가미긴이니까."

테르 "만약 가미긴이 마르바스를 도와준 거라면? 가야, 빨리 시내로 가봐야겠어!"

9장

바사고

도시는 아수라장이었다.

비명소리와 자동차 경적, 그리고 사이렌 소리가 가득했다. 이미 손을 쓸 수 없는 단계였다. 쥐들은 도시 구석구석 숨어들었고, 정신을 잃고 뛰어다니는 사람들과 섞여서 일일이 쫓아다니며 잡을 수도 없었다.

구름요정 누아즈가 각자 자기 자리로 돌아갔던 요정들과 에스텔에게도 도움을 요청했다.

가야는 오랜만에 에스텔을 만나 반가웠지만 그런 기색을 보일 수 있는 상황이 아니었다. 에스텔도 가야에게 살짝 손만 흔들었다.

<small>불의요정</small> "어떻게 된 일이야?"

<small>테르</small> "신들이 움직이기 시작했어. 가미긴과 마르바스, 발레포르가 합동작전을 벌이는 거 같아. 마치 오래전부터 준비해 온 것처럼."

<small>그림요정</small> "지금까지 상황을 종합해 보면, 발레포르의 첫 계획은 섬이었던 것 같아. 섬사람들의 마음을 조종해서 숲을 파괴하고 숲에 불을 지르는 행동을 하게 했고, 바엘을 자극한 거야. 섬에서 화산을 폭발시켜 육지에까지 영향을 미치려고 했는데 그건 우리 모두 힘을 합쳐 막아냈

지. 그러자 발레포르는 원래부터 친했던 가미긴, 마르바스와 함께 육지에서 공세를 시작한 것 같아. 가미긴은 바다를 떠날 수 없으니 여기 해변 도시를 시작점으로 봤을 거야."

테르 "쥐 떼를 부른 건 가미긴이었을 거야. 죽은 쥐들의 소환. '쥐 잡기 운동' 기억나지? 그때 죽은 쥐들의 유령을 다 소환한 거야. 그 쥐들을 조종하는 건 마르바스겠지."

그림요정 "가미긴이 소환한 게 맞아. 지금 상황으로는 가미긴이 가장 위험해. 바닷속 생물들의 소환도 전부 가미긴의 행동이었어. 의식이 없는 유령 부대는 가미긴 만이 만들 수 있지. 만약 가미긴이 물 밖으로 나올 수 있다면 자기가 선두에 섰을 거야. 하지만 아몬에게 쫓겨난 이후 가미긴은 바다에 갇혀 버렸지. 이걸 알고 부추긴 게 교활한 발레포르였을 테고. 원래 마르바스는 치밀하지도, 똑똑하지도 않은 걸로 알려져 있어."

불의요정 "그나저나 방법이 없잖아. 손도 못 쓰고 이대로 지켜보기만 해야 하나?"

그림요정 "바사고나 아몬의 도움이 필요해. '세 형제 신의 반란'이라면 바사고와 아몬도 뭔가 대책이 있을 거야. 현명한 예언자인 바사고를 만날 방법을 찾아야 해."

그때 구름 덩어리가 요정들에게 다가왔다.

구름보다는 밀도가 진하고 뚜렷했다. 사람 형상에 가까웠지만 자세한 생김새를 알 수는 없었다. 남자인지 여자인지도 구분하기 힘든 사람의 실루엣이었다.

_{주술요정} "수천 년이 넘도록 나를 찾아온 요정은 누아즈가 처음이네. 난 주술 요정 시온이야. 고대의 요정이지. 사람들이 신과 자연에 기도하던 시절에는 나를 많이 찾았었는데, 점차 그런 사람들이 사라져 갔어. 대신 종교를 만들고 신전을 지어 그곳에서 기도하더라고. 나와 신들은 그렇게 함께 잊혀 갔지. 하지만 안 보인다고 없는 건 아냐. 신들도 나도 존재하고 있었거든. 덜 필요하니 덜 찾고 덜 생각한 것뿐이야."

_{물의요정} "누아즈가 널 찾아갔어?"

_{주술요정} "누아즈가 나를 만나고 싶다며 여기저기 묻고 다녔대, 바사고 때문에. 그래서 오긴 왔는데, 알다시피 바사고는 찾을 수 있는 존재가 아니야."

_{데르} "찾지 못한다면 어떻게 해야 해? 만날 수 없는 거야?"

_{주술요정} "바사고는 소환을 해야 해. 그렇게 하려면 바사고가 머물고 있는 신당으로 가야 하고. 예전에 사람들이 찾던 시절에는 기도에 그 모습을 보이기도 했지만 기도가 사라진 지금은 소환술을 써야 해."

_{불의요정} "소환술은 어떻게 하는 건데? 지금 당장 할 수 없어?"

_{주술요정} "신당으로 가야 한다고 했잖아. 그 신당에서만 가능해. 그리고 소환을 할 수 있다고만 알고 있지. 아직 실제로 소환을 한 요정이 있다는 얘기는 못 들어봤어."

_{불의요정} "지금은 지푸라기라도 잡아야 하니, 일단 할 수 있는 건 해봐야지."

주술요정 "신당의 위치를 내가 알고 있긴 해. 그곳에 가면 제신이 있는데 제신을 만나기만 한다면 소환술이 가능할 수도 있어."

테르 "제신? 또 다른 신이 있다는 거야?"

주술요정 "제신은 신이 아니고 신을 모시고 제사를 주관하는 일을 해. 이름은 묘연이라고 하는데 묘연의 존재에 대해서는 정확히 알려진 게 없어. 바사고를 모시는 신당도 항상 있는 게 아니라 묘연을 통해서만 보거나 안으로 들어갈 수 있지."

빛의요정 "나는 투시 능력이 있으니까 볼 수 있지 않을까?"

주술요정 "글쎄, 투시가 도움이 될지 모르겠네. 묘연의 정체는 사람인지 동물인지 생물인지 알 수 없으니까."

불의요정 "분명한 게 아무것도 없네! 그래도 시간이 없으니 일단 신당이 있다는 곳으로 가서 생각해 보자!"

요정들과 가야, 에스텔 일행이 시온을 따라 신당이 있다는 곳으로 이동했다.

테르 "노백산이다!"

주술요정 "맞아. 이 땅이 시작된 곳. 여기에 사람의 발길이 끊긴 협곡이 있어. 그곳을 소도라고 하는데 소도는 신에게 기도하던 성역이야. 긴 솟대를 세워 소도를 표시하고 그 중심으로 제사가 행해졌으니까 위로 길고 곧게 뻗은 솟대를 찾으면 돼."

불의요정 "숲속에서 긴 솟대를 찾는다는 게 쉽진 않을 텐데."

주술요정 "솟대를 바로 찾는 건 물론 어렵지. 하지만 소도로 가는 길을 알려주는 여러 형태의 돌탑들이 같이 보일 거야. 그걸 먼저 찾으면 돼."

빛의 요정 루미가 시온이 말한 협곡 방향을 주시했다. 거대한 바위들이 많아 시야를 방해했지만, 작은 돌들을 모아 일정한 형태로 차곡차곡 쌓아 올린 돌탑을 찾는 건 그리 어려운 일이 아니었다.

빛의요정 "찾았어."

모두 함께 협곡 방향으로 이동했다. 인적이 끊긴 지 오래됐다고 하는데 돌탑은 신기할 정도로 멀쩡하게 그 형태를 유지하고 있었다. 돌탑을 덮은 이끼와 덩굴만이 세월의 깊이를 말해주고 있었다. 가지런히 정렬된 돌탑은 친절하게 협곡을 따라 길을 안내해 주었다. 신당의 방향은 금방 확인 할 수 있었다. 나뭇가지에 묶인 채 바람에 흩날리는 하얀 천들의 수가 점점 늘어났기 때문이다.

주술요정 "이제 신당이 가까워졌네. 나무에 묶어 놓은 하얀 천 조각들 보이지? 저 천들은 신들께 옷을 선물로 드린다는 의미였어. 이 흰 천들이 많아졌다는 건 이곳이 소도라는 거야. 여기서 제신인 묘연을 찾아보면 돼. 뭔가 확실히 다른 점이 보일 거야."

가야가 손가락으로 가리키며 말했다.

가야 "저 향나무 같아. 이천 살도 훨씬 넘어 보이는데. 천 조각 묶음도 가장 많고. 내가 물어볼게."

가야가 향나무에 다가가 물었다.

가야 "난 가야야. 이곳에서 가장 오래 살아온 나무 같은데 몇 가지 물어봐도 될까?"

향나무 "드디어 왔구나. 오래 기다렸다."

가야 "다른 나무들처럼 너도 나를 아는구나. 그런데 나를 기다리고 있었어?"

향나무 "너는 나보다 훨씬 오래전부터 존재하고 있었고 여기에 있는 그 모든 것의 근원이다."

가야 "내가 너보다 오래전부터 존재하고 있었다고?"

그때 테르가 나섰다.

테르 "가야, 미안하지만 그건 나중에 묻고 우선 묘연부터 찾아야지."

향나무 "묘연? 내가 묘연이다."

테르 "네가 묘연이야?"

묘연 "무슨 일로 날 찾아왔나?"

주술요정 "바사고를 소환하고 싶어. 신당에서 제를 치를 수 있게 도와줘."

묘연 "바사고를 소환한다고? 제사 지내는 방법에 대해 알고는 있나?"

주술요정 "보통은 매년 정월 보름에 주(술), 과(과일), 포(육포), 혜(식혜)를 차려놓고 제사를 드렸지."

묘연 "그건 인간의 방법이고 요정이나 정령들은 다르다."

주술요정 "그러면 어떻게 해야 해?"

묘연 "주술 요정인 너에게서 이런 질문이 나올 줄은 상상도 못 했다. 이런 건 너희 스스로 알아내야 하지만, 가야가 함께 있으니 알려준다. 태초의 신 마고에게는 여덟 자식이 있었다. 그중에 일곱에게 불, 물, 바람, 번개, 풀, 얼음, 바위의 능력을 나누어 주었다. 그러고는 일곱 자식이 활동할 수 있는 대지를 주면서 생물들이 서식할 공간으로 꾸며서 그 땅을 다스려보라고 했다. 그렇게 일곱 자식에 의해 인간과 동식물의 세상이 유지돼 온 것이다."

테르 "그럼 여덟 번째 자식은?"

묘연 "어린 여덟째는 마고의 품속에서 보살펴졌다. 일곱 형제를 지켜보라고만 했다. 그래서 일곱 신에 대해서는 너희도 잘 알고 있지만 여덟째에 대해서는 그 이름조차 모른다. 시간이 흐르면서 신들에 대한 인간의 불신과 부정은 신들을 약하게 만들었고, 약해진 신들은 인간에 대해 나쁜 감정이 커지면서 인간들 일에 관여하지 않기로 했다. 바사고도 마찬가지다. 바사고는 예지력이 있는 신인데, 예지력은 믿음이 없다면 그 존재 자체가 없는 것이다. 그래서 바사고는 부정의 감정을 선택했다. 부정에서 생겨난 감정으로 에너지가 만들어지고 그 에너지가 바사고의 주술 능력을 키워줬다. 바사고는 부정의 에너지를 통한 주술로만 소환할 수 있게 됐다."

테르 "그런데 바사고는 신 중에 가장 선하지 않아?"

묘연 "바사고는 언제나 선하다. 하지만 신이 선하다는 건 요정이나 인간들이 이해하는 방식과는 다르다."

불의요정 "설명 중에 미안한데, 바사고를 소환할 방법을 좀 빨리 알려주면 안 될까? 지금 시간이 없어서."

묘연 "그걸 설명하는 중이었는데 버르장머리가 없구나. 바사고를 소환할 수 있는 건 부정의 에너지이다."

주술요정 "부정의 에너지라는 건 부정의 제식을 말하는 거야?"

묘연 "그건 기억을 하는가 보구나."

주술요정 "부정의 제식은 '하나의 소멸'이잖아."

묘연 "하나의 소멸이 아닌 둘의 합이다. 그러고 보니 너희는 이미 모든 걸 준비해서 여기까지 왔구나."

주술요정 "모든 걸 준비해 왔다니 무슨 말이야? 설마 여기 모인 요정과 요정을 합한다는 얘기야?"

묘연 "물은 부정을 씻는다. 그리고 불은 부정을 태워 소멸시킨다. 물과 불이 합쳐지는 그 순간이 바사고를 부르는 제식이 된다."

주술요정 "그런데 '합쳐지는 순간'이라 하면 그 이후로는 분리될 수 없는 거 아냐?"

묘연 "합이 되면 하나가 되는 거다. 하나는 분리가 필요 없어지는 상태다. 하지만 합이 그렇게 쉽지는 않다는 것을 너희도 이미 알고 있다."

주술요정 "우리가 안다고?"

묘연 "프루와 운다. 섞으려고 해도 섞일 수 없는 존재. 요정들은 이미 완성체이기에 섞일 수 없다."

주술요정 "그럼 완성체가 아니어야 섞일 수 있다는 얘긴데, 우리 중 누가 완성체가 아니지?"

묘연 "그건 너희도 이미 알고 있다. 요정이 아닌 존재."

그 말을 듣는 순간 모든 요정은 굳은 표정으로 에스텔과 가야를 동시에 처다봤다.

묘연 "이 둘은 우연으로 만난 것이 아니다. 필연이었다. 이미 정해져 있는 운명이다. 둘은 하나가 돼야 하는 것이다."

물의요정/불의요정 "말도 안 돼."

묘연 "거부하겠다는 것이냐? 그러면 바사고의 소환은 불가능하다."

그러자 에스텔이 먼저 나섰다.

에스텔 "나는 좋아. 가야가 없었다면 지금의 나는 없었을 거야. 나는 해볼래."

가야 "나도 마찬가지야."

단호함이 묻어나오는 결정이었다. 요정들은 당황한 채 주저하기만 했다. 동의하기도, 반대하기도 어려운 상황이었다. 사실 요정들이 결정할 수 있는 일도 아니었다. 잠시 침묵이 흐르자 묘연이 말했다.

묘연 "당사자 둘이 좋다고 했으니 이제 제식을 시작한다."

협곡으로 바람이 불어왔다.

바람은 낮은 곳에서 높은 곳으로 올라갔다. 초록의 나뭇잎들은 그 크기를 줄이며 나뭇가지 속으로 숨어드는 듯했다. 세월의 흔적에 낡아 끊어져 가던 흰 천 조각들이 다시 기운차게 펄럭이기 시작했다. 모든 흐름이 거슬러 올라갔다. 안개가 피어올랐다. 안개는 주변의 모든 형체를 가렸다. 안개 속에서 나무로 만들어진 작은 사당이 나타났다. 사당의 나무 벽과 지붕은 아무런 채색 없이 퇴색한 소박한 모습이었다. 안개가 다시 사당마저 집어삼켰다.

묘연 "다른 요정들은 그대로 있고 가야와 에스텔만 사당 앞으로 가거라."

가야와 에스텔은 잠시 서로를 마주 본 뒤 고개를 끄덕이고 사당 앞에 섰다. 그러자 낡은 나무 대문이 '끼익' 소리를 내며 열렸다.

묘연 "이제 들어가서 바사고에 세 번의 절을 올려라. 절을 할 때마다 '위대한 바사고님, 바사고님을 받듭니다'라고 반복하면 된다."

가야와 에스텔이 사당으로 들어갔다.

사당은 어두웠다. 나무판자들 사이 틈으로 새어 들어오는 안개의 뿌연 빛만이 사당을 밝히고 있었다. 안에는 나무 제단이 있었고 그 위에 작은 돌덩이 두 개가 쌓여 있었다. 동그랗고 매끄러운 돌덩이 위에 비슷한 크기의 돌덩이가 얹혀있는 형태였다. 가야와 에스텔이 제단 앞에 서자 뒤에서 문이 '쾅!' 소리를 내며 급하게 닫혔다. 동시에 둘은 자연스럽게 무릎을 꿇었다. 의도와 상관없이 저절로 이뤄지는 듯한 움직임이었다. 서로를 볼 수도 느낄 수도 없었다. 그저 맡겨진 일을 해야겠다는 생각뿐이었다.

한 배를 올렸다.

"위대한 바사고님, 바사고님을 받듭니다."

두 배를 올렸다.

"위대한 바사고님, 바사고님을 받듭니다."

세 배를 올렸다.

"위대한 바사고님, 바사고님을 받듭니다."

요정들은 사당 밖에서 가야와 에스텔이 무사히 나오기만을 숨죽여 기다리고 있었다.

얼마나 지났을까? 사당에서 눈을 뜨지 못할 정도의 강력한 빛이 뿜어져 나오더니 안개 속에 검은 구멍이 생겼다. 검은 구멍은 순식간에 사당을 빨아들였고 안개마저 삼켜 버렸다. 위로 역행하던 바람도 순식간에 사라졌다. 협곡에 있던 솟대도 돌탑들도 사라졌다. 요정들이 서 있던 곳은 거대한 바위들 사이 아무것도 없는 돌길로 변했다.

향나무 묘연마저 사라졌다. 모든 것이 멈춘 채 적막이 흘렀다.

요정들 주변을 빨간 안개가 퍼지면서 에워쌌다. 안개는 사당을 삼켰던 검은 구멍 부근으로 흘러가며 그 색이 점점 짙어졌다. 그리고 다시 검은 구멍이 나타났다. 빨간 띠를 두른 검은 구멍이었다. 시온이 화들짝 놀라며 엎드려 고개를 숙였다. 요정들도 영문도 모른 채 따라 엎드렸다.

"나를 부른 이유가 무엇이냐?" 바사고가 소환된 것이다. 모습은 보이지 않는 채 테두리에 빨간 띠가 둘린 뭉게구름 위쪽에서 소리가 들렸다.

물의요정 "에스텔과 가야는 무사한가요?"

바사고 "나를 부른 이유를 물었다."

주술요정 "위대하신 바사고님. 가미긴과 마르바스, 발레포르, 세 신들이 세상에 혼돈을 불러왔습니다. 이를 해결할 방법을 알려주시길 간청드립니다."

바사고 "감히 신들의 이름을 입 밖으로 내뱉다니 무엄하구나. 가미긴은 부정을, 마르바스는 질병을, 발레포르는 탐욕을 불러와 혼돈을 불러왔다는 것을 알고 있다. 너희들 요정이 감당할 수 있는 일이 아니다. 신들의 신의를 저버린 행동인 만큼 신들에 의해 해결될 것이다."

물의요정 "가야와 에스텔은 어떻게 됐나요?"

바사고 "그 정도 희생도 각오하지 않았던 것이냐?"

물의요정 "희생이라니요?"

바사고 "무엄하다."

이렇게 질책한 뒤 뭉게구름과 함께 바사고는 사라졌다.

물의요정 "이게 뭐야? 온화한 예언가라며? 해법을 알려준다며? 가야랑 에스텔은?"

주술요정 "너무 걱정 마. 둘 다 무사할 거야. 그리고 '신들의 문제는 신들이 해결한다'라고 했으니, 말에 대한 책임은 분명히 질 거야."

구름요정 "바사고도 상황을 파악하고 있다니 일단 믿어보는 수밖에. 우린 시내로 돌아가 보자. 거기서 우리가 할 수 있는 일들을 해야지."

요정들은 안도와 불안이 교차하는 가운데 협곡을 떠났다.

10장

아가레스

처참하게 무너진 도시였다.

피를 토하고 온몸이 굳어버린 시신들이 길거리에 그대로 방치돼 있고 도로에는 충돌한 차들과 검은 연기로 가득 메워져 있었다. 살아있는 건 없었다. 쥐들도 흔적을 완전히 감춰버렸다.

테르 "쥐 떼가 벌써 이동한 거 같아. 누아즈, 위치를 좀 봐줘."

쥐 떼는 고속도로를 타고 더 큰 도시로 옮겨가는 중이었다.

거대한 회색 물결이었다. 막아야 했다. 먼저 불의 요정 프루가 쥐들의 대열 앞에서 불을 뿜었다. 불에 닿은 쥐들은 아무런 흔적도 없이 사라졌다. 불에 타는 것이 아니라 사라지는 것이었다. 그런데 사라졌던 쥐들이 대열의 꼬리가 되어 다시 나타났다. 프루가 쥐들을 향해 다시 한번 불을 쐈지만 결과는 마찬가지였다.

불의요정 "이건 환영이야. 태워 죽일 수가 없어."

물의요정 "그런데 환영이 어떻게 사람들을 물어뜯을 수 있지?"

주술요정 "질병의 신 마르바스 때문이야. 가미긴이 만든 유령에 마르바스가 질병을 주입해 실체를 만들어준 거지."

물의요정 "쥐들의 유령을 소멸시킬 수는 없어도 이동 속도를 늦출 수는 있을 거 같아. 프루가 불로 쏘니까 앞에 있던 쥐들이 사라져서 꼬리가 됐잖아!"

불의요정 "그렇네. 최대한 시간을 지연시켜 보자. 우리는 우리의 일을 하고, '신들의 문제는 신들이 해결할' 거라는 말을 지켜봐야지."

구름요정 누아즈가 맨 앞 선두에 있는 쥐들을 향해 번개를 내리쳤다. 번개에 닿은 쥐들은 불에 닿았던 쥐들처럼 대열의 맨 뒤로 옮겨갔다. 운디나는 강력한 물줄기를 만들어 쏟아부었다. 하지만 물에는 반응하지 않았다.

주술요정 "가미긴은 물을 이용에 유령을 소환하기 때문에 물은 소용이 없는 거 같아. 지금으로선 불과 번개뿐이네."

빛의요정 "이럴 때 가야와 에스텔이 있으면 큰 도움이 될 텐데. 어디에 있을까?"

운디나는 물이 아닌 얼음을 던지며 공격해 보았다. 효과가 있었다. 프루가 화염방사기처럼 불을 뿜어대며 쥐의 대열을 무너뜨렸고, 불을 피해 가는 쥐들은 누아즈가 번개를 이용해 공격했다. 또 운디나는 얼음덩어리를 굴려 쥐들을 방해했다. 속도를 늦추는 효과가 나타났다. 쥐들은 분명히 앞으로, 앞으로 나가고 있었지만 실제로는 뒤로, 뒤로 물러나고 있었다.

불의요정 "이거 재미있는걸. 살아있는 생물이 아니니 마음의 부담도 없고."

주술요정 "이렇게 하다 보면 쥐들의 깨지는 흐름 속에서 이상한 현상이 나올 거야. 분명 그곳에 마르바스가 있을 거고."

운디나와 프루, 누아즈의 공격에 쥐들은 속수무책이었다.

소멸과 생성만 반복되며 앞으로 나아갈 수 없게 되자 쥐 떼가 뭉쳐서 뭔지 알 수 없는 형태를 만들어갔다. 거대한 쥐들의 덩어리를 향해 운디나, 프루, 누아즈가 공격했지만 살짝 뜯겨 나가는 정도일 뿐이었다. 그 부피가 계속해서 커지며 덩어리의 형체가 점차 명확해졌다. 사자의 얼굴에 거대한 송곳니 두 개가 나와 있고, 양쪽 어깨에 또 다른 사자의 머리가 있어서 입으로 두 팔이 뻗어 나왔다. 등에는 독수리의 머리가 붙어있고 벌어진 부리를 통해 날개가 펼쳐졌다. 온몸은 뼈와 해골들로 겹쳐 있었다. 몸통에서 마치 불길이 일어나듯 털들이 붉은 기운을 뿜으며 살아 움직였다. 독수리 날개를 단 사자는 더 이상 쥐들 속에 몸을 감추지 않았다. 화염처럼 뻗어 나온 온몸의 털들이 채찍처럼 요정들을 공격하기 시작했다.

마르바스의 털은 강력하고, 뜨겁고, 날카로웠다.

요정들은 제대로 방어도 못 하고 피해 다닐 뿐이었다. 순식간에 기세는 역전됐고 요정들은 서서히 기운을 잃어갔다. 요정들의 힘으로 신에게 맞서는 건 아무래도 무리였다. 화염 털이 요정들을 한 곳으로 몰아갔다. 요정들은 불안감에 휩싸인 채 움직임이 둔해져 갔다. 사자의 포효 앞에선 어떤 대응도 할 수 없었다.

모든 것이 끝나가는 듯한 순간에 갑자기 시간이 정지했다.

마르바스는 그대로 굳은 듯했고, 날뛰던 화염의 털들도 멈췄다. 궁지에 몰렸던 요정들은 영문도 모른 채 서로의 얼굴만 쳐다보고 있었다. 시간이 정지된 공간 속에서 육각형의 눈 결정체 하나가 서서히 느리게 내려왔다. 커다란 육각형의 눈이 마르바스의 몸에 닿자, 털들은 투명하고 영롱한 얼음으로 굳어갔다. 수많은 털이 고드름처럼 얼더니 청명한 소리를 내며 산산조각으로 부서졌다. 미세하고 투명한 유릿가루가 돼 땅으로 뿌려졌다. 얼음 폭죽처럼 황홀하고 아름다운 장면이었다.

두 번째 육각형의 눈 결정체가 나타나 다시 한번 마르바스의 몸을 얼음 폭죽으로 만들자, 이번에는 가볍고 하늘하늘한 눈송이로 뿌려졌다. 정지 화면에 퍼지는 눈은 고요한 겨울 공기 속의 함박눈처럼 천천히 내렸다. 세 번째, 네 번째, 다섯 번째 육각형이 마르바스의 몸을 눈 폭죽으로 만들어 터트렸다. 유릿가루와 눈이 섞이며 투명과 반투명에 반사되는 스펙트럼을 만들었다. 온 세상을 화려한 영롱함으로 비췄다. 눈송이와 얼음 조각들은 바닥에 내려앉으며 초록의 새싹으로 바뀌었다. 한숨 돌렸다고 생각한 요정들의 몸에 소름이 돋아났다.

주술요정 "드디어 신의 개입이 시작됐네."

빛의요정 "아직 몸이 제대로 안 움직여. 그래도 마르바스가 파괴되는 모습은 아름답고 통쾌하다."

불의요정 "바사고가 행동을 시작한 거지?"

주술요정 "정확하게 알 수는 없지만 하나가 아닌 것 같아."

테르　"바사고 말고 다른 신도 개입한 거라고?"

주술요정　"얼음과 눈의 결정체로 마르바스를 파괴한 건 아마 건 아가레스일거야. 만약 아몬이었다면 불로 태워버렸겠지. 그런데 처음에 모든 걸 정지시켜서 마르바스의 몸을 굳어버리게 만든 신이 누구인지는 모르겠어. 완전히 다른 차원의 능력인데, 마고의 여덟 자식들 중에는 그런 신이 없었거든."

마르바스의 사자 얼굴과 독수리 날개가 세상의 모든 색을 담은 채 반짝거리며 유릿가루로 부서졌다. 몸체는 점점 더 빨리 부서져 갔다. 요정의 움직임도 이제 원래대로 돌아왔다. 마르바스의 형체는 사라지고 정체를 알 수 없는 덩어리로 바뀌었다. 육각형의 눈 결정체들이 더 많이 생겨나며 덩어리에 부적처럼 붙어 온몸을 감쌌다. 모든 과정이 더디게 보였지만 아스팔트에 내려져 초록 새싹으로 바뀐 얼음 가루는 빠르게 싹을 틔웠다. 느림에 대비되는 빠름이었다.

얼음의 파편들은 아스팔트를 초록 풀밭으로 바꿨다.

아스팔트의 흔적은 금세 사라지고 풀밭 위에 덩굴이 자라났다. 덩굴은 마르바스를 향해 뻗어갔고 눈 결정 부적과 함께 마르바스의 몸을 조여 갔다. 덩굴은 또 쥐 떼의 공격을 받았던 도시 곳곳으로 퍼져나갔다. 뒤집힌 자동차들을 인동덩굴이나 능소화, 갈퀴덩굴이 감쌌고 덩굴들 사이사이에 하얗고 노란 꽃, 붉은 주황 꽃, 보라 꽃들이 가득 채워졌다. 거리의 시신들은 작고 귀여운 흰머리 오목눈이가 되어 꽃 덩굴 위에 자리를 마련했다. 이제 쥐들이 남긴 흔적은 완전히 사라졌다.

그 틈을 타 마르바스의 몸체가 스스로 부서져 내려 벼룩 떼로 바뀐 뒤 순식간에 사방의 덩굴들 틈 속으로 몸을 숨겼다.

그러자 밝은 빛이 나며 눈처럼 하얀 사람의 형상이 나타났다. 아가레스였다.

<small>아가레스</small> "신은 쉽게 소멸하지 않는다. 마르바스는 잠시 도망갔을 뿐 다시 어떤 방식으로 돌아올지 모른다. 이 치욕을 갚기 위해 더 흉측한 모습으로 나타날 수도 있다."

<small>물의요정</small> "더 큰 재난을 막을 수 있게 해주셔서 감사드립니다."

<small>아가레스</small> "그래. 그리고 반가운 손님도 있다. 이제 내려와서 인사 하거라."

갑자기 하늘에서 투명한 얼음 가루가 뿌려지더니 사이사이로 무지갯빛이 발산되었다. 그리고 눈부신 밝은 빛이 피어났다. 각주 결정과 침상결정, 부채꼴 결정의 조합으로 이뤄진 가야였다.

<small>가야</small> "늦어서 미안."

<small>물의요정</small> "돌아왔구나, 가야. 정말 다행이야. 그런데 에스텔은 어떻게 됐어?"

<small>가야</small> "나도 몰라. 신당에 들어가는 순간부터 계속 따로따로였어."

<small>물의요정</small> "너랑 합체된 건 아니고?"

<small>가야</small> "그건 아냐. 에스텔은 어딘가에 있어. 신당에서는 몰랐는데, 지금은 에스텔의 기운이 느껴져."

<small>테르</small> "다행이다. 그런데 너는 훨씬 예뻐진 거 같아. 빛도 나고."

| 가야 | "고마워, 바사고 덕분이야. 내가 알지 못하고 있던 능력을 깨워 줬어."

| 주술요정 | "그럼 네가 마르바스를 분열시켜 놓은 거야?"

| 가야 | "모든 걸 정지시켜서 마르바스를 움직이지 못하도록 한 것까지는 나의 역할이었고, 나머지는 아가레스와 함께한 거야. 멋있는 장면을 연출해 보고 싶었어."

| 주술요정 | "뭐라고? 그럼 내가 느꼈던 '알지 못하는 신'이 너였다는 거야?"

| 가야 | "음, 나는 신은 아니야. 하지만 몸을 조이는 것처럼 감쌌던 막이 있었는데 이제는 그 막이 사라진 거 같아."

| 아가레스 | "그 막은 너를 통제하기 위해 신들의 세계에서 만든 보호막이었다. 신이 아니면서도 마고와 비슷한 능력을 갖췄지만, 그 힘을 다루기엔 너무 어리고 연약해서 오히려 그 힘에 제압당해 악의 길로 빠져들 수 있었기 때문이다."

| 테르 | "어쩐지 가야의 에너지가 너무 거대하다고 느껴지긴 했어."

| 불의요정 | "그러면 에스텔도 어딘가에서 자기 능력을 확인해 가고 있을 수 있겠네."

| 아가레스 | "바사고는 마고의 일곱 자식 중에서 가장 선하며 자기를 소환한 이들의 소원을 들어준다. 해를 끼치는 행동은 절대 하지 않는다. 그러니 믿어라. 그리고 벼룩이 돼 도망친 마르바스가 어떻게 다시 반격을 해올지 모르니 대비해야 한다."

| 가야 | "어디로 갔을까요?"

아가레스 "아마도 발레포르에게 갔을 것이다. 그리고 발레포르는 가미긴이 있는 해변 어딘가에서 마르바스를 기다리고 있을 것이다."

주술요정 "저희와 계속 함께 해주실 건가요?"

아가레스 "신들의 일은 신들이 마무리한다. 그리고 신이 인간의 일에 개입하는 게 길어지면 안 된다. 이곳은 인간의 땅이다."

11장

왕관의 신, 바알 하몬

바다에서 하늘로 검은 기둥이 솟아올랐다.

거대한 회오리를 만들었다가 검은 구름이 되어 하늘을 뒤덮었다. 모기와 그리마, 개선충, 벼룩, 깔따구, 체체파리, 잔이질바퀴, 황충 같은 해충들로 이뤄진 검은 무리였다. 구름은 하늘에 검은 물결을 만들었다. 초록과 노랑, 황토색이었던 해충들은 검정으로 색을 바꾸고 몸을 키웠다. 머리가 커지면서 몸집도 커지고 장거리 이동을 위해 날개가 길어졌다.

수억 마리의 조합이 무리를 지어 거대한 파도처럼 출렁였고 움직임이 생기자 하늘을 넘실댔다. 바람을 만들어내며 이동을 시작했다. 앞에서 날던 새는 순식간에 공중분해 되었다. 이동 반경 안에 있는 건 모조리 먹어 치웠다. 곡식이든 동물이든, 심지어 사람까지.

마을과 도시를 휩쓸며 지나갔다.

작은 마을을 스쳐 지나갈 때는 검은 회오리 모양으로 마을 전체를 훑고 지나갔고, 도시를 지날 때는 거대한 물방울 모양으로 변하며 그 안에 도시를 통째로 담아 쑥대밭으로 만들었다. 다시 검은 파도가 되어 나아갔다. 그 속도가 쥐 떼와 비교할 수 없을 정도로 빨랐고 움직임도 정교하였다.

전진해 가기만 하던 공포스러운 해충 무리 앞에 갑자기 북소리와 피리 소리가 울려왔다.

주변의 모든 소리를 잠재웠다. 중력처럼 바닥으로 끌어당기는 듯 중압감 있는 북소리와 소름 돋는 날카로운 피리 소리는 모든 이를 긴장하게 했다. 거센 기세의 해충무리를 멈추게 만든 북소리와 피리 소리가 잦아들며 구름도 막아설 정도의 거대한 크기의 사람 형상이 나타났다. 머리에는 왕관을 쓰고 한 손에는 불기둥을, 다른 한 손에는 아기 형상이 새겨진 돌 지팡이를 들고 있었다. 그리고 그 옆으로 먼 하늘에서 광채가 나는 여덟 겹의 날개들이 등장했는데, 날갯짓 속에 네 개의 원형 띠가 교차하고 그 중심에 에스텔이 환한 빛을 뿜어내고 있었다.

하늘의 검정 파도는 움직임을 멈춘 채 정지된 구름처럼 됐다.

바알 하몬 "가미긴, 마르바스, 발레포르 이제 모든 걸 멈춰라."

해충들 속에 몸을 감춘 발레포르가 말했다.

발레포르 "누구이길래 우리를 방해하느냐?"

바알 하몬 "나는 과거의 아몬, 너희들의 형제였다. 하지만 지금은 바알 하몬으로, 너희들의 주인이 되어 너희 앞에 섰다."

발레포르 "한낱 아몬이 최고의 신이라고? 그 따위 허무맹랑한 소리는 집어치워라."

바알 하몬 "너희 셋에게 쫓겨난 바엘은 자기 잘못을 뉘우치고 내게 자신을 흡수해 악으로부터 소멸과 정화를 시켜달라고 청했다. 그래서 두 신이 합쳐진 최고의 신, 바알 하몬이 탄생하게 된 것이다."

발레포르 "바엘은 힘이 빠진 채 죽은 화산만 지키고 있었을 텐데, 왜 하필이면 너에게 그런 청을 했다는 것이냐?"

발레포르가 말을 하는 틈을 타 마르바스는 무방비 상태의 요정들을 공격하려고 했다. 해충들로 순식간에 요정들의 몸을 감싸려 했지만 해충들 하나하나에 불이 붙어 작은 불꽃들로 바뀌었다. 불꽃들은 붉은색 눈처럼 떨어져 내리다 땅에 가까워지면서 초록의 가루로 바뀌었고 해충들이 갉아 먹은 풀과 곡식 대신 황량한 벌판에 새싹을 틔웠다. 순식간에 해충들이 사라지자 해충 속에 몸을 숨기던 마르바스와 발레포르의 흉측한 모습이 드러났다. 마르바스의 화려한 사자 갈기와 몸의 털은 모두 다 빠져 뼈만 앙상하게 남은 벌거숭이 뻐드렁니 쥐와 같았고, 스핑크스의 멋있는 위용을 뽐내던 발레포르는 늙고 앙상한 당나귀의 모습으로 변해 있었다.

바알 하몬 "너희의 모습을 보거라. 시기와 질투가 불러낸 탐욕에 빠져 너희 스스로를 갉아 먹어 버리지 않았느냐?"

발레포르 "이게 모두 너 때문이었다. 우리의 주인이라고? 네가 우리를 심판하는 게 아니라, 우리가 너를 심판해 주지."

바알 하몬 "발레포르 너는 모든 악의 원흉이다. 인간들에게 사욕을 불어넣어 자연이 자신들의 것이라고 착각하게 했다. 자연은 마고의 뜻에 따라 모든 생물이 화합하고 공생하도록 만들어졌는데, 그 본질과 질서를 네가 붕괴시켰다. 네가 인간에게 주입한 탐욕은 자연의 섭리를 어지럽혀 식물과 동물, 그리고 인간 자신들까지 파괴하게 했다."

발레포르 "그래서 내가 마르바스와 함께 탐욕스러운 인간들을 벌하려는 것이었다. 다시 예전의 상태로 돌려놓으려 하는데, 왜 그걸 막아서느냐?"

바알 하몬 "너의 선택은 파멸이었다. 정화가 아닌 전염병으로 이 땅을 썩어 문드러지게 해서 어떤 생물도 올바르게 살지 못하는 지옥으로 만들려고 했다."

마르바스 "어찌하여 너만 옳다고 하느냐? 그 기준은 누가 정한단 말이냐? 인간이 살생한 동물의 수에 대해 생각해 본 적이 있느냐? 인간이 베어낸 나무의 수를 생각해 본 적이 있느냔 말이다. 탐욕에 빠져 이 자연을 제 것이라 여기고 자신의 필요에 따라 생물을 소멸시키려 하는 인간을 감싸고만 있구나."

바알 하몬 "너희들은 이 땅을 썩게 만들어놓고 인간을 핑계로 자신들의 죄를 덮으려 하는구나. 태초에 마고의 뜻에 따라 만든 땅 위에 인간은 대자연의 일부로 모든 생물과 공존, 공생하는 존재였다. 그런데 발레포르, 네가 분리의 싹을 피운 것이다. 그런 어리석음을 우려해서 마고는 여덟 자식의 능력에 맞게 곳곳에 정령들을 만들어놓았다. 정령들은 오랜 시간에 걸쳐 힘의 균형이 유지되도록 힘써 왔고, 스스로 요정이 돼서 식물과 동물들을 보호하기도 했다. 그런데 너희들은 아직도 시기와 질투에 빠져 헤매고 있구나."

그때 바다에서 거대한 산호가 올라와 나뭇가지가 뻗치듯 자라면서 마르바스와 발레포르를 감싸안았다. 해초 속에 몸을 감추고 있던 가미긴도 결국 모습을 드러낸 것이다.

12장

준비된 신들

　산호는 벵골보리수나무 모양으로 빠르게 성장하며 가지에서 뿌리를 내리고, 줄기가 오르고, 줄기에서 가지로, 다시 가지에서 뿌리로, 끊임없이 천지사방으로 성장해 나갔다. 수십, 수백 개의 뿌리가 폭포처럼 내려와 기둥처럼 받쳤다. 수백 개의 산호 기둥이 공간을 독차지하며 몸집을 키워 바다와 육지를 연결하는 산호 숲이 되었다. 물속에 잠겨있던 암초가 가미긴의 요새였던 것이다. 산호는 기둥 같은 뿌리를 순식간에 채찍처럼 뻗쳐 바알 하몬과 아가레스, 가야와 에스텔, 그리고 요정들의 몸을 휘어 감았다. 산호 뿌리는 돌처럼 굳어졌고 점점 더 단단하게 조여 왔다.

아가레스 "이게 너희 셋이 모여서 하는 최선의 방법이냐?"
바알 하몬 "이 정도의 잔재주로 나를 심판하겠다고 한 것이냐?"

　요정들의 몸이 돌부리에 감싸여 고통을 느끼게 되자 아가레스는 가미긴의 요새를 향해 작은 지진을 일으켰다. 그러자 산호의 뿌리들이 균열을 일으키며 후드득 땅으로 떨어졌다.

아가레스 "나의 능력을 얼음으로만 알고, 나의 분노에 대해서는 아직 모르는 모양이구나."

이 말을 듣자 가미긴은 더 많은 산호 뿌리를 검은 액체처럼 분사하고 휘두르며 신과 요정들의 몸 전체를 휘감아 버렸다. 산호 뿌리는 춤추듯 사방으로 뻗쳐 나갔다. 감싸고, 감싸고, 감쌌다. 요정들을 휘감은 돌덩이들이 무거워지면서 빠른 속도로 떨어져 땅에 박혔다. 하지만 아가레스와 바알 하몬에게만큼은 그 어떤 능력도 무용지물이었다.

바알 하몬 "이제 다 하였느냐?"

아가레스 "아직도 네 분수를 모르고 있구나. 힘없는 약자에게 별 볼 일 없는 능력을 과시하며 신이라 추앙받기를 원했느냐? 이 한심한 것들아!"

아가레스가 목소리를 높이자 천둥소리가 공간을 메웠고 바닷물이 출렁거렸다. 땅이 흔들렸다. 동시에 요정들을 감쌌던 산호 뿌리들이 깨지기 시작했다. 요정들은 기진맥진하여 바닥에 쓰러져 누웠다. 하지만 가야와 에스텔의 몸에는 눌린 자국조차 없었다. 힘든 기색도 없이 바알 하몬과 아가레스의 곁으로 가 나란히 자리를 잡았다.

아가레스 "보아라. 너희는 아직 어린 에스텔과 가야에게 조차도 아무런 피해를 주지 못한다. 너희들의 능력에서 떨어져 나온 요정들과 힘없는 생물들에게만 위협을 가할 뿐이란 말이다. 이제 그 죗값을 치르게 해주겠다."

아가레스는 다시 한번 지진을 일으켰다.

거대하게 숲을 이루던 산호 나무가 힘없이 부러지며 땅으로, 바다로 떨어져 가라앉았다. 허무할 정도로 쉽게 붕괴했다.

<small>아가레스</small> "교활하기만 한 보잘것없는 너희들이 바엘을 기만하고 너희를 존재하게 하신 마고를 능멸했다. 그동안 잘못을 뉘우칠 속죄의 시간을 주었으면 감사한 마음으로 근신하며 이 땅을 조화롭게 해야 했거늘."

가미긴은 아가레스가 말하는 틈을 타 해초 속으로 도망을 쳤다.

하지만 아가레스는 곧바로 가미긴을 찾아내 다시 물 위로 떠오르게 하였다.

<small>바알 하몬</small> "이토록 허무하게 무너져 도망칠 정도밖에 되지 않는 존재가 형제였다는 게 수치스럽구나. 마르바스, 발레포르도 이제 모습을 보이거라."

바알 하몬의 말처럼 너무도 허무한 반란이었다.

일곱 형제가 마고와 함께 대지를 만들던 시절에는 서로의 힘과 능력을 존중하고 건전한 경쟁을 벌이며 능력이 진화했다. 하지만 마신의 전쟁 이후 고립된 채 자신이 머문 곳에서 외로이 사람과 요정들의 생활만을 지켜보던 가미긴과 마르바스, 발레포르는 교만에 빠져 점점 더 퇴보하기만 했다. 신으로서의 능력이 줄어들고 있다는 것을 인지하지 못했다.

<small>바사고</small> "그동안 가장 괴로웠던 건 내가 모든 사실을 처음부터 알고 있었다는 거였다. 좀 더 적극적으로 나서서 마신의 전쟁을 막지 못했던 건 분명 잘못이었다. 위기에 처한 여덟째를 돕겠다며 바람의 힘으로 피신은 시켰지만, 별다른 대책 없이 인간 세상으로 보내 버린 것도 너

무 성급했었다. 오랜 기간 회한의 늪 속에서 허우적대기만 하다 어느 순간 깨달음을 얻게 됐다. 그러면서 어려움에 부닥친 자연과 인간 세상, 그리고 요정들에게 해법을 제공하는 예언가의 능력을 갈고닦게 된 것이다."

아가레스 "회한은 누구 못지않게 나도 컸다. 바사고의 판단을 진지하게 받아들이지 못하고 바엘이 밀려난 다음에야 뒤늦게 상황을 파악했으니…. 여덟째를 구한 뒤 세 동생을 일단 얼음 장벽으로 막아 두긴 했지만, 내 능력만으로는 한계가 있다는 걸 알고 있었다. 얼음의 능력을 넘어서야 하겠다는 생각에 열심히 갈고 닦을 수밖에 없었다."

바알 하몬 "아몬으로서의 나 역시 마찬가지였다. 일곱째라는 이유로 세 형들을 말리지 못하고 미리 포기하면서 마신의 전쟁으로 이어지게 했다. 셋을 일단 물리치기는 했지만 언제든 이들이 다시 문제를 일으킬 수 있다고 생각했다. 그래서 오랜 수행을 통해 능력을 키운 뒤 큰형 바엘을 찾아 나섰던 거다. 바엘에게 속죄하고 세 형제에 대한 대비책을 논의해야겠다고 다짐했다. 그런데 바엘을 만났을 땐 이미 화산이 폭발하고 난 뒤였다. 머리 셋 달린 초췌한 키메라 모습의 큰 형을 보자 회한의 눈물을 감출 수 없었다. 그런데 바엘은 누구의 잘못도 아니고 본인의 어리석음으로 시련에 빠진 거라며 신의 지위를 포기하겠다고 했다. 동생들로부터 미움을 받았다는 자괴감과 첫째로서 문제를 해결하지 못했다는 책임감에 자신을 용서할 수 없었던 것이다. 더 이상 신으로 남아있고 싶지 않다며 내가 자신을 흡수하길 바랐다. 더 현명하고 올바른 방법으로 능력을 사용해달라는 당부와 함께. 그렇게 바엘의 희생을 통해 나, 아몬이 최고 신의 지위를 얻게 된 거다."

 준비한 자와 준비하지 않은 자의 차이는 극명했다.

13장

심판

세 형제가 바알 하몬의 심판대 앞으로 끌려 나왔다.

가미긴은 쭈글쭈글한 주름의 늙고 병든 해마 모습으로, 마르바스는 초췌하고 나약한 벌거숭이 뻐드렁니쥐 모습으로, 그리고 발레포르는 늙고 앙상한 당나귀 모습으로 나타났다.

바알 하몬 "너희들을 심판하노라.

발레포르, 너는 신들을 우습게 여기고 이간질해 갈등을 일으킨 대역의 죄, 인간을 꼬드겨 자연을 파괴한 원흉의 죄, 배후에 숨어 가미긴과 마르바스를 이용한 교사의 죄, 자신의 재미만을 위해 살생을 저지른 살생의 죄, 게으름에 빠져 악행만을 저지른 나태의 죄를 지었다. 그 본질이 사악하여 어디에서도 좋은 면모를 찾을 수가 없다. 발레포르 너를 영원히 쉴 수 없는 시시포스의 형벌에 처한다. 끊임없이 돌을 올려야만 하는 시시포스의 굴레 속에서 너의 과오에 대해 생각해 보도록 하여라.

마르바스, 너에게 본래 주어진 능력은 자연을 치유하는 능력이었다. 독과 약의 배율을 잘 조절해서 생태계의 균형을 유지하고 조화로

운 공생이 유지되도록 해야 했다. 그런데도 쥐 떼와 해충들을 이용해 이 땅을 썩어 병들게 한 죄, 그 어떤 죄책감이나 미안함도 느끼지 못한 채 생물과 인간들을 대량 살상한 죄, 살상을 통해 신들을 위협하고 세상을 공포에 몰아넣은 죄이다. 쥐들의 소멸을 보여주며 멈출 기회를 주었지만 반성하지 않고 더 교활한 꾀를 부려 신들과 요정들에게 피해를 주려 했던 점에서 그 어떤 선처도 없느니라. 너로 인해 죽어간 생물들이 겪어야 했던 공포와 고통을 느끼며 평생 살아가거라. 쥐 떼와 해충들에게 갉아 먹히고, 갉아 먹힌 부위는 다시 소생하여 또 갉아 먹히는 영원한 고통의 굴레인 프로메테우스의 형벌이다.

　가미긴, 너는 세 형제 중에 가장 특출한 능력을 갖췄는데도 중심을 잡지 못하고 간사한 발레포르의 꼬임에 넘어가 악행의 몸체가 된 죄, 금기시되는 소환술을 사용해 세상의 질서뿐 아니라 우주의 생과 사, 생성과 소멸의 질서까지 무너트린 죄, 환영과 착시의 눈속임으로 이 땅의 생물을 위협하고 마르바스의 질병을 옮기는 데 도움을 준 죄, 멈출 수 있는 기회를 줬는데도 반성하지 않고 더 악랄한 방법으로 이 땅을 파괴한 죄이다. 네 소환술의 환영처럼 지옥의 나락, 타르타로스에 갇혀 착시에 떠돌며 배고픔과 목마름의 고통을 느껴 보거라. 환영의 벌인 타르타로스의 형벌이다.

14장

여덟 번째 신, 그리고 가야

아가레스가 바알 하몬에게 물었다.

아가레스 "여덟째는 찾으셨나요?"

바알 하몬 "이리로 오거라."

바알 하몬이 에스텔을 보며 말하자 신과 요정들 모두 어리둥절했다. 에스텔이 바알 하몬의 옆에 서자, 에스텔의 몸을 감싸던 네 개의 띠가 네 개의 보석이 박힌 아름다운 왕관으로 변해 머리 위에 씌워졌다. 그리고 겹쳐 있던 여덟 개의 날개는 에스텔의 몸을 감싸며 순백의 깃털 옷이 됐다.

바알 하몬 "에스텔은 마고의 여덟 번째 자식으로, 외부에 알려지진 않았지만 원래 이름은 파이몬이었다. 여덟 형제 중에 가장 빼어난 외모와 능력을 타고났다."

아가레스 "그런데 왜 이 아이를 형제들로부터 꼭꼭 감췄나요?"

바알 하몬 "파이몬이 어리기는 했지만 물과 불의 능력을 비롯해 지혜까지 갖췄기 때문에 시기와 질투가 생길 거라는 우려가 컸다. 질투는 욕심을 낳고 그 욕심은 모든 것을 집어삼켜 사리 분별 능력을 잃게 한다는 걸 마고는 잘 알고 있었다. 하지만 마고가 파이몬을 감춘 진짜 이유는 파이몬의 본성 때문이었다."

에스텔 "말씀 중에 정말 죄송하지만, 저를 파이몬이 아닌 에스텔로 불러 주셨으면 좋겠어요. 저는 에스텔로 자라왔어요."

바알 하몬 "그래, 그건 너의 선택이다. 이름은 형식에 불과하니 에스텔로 부르겠다. 에스텔은 과거의 아몬처럼 불을 관장하는 능력도 있다. 하지만 아몬이 불의 심판을 통해 중재와 화해를 한다면 에스텔은 곱고 선한 인상과 달리 폭주와 파멸로 이어지는 본성을 갖고 있었다. 그래서 마고는 그 폭주의 기운이 가라앉을 때까지 대지의 품에서 자라나도록 한 것이다."

바사고가 말을 이었다.

바사고 "신들의 세계에서 갓 태어난 아기와 다름없던 에스텔을 바람에 실어 보낼 때는 에스텔이 자신의 몸을 방어할 수 있는 최소의 능력만을 심어 인간의 세계로 외형을 줄여 보내야만 했다. 신의 모습 그대로 보냈다가는 언제든 세 형제에게 들킬 수 있었기 때문이다. 그리고 신의 징표로 이마에 검은 점 표식을 남겼었다. 선한 인간들 곁에서 성장하기를 바랐는데, 다행히 열악한 인간들 세상 속에서도 잘못된 길로 빠지지 않은 채 요정들의 보호를 받을 수 있었다. 그리고 에스텔에게 가장 중요한 힘이 되어 준 건 가야였다."

가야가 에스텔을 보며 해맑게 웃어주었다.

바사고 "가야는 방황하는 에스텔 곁에서 마고의 역할을 대신 해주었다.

마고의 부재 속에서 언제든 폭주할 수 있었던 에스텔을, 가야는 마치 자기가 마고인 것처럼 본능적으로 감싸주었다. 마고의 포용력 그대로였다."

<small>바알 하몬</small> "마신의 전쟁 이후 신들은 대지를 아름답게 꾸미는 일에서 손을 놓고 있었다. 게다가 여덟 자녀 중에 바엘과 가미긴, 마르바스, 발레포르가 없어진 상태여서 신들의 역할에도 변화가 필요한 시점이 됐다. 신들은 이제 이 땅을 위험으로부터 지키는 최소한의 역할만 하게 될 것이다. 에스텔은 파이몬의 자리를 맡아 하늘의 별들을 관장하며 대지를 지켜보는 지혜의 신이 되어라. 그리고 인간과 동물, 식물들을 품어내는 대지는 가야가 조율하도록 하거라."

<small>가야</small> "아니, 저는 아직 부족한 게 너무 많습니다. 게다가 신도 아닌 제가 어떻게 일곱 신들도 못 한 일을 대신한단 말입니까?"

<small>바사고</small> "너는 원래 대지에서 나온 대지의 아이였다. 그리고 에스텔의 폭주를 감싸주며 대지의 포용력을 증명했다. 이 땅은 원래 인간과 동물, 식물이 조화롭게 함께 살아가는 공간이다. 못된 신들 때문에 훼손된 대지의 원래 모습을 이제는 되찾아야 할 때가 됐다. 에스텔을 감쌌던 온화함으로 대지의 기운을 바로 세우라는 것이다."

모든 일이 끝났다는 듯 바알 하몬과 아가레스, 그리고 바사고는 안개 속으로 몸을 감춘 채 어디론가 사라졌다.

<small>에스텔</small> "뭐야, 뭐야. 완전 멋있어. 무서워서 제대로 말도 못 했네. 가야, 너무 보고 싶었어!"

가야 "신께서 이렇게 반겨주시니 몸 둘 바를 모르겠습니다."

에스텔 "잉? 우리끼리 그게 무슨 얘기야?"

가야 "하하. 농담이야, 농담. 그런데 에스텔, 너 정말 대단하더라. '저를 파이몬이 아닌 에스텔로 불러 주셨으면 좋겠어요'라고 말할 때 너무 멋있었어. 그래서 나도 '팽나무가 지어준 이름 가야로 불러주세요'라고 하려고 준비하고 있었는데, 나는 그냥 처음부터 가야라고 부르더라. 원래 다른 이름이 없었나 봐. 하하하."

두 친구는 처음 만났을 때의 순수함을 간직한 채 해맑은 웃음을 지었다.

가야 "이제 다들 제자리로 돌아갔으니 나도 첫 임무를 시작해 봐야겠네."

에스텔 "첫 임무?"

가야 "못된 신들이 어지럽혀 놓은 세상을 다시 제대로 꾸미는 거."

에스텔 "그러자. 일을 해야지, 우리의 전공을 살려서! 덩굴로 시작할까? 이끼로 시작할까? 반딧불이도 모아야겠지? 섬부터 할까? 아니면 바다부터 할까?"

가야 "그런데 중요한 게 하나 있어. 에스텔, 이제 너는 신이니까 인간의 일에 직접 나서지 않는 게 맞아. 이 땅을 꾸미는 건 땅 위에서 살아가는 존재들의 몫이야. 이 땅은 원래 인간과 동물, 식물이 공존하는 공간이라고 했잖아. 발레포르의 조종 때문이긴 했지만, 공존의 원칙을 깼던 인간의 역할이 중요해진 거야. 당분간은 나도 숲 복구에 전념하면서, 사람들이 어떻게 하는지는 지켜보려고 해. 자기들도 느낀 게 있을 테니."

에스텔 "정확한 정리, 가야는 여전하군. 멀리서나마 응원할게. 나는 늘 하늘 위 어딘가에 있을 테니 혹시나 필요한 일이 생기면 언제든 얘기해."

섬으로 가야가 돌아왔다.

섬을 넘어 육지로 이어지는 푸른 숲의 이야기가 새롭게 펼쳐지기 시작했다.

작가의 말

본격적으로 글을 쓰기 시작한 건 코로나 시기 딸의 사춘기와 맞물린다. 유럽에서는 코로나가 중국에서 시작됐다는 이유로 아시아인 인종차별이 급증하고 있었다. 딸이 중학교에 입학하는 시기이기도 했다. 낯선 학교 환경과 코로나로 말미암은 격리, 정체성의 혼란이 겹치면서 만 11살 딸에게 사춘기가 찾아왔다. 프랑스에서는 사춘기를 동굴 속으로 들어간다고 표현한다. 그렇게 동굴로 들어간 딸은 부모와의 소통을 단절하고 혼자서 질풍노도의 시기를 견뎌내려 했다. 속상한 아내는 딸을 자꾸 동굴 밖으로 꺼내려 하다가 잦은 오해와 다툼을 만들었다. 그리고 그 여파는 고스란히 나에게로 전해졌다.

소통의 방법에 대한 고민이 컸다. 그러던 와중에 작가 '이현'의 〈동화 쓰는 법〉이란 책에서 "동화는 어린이를 위한, 그러니깐 '수신'의 장르다. '내가 하고 싶은' 이야기가 아니다. '너에게 전하는' 이야기다"라는 문장이 크게 다가왔다.

그래, 글이었다. 같이 써나가는 글이었다.

딸에게 제안했다. "아빠가 판타지 소설을 써보고 싶은데 아빠는 상상력이 부족하니까 사야가 도와줄 수 있어? 에스텔이란 어린아이가 등장하는데 학교에서 왕따를 당하고 있어. 그런데 갑자기 자신의 숨겨진 초능력을 발견하게 되는 거야. 그리고 어느 날 자신이 알 수 없는 이상한 나라로 순간 이동을 하게 되지. 이렇게 환상 여행을 시작하는데 어떤 나라들이 있고, 어떤 친구들을 만나는 게 좋을지 좀 도와줘. 사야는 아빠보다 상상력이 훨씬 더 좋잖아."

딸이 솔깃해했다. 그러면서 이상한 나라에 대해 이야기하고 새롭고 다양한 캐릭터들을 만들어 냈다. 난 사야가 얘기한 나라와 캐릭터를 소재로 밤새 글을 썼고 아침 등교 전에 식사하며 글을 읽어 줬다. 그렇게 석 달을 진행하자 사야는 꼭꼭 숨겨 놓았던 학교와 선생님, 그리고 친구들에 관한 이야기를 자연스레 꺼내기 시작했다.

이 소중한 시간을 통해 딸과의 소통을 이뤄내며 나는 상상력을 배웠고 글에 대한 열정을 확인하게 됐다. 내가 숲에서 생활하면서 겪은 이야기와 환경에 관한 이야기를 쓰고 싶은 설렘이 생겨났다. 호기심 많은 그리고 상상력을 장착한 어린이가 되었다.

2019년에 제주도 서귀포 안덕면에 있는 곶자왈에서 4개월간 생활했던 것을 바탕으로 본격적인 숲 탐방을 시작했다. 제주도, 파주, 고성에서 작가 레지던시를 하면서 다양한 산과 숲을 체험했고 프랑스와 독일, 룩셈부르크의 숲도 걸었다. 그런데 한국의 숲을 걸을 때마다 아쉬움이 항상 남았다. 숲의 신비가 사라졌다는 것이었다. 숲의 경이로움을 공감하기 어려웠다. 유럽에서는 요정 백과사전이 존재할 정도로 아직도 숲에 대한 신비감을 간직하고 있고, 숲의 영적인 힘을 믿는 샤먼들이 숲속에서 생활하는 경우도 있다. 그리고 숲에 대한 존중의 마음을 간직하며 숲을 지키고 보존하기 위한 노력이 끊임없이 이어지고 있다. 동화나 소설, 영화, 드라마 등 다양한 콘텐츠 제작에 활용되기도 한다. 그리고 이를 듣고 보며 자란 아이들의 상상력 발달에 큰 영향을 미치고 있다.

숲의 이야기를 전해주고 싶었다. 내가 봐왔던 숲, 느껴온 숲, 상상해온 숲을 통해 사람과 자연의 공존, 공생을 말하고 싶었다. 이 책은 숲에 관한 판타지 보고서이자, 우리에게 '전하는 이야기'이다.

작품 리스트

표지 빛이 숨을 쉴 때 0806
캔버스에 유화
55 × 46cm 2024

p.6 구름의 씨앗 0826
캔버스에 유화
545.4 × 227.3cm 2024

p.15 가시박 0510
캔버스에 유화
181.8 × 227.3cm 2021

p.27 가시빛 0824
캔버스에 유화
100 × 80.3cm 2024

p.35 임시풍경 1218
캔버스에 유화
81 × 100cm 2019

p.69 숨골 1025
캔버스에 유화
46 × 55cm 2024

p.78 빛이 머무는 자리 0613
캔버스에 유화
100 × 81cm 2024

p.81 빛이 숨을 쉴 때 0522
캔버스에 유화
55 × 46cm 2024

p.82　머체왓 0827
캔버스에 유화
60 × 30cm 2024

p.105　임시풍경 0609
캔버스에 유화
46 × 55cm 2020

p.122　동행 1026
캔버스에 유화
55 × 46cm 2024

p.129　생성 0102
캔버스에 유화
55 × 46cm 2024

p.147 생성 1221
캔버스에 유화
60×60cm 2023

p.157 빛이 숨을 쉴 때 1027
캔버스에 유화
55×46cm 2024

p.167 빛이 숨을 쉴 때 1028
캔버스에 유화
22×33cm 2024

p.176 임시풍경 1129
캔버스에 유화
73x100cm 2019-2

p.187 임시풍경 1007
캔버스에 유화
92 × 73cm 2019

p.191 임시풍경 1015
캔버스에 유화
73 × 100cm 2019

p.201 임시풍경 0203
캔버스에 유화
100 × 100cm 2019

p.207 숲 속의 메두사 0118
캔버스에 유화
100 × 100cm 2024

p.253　숲 속의 메두사 0122
캔버스에 유화
73 × 100cm 2024

p.257　임시풍경 1010
캔버스에 유화
73 × 92cm 2019

p.267　빛이 머무는 자리 0331
캔버스에 유화
81 × 100cm 2024

뒷표지　임시풍경 1220
캔버스에 유화
65 × 81cm 2019

그리고
또
하나의 작품

이 책의 출발이자 상상력의 근원이었던 딸 사야

빛이 숨을 쉴 때 0816
캔버스에 유화 46x55cm 2024

빛이 숨을 쉴 때

초판 1쇄 인쇄 | 2024년 12월 10일
초판 1쇄 발행 | 2024년 12월 10일

지은이 | 홍일화
펴낸이 | 손승혜
기획·편집 | 이주상
디자인 | 아르케 디자인
펴낸곳 | initio

출판등록 | 2024년 6월 13일(제2024-000076호)

주소 | 서울 종로구 경희궁1길 35
이메일 | sang1984@naver.com

ⓒ 2024 홍일화
ISBN 979-11-990323-0-9 03810
값 18,500원

* 파본은 본사나 구입하신 서점에서 교환해 드립니다.
* 이 책의 판권은 지은이와 이니티오 출판사에 있습니다. 내용의 전부 또는 일부를 재사용하려면 반드시 양측의 서면 동의를 받아야 합니다.